唐詩

唐詩

초판 1쇄 발행 | 1965년 9월 15일
개정 초판 1쇄 발행 | 1996년 12월 15일
개정 10쇄 발행 | 2019년 11월 20일

역해 | 이원섭
펴낸이 | 조미현

펴낸곳 | (주)현암사
등록 | 1951년 12월 24일·제10-126호
주소 | 04029 서울 마포구 동교로12안길 35
전화 | 365-5051   팩스 | 313-2729
전자우편 | editor@hyeonamsa.com
홈페이지 | www.hyeonamsa.com

ⓒ 이원섭·1999

ISBN 978-89-323-0889-0 03820

영원의 노래, 인류의 노래

唐 詩

이원섭 역해

ㅎ현암사

개정판을 내면서

 가로쓰기로 하자는 출판사 쪽의 제의가 있어서 따르기로 했다. 그
리고 이 기회에 노출돼 있던 한자는 한글로 바꾸고, '청련집'이니 '완
화초'니 하는 작품군(作品群)의 이름도 우리말 표현으로 고쳤다. 또
색인을 빼는 대신, 이백과 두보의 작품 십여 편을 추가하기도 했다.
 내가 처음으로 『당시』를 세상에 내놓은 지도 어느덧 30년 전의 일
이 되고 말았다. 그 동안 세상도 많이 바뀌었지만 나 또한 그 날의
나인 것은 아니니, 30여 년 전에 써 던진 글들을 돌아볼 때 남의 일
처럼 느껴지기도 한다.
 원시의 리듬과 향기 같은 것을 되살리는 것에 의해, 이백이나 두
보가 우리 나라에 태어났다면 우리말을 통해 썼을 법한 시를 만들어
보자는 의도까지는 알 만하다. 그러나 의역(意譯)에 치우쳐 창작처럼
된 면도 없지 않은 바, 그 공과(功過) 여부는 앞으로도 내가 걸머질
부담으로 남을 것이다. 그렇기는 해도 그 정열만은 부럽다. 저 휘황
하고도 찬란한 당시를 우리말로 재현해 보려고 달려들었던 용기, 젊
었기에 가질 수 있었는지도 모르는 치기(稚氣) 어린 그 정열만은 부
럽다. 그러기에 글에는 손을 대지 않았으니, 오늘의 처지에서 지난날
의 글을 수정하면 그 날의 정열을 퇴색시키게 될 것이기 때문이다.
 당시는 중국시가 이룩해 낸 금자탑이자, 인간성의 본질 깊이 뿌리
내린 거목인 점에서는 인류 공유의 불멸의 노래다. 나는 나의 『당
시』가 저 불멸의 노래를 다소의 변질을 거친 채로나마 우리 나라 독
자들에게 중계하는 구실을 했으면 하고, 지금도 여전히 바라고 있다.

                                        1996년 12월 2일 저자

당시의 발자취를 더듬어
— 序를 겸한

 B형. 시 번역은 불가능에 가까운 것이라는 말을 여러 번 들었습니다. 그도 그럴 것이 역사가 다르고 문화가 다르고 사고방식이 다른 이민족의, 고도로 승화된 감정의 밀도를 풀어 헤쳐서, 이것을 생리가 판이한 언어로 재구성할 때 거기에 나타나는 것이 원시(原詩) 자체가 아닌 것은 명백하며 경우에 따라서는 얼토당토않은 모조품이 되고 마는 수가 많을 터이니까요.

 그러나 나는 이렇게도 생각해 봅니다. 원시가 위대하고 보면 번역을 견딜 수도 있지 않을까요.

 물론 어떠한 사람이 손을 써 보았자, 원시와 똑같은 것을 만들어 놓지는 못할 것입니다. 그 눈짓과 속삭임과 향기를 그대로 전해 주지는 못할 것입니다. 그러나 원시가 위대하다면 다소 빛깔이 바래고 향기가 적어질망정 여전히 그 위대한 품위를 지닐 수 있지 않겠습니까.

 B형. 형께서는 번역시도 시여야 한다고 늘 말씀하셨습니다. 딴 언어로 옮겨 놓아도 시로서의 생명이 죽는 일이 있어서는 안 된다는 뜻으로 짐작하고 있습니다. 그리고 형의 말씀에 전혀 동감하는 까닭에 당시(唐詩)를 원문(原文)으로 읽는 이들을 위한 어구(語句) 풀이에

그치지 않고 원시와 독립해서 시로서 행세할 수 있도록 부단히 마음은 썼습니다.

아시다시피 중국시는 출발에서부터 몹시 운율(韻律)에 치중했으며 이것은 『시경(詩經)』의 어느 한 편을 가져다 놓고 보아도 명백한 일입니다.

燕燕于飛　제비가 제비가 날려고
差池其羽　깃을 가즉 세우네.
之子于歸　그 사람 그 사람 간다기
遠送于野　들까지 나와 보내네.
瞻望弗及　드디어 뒷모습 안 보여
泣涕如雨　눈물은 비같이 흐르네.

이것은 패풍(邶風)의 「연연(燕燕)」의 첫 장(章)입니다만, '飛·歸'와, '羽·野·雨'는 제가끔 같은 운(韻)으로 되어 있습니다. 이 중 '野'는 당대(唐代)에 오면 '羽·雨'와 딴 운으로 발음되었지만, 고대에는 비슷한 음이었던 모양입니다.

한 음절로 하나의 뜻을 나타내는 중국어의 특성은 자연 악센트의 발달을 가져오고, 당대(唐代)의 근체시(近體詩:絶句·律)들은 규격화된 압운(押韻) 외에 이 악센트(四聲)의 배치에도 엄밀한 법칙이 세워지게 되어 이것에 의거하고 있습니다.

B형. 일음일의(一音一義)의 중국어가 악센트에 의해 적절히 배열되

고 운이 맞추어질 때 그것이 얼마나 리드미컬할 것인가 생각해 보십시오. 거기에다 다양한 자형(字形)에서 오는 시각적 효과까지 고려에 넣고.

그러나 나는 압운법(押韻法)과 평측법(平仄法 : 악센트의 배치)에 대해서 자세한 말은 안 하겠습니다. 그것을 아는 것은 학구적으로 당시를 연구하는 데는 불가결한 것이겠지만 우리 나라 음으로 원시를 읽을 바에야 반드시 알아야 할 까닭도 없을 것 같기 때문입니다. 다만, 나는 형에게 당시가 얼마나 음악적이며 함축(含蓄)이 있는가를 말씀 드리려 한 것뿐입니다.

B형. 이러한 당시를 옮기는 일이 축자역(逐字譯)으로 될 수 없다는 것은 너무나 당연합니다. 그래서 나는 원시를 충분히 읽고 소화하여 이것을 나의 시로 표현하고자 노력했습니다. 이렇게 함으로써 잃은 것도 있을 것입니다만 다소나마 건진 것도 없지 않으리라고 자위도 해 봅니다.

B형. 내가 또 두려워하는 것은 모든 작품에 가한 해설입니다. 어구 주해는 참고할 문헌이 있어서 그것을 대체로 따르면 되었지만 작품 하나하나에 붙인 비평은 나의 소견을 말할 도리밖에 없었기에 그 외람됨을 차치하고라도 자격이 못 됨을 스스로도 압니다. 그러나 한시(漢詩)를 대한 일이 없는 일반 독자를 위한 길잡이가 되고자 한 미충(微衷)에서 나온 것이니 저의 사견으로서 받아 주십시오.

B형. 모든 것에 엄격한 형께서는 내가 전문도 아닌 분야에 손을 대어, 이런 책을 내게 된 동기를 의아하게 여기실지도 모르겠습니다.

사실, 나는 거기에 대해 그럴 듯한 대답을 가지고 있지 못합니다. 다만 나를 움직인 동기가 있었다면 이것을 꼭 우리 나라 사람들에게 읽히고 싶었다는 한 가지 이유뿐입니다. 이렇게 위대한 꿈, 이렇게 분방한 낭만, 이렇게 순박한 인간 신뢰, 그리고 분노와 저항이 있었다는 것을 알려 주고 싶었습니다. 보들레르 이상으로 귀기(鬼氣)가 서려 있는 이하(李賀)도 소개하고, 하이네같이 달콤한 애정시를 쓴 이상은(李商隱)도 읽히고 싶었습니다. 과거의 동양을 송두리째 어둠 속에 망각하는 한이 있더라도 이것만은 우리가 소중히 간직해야 할 보석임을 외치고 싶었습니다.

B형. 문화적으로 볼 때 중국과 우리는 전연 이국(異國)은 아닙니다.「달아 달아」를 부르며 무심(無心)한 유소년(幼少年)들이 이태백(李太白)을 외우는 나라가 아닙니까. 송강(松江)의「사미인곡(思美人曲)」을 학생들이 배울 때 그들은 모르는 사이에 패풍(邶風)「간혜(簡兮)」의 시심(詩心)과 접하고 있는 것이 아니겠습니까.

나(한국)의 것이려니 여겨지는 것도 자세히 살피면, 우리(한국과 중국) 것인 경우가 허다합니다. 문학을 중심으로 한 우리 문화가 얼마나 중국과 밀접한 공통성을 지니고 있는지 모릅니다. 그렇다면 우리 문화를 바로 이해하기 위해서도 중국문학의 정수인 당시에 대한 이해는 필수라고 할 수 있겠지요.

B형. 우리가 지니고 있는 감정이란 것도 사실은 역사적인 것입니다. 하늘을 오가는 구름, 골짜기를 흘러가는 물을 보고 느끼는 데에도, 우리는 다분히 역사적 제한을 받게 마련입니다. 따라서 분명히

내가 느낀 것이기에, 나의 것이라고 부르고 싶은 감정 내용도 자세히 따지면 사실은 이조(李朝)와 신라(新羅)에 직결되며, 그것은 다시 중국과 연관되는 수가 많을 것입니다. 따라서 우리가 당시를 읽는다는 것은 자기 마음의 고향을 다시 찾아보고 살펴본다는 의미가 되는 줄 압니다.

B형. 전통에 관한 이야기는 굉장히 어려운 문제이니까 여기서 언급하고 싶지 않습니다. 그러나 우리가 전통을 계승한다고 할 때 그것이 가지는 의미는 과연 무엇이겠습니까.

B형. 나의 생각을 단적으로 말한다면 전통의 계승이란, 전통에 대한 비판 바로 그것입니다. 우리가 전통에 충실한 제자가 되려고 하면 전통에 의해 우리는 죽게 됩니다. 우리가 전통을 비판하고 저항할 때 전통은 도리어 우리의 발판이 되어 줍니다. 부정이 그대로 긍정이 되는 이 불가사의한 괴물에 대해서 나는 더 자세한 말을 할 지면을 가지고 있지 못합니다만 내가 당시를 우리 말로 옮긴 동기 속에는, 그것을 단순히 소개하는 데 그치지 않고 한 걸음 나아가 우리의 현재의 시점에서 검토하고 비판함으로써 그것을 우리 전통으로 살려 보자는 의욕이 강하게 작용했던 것임을 알아 주셨으면 하는 것입니다.

B형. 당시는 중국시의 절정일 뿐 아니라 세계에서도 아마 가장 뛰어난 위치를 차지할 것이라는 정평(定評)을 받아 왔습니다. 그러면 무엇이 당시를 그렇게 뛰어난 것으로 만들었겠습니까.

나는 한 마디로 그들의 언어라고 대답하고 싶습니다. 이렇게 말할 경우, 그것이 반너머 그들이 차지하는 행운에 힘입었던 것이 사실이겠습니다. 왜냐 하면 그들은 세계무비(世界無比)의 시적 언어 속에 태어났던 것이니까.

앞에서도 말했듯이 중국어는 한 음절로 한 뜻을 나타내는 말이요, 악센트가 몹시 발달한 말입니다. 거기에다 조사(助詞)가 거의 쓰이지 않으며, 용언(用言)에 어미(語尾) 변화라는 것이 처음부터 없는 언어입니다. 이러한 말이 과학하기에는 불편할 터입니다. 의미의 정밀과 정확을 기할 수 없으니까. 그러나 그것이 시어가 될 때 얼마나 함축성을 가지겠는가 생각해 보시기 바랍니다.

『시경』에서부터 시어 노릇을 해 온 이 언어는 3세기경 위(魏)쯤에 왔을 때 인간감정의 문학적 표현에 비상한 성공을 거두더니, 5세기 육조(六朝)시대에 들어서자 시어로서 우아하고 섬세한 개화를 보게 되었습니다. 아시다시피 이 육조의 기교 편중은 당대(唐代)의 시인들에 의해서 강력히 부정된 것이기도 했습니다만, 중국어를 시어로 다듬어 마지막 손질을 해낸 공적만은 아무도 인정하지 않을 수 없는 것입니다.

B형. 『시경』의 가장 오래된 작품의 연대를 BC 1100년으로 잡는다면 약 1700년에 걸쳐 연마를 쌓은 언어를 당시는 계승한 폭이 됩니다. 또 가요에서 출발했던 시가 여러 가지 시형(詩型)을 시험한 끝에 거의 완성 단계에 이르러 있었다는 것도 큰 이점이었을 것입니다.

이리하여 당시의 언어미라는 것은 아마도 공전절후(空前絶後)의 차원에 이르렀던 것이니, 그것을 설명하기 위하여는 나의 붓이 너무나 무력합니다.

B형. 나는 이 책에서 원시(原詩)에 독음을 달아 놓았습니다. 나는 모든 독자가 소리내어 이것을 읽어 주었으면 하는 소망을 버릴 수 없었기 때문입니다.

B형. 시란 궁극에 가서 무엇이겠습니까. 그것은 결국 언어가 아니겠습니까. 언어가 모여서 피운 한 송이 꽃이 아니겠습니까. 언어가 모여서 연주하는 음악이 아니겠습니까.

그렇다면 그것은 분석할 수도 설명할 수도 없을 것입니다. "시를 읽어서는 안 됩니다. 다만 노래하세요." 괴테의 이 권고를 떠나서, 어떠한 독시법(讀詩法)이 존재할 수 있겠습니까.

그러기에 나는 당시를 알고 싶어하는 모든 독자에게 낭독을 권합니다. 읽어서 어떤 쾌감이 느껴진다면 그 사람은 시심(詩心)과 어느 정도 접촉한 것이 됩니다. 그러나 분석과 해석은 할 수 있어도 쾌감이 느껴지지 않는 이가 있다고 하면, 그 분은 시의 권외(圈外)에 서 있는 것이 확실합니다.

B형. 나는 당시의 둘째 특징으로 인간성의 발현(發顯)을 들겠습니다.

인간에 대한 깊은 신뢰는 멀리 『시경』·『서경』의 고대로부터 중국의 문화를 일관해 흘러 온 정신입니다마는, 그것이 당시 속에 얼마나 소담스런 꽃을 피우고 있는 것이겠습니까.

그들에게는 전제(專制)하는 기독교가 없었습니다. 유(儒)·불(佛)·도(道)가 있어서 그것이 사상적 배경을 이룬 것은 사실이나, 그들의 정신을 어둡고 무겁게 억누르지는 않았습니다. 불교까지도 염세적인 종교로서가 아니라, 생(生)을 지탱하고 사후(死後)를 보장해 주는 인간 긍정의 신앙으로서 받아들여진 흔적이 있습니다.

이리하여 그들은 마음껏 명랑하고 힘차게 인간의 정서를 노래할 수 있었습니다. 인간의 한계에 눈이 안 간 것은 아니지만, 결코 이지러진다든가 절망함이 없이, 언제나 건강했습니다. 그들의 건강성! 그것은 현재 우리 입장에서 볼 때, 얼마나 경이로운 장관입니까.

나는 그 다음으로 그들이 보여 준 사회에 대한 비판의식에 주목해 주시기를 바라고 싶습니다. 현실의 아들인 그들은 어디까지나 이 인간사회를 긍정하고 그것에 적극적인 관심을 보였습니다.

B형. 이렇게 사회에 대해 비판하고 저항하는 태도는 물론 고대에도 발견됩니다. 『시경』 국풍(國風)의 160편의 대부분이 사실은 사회시요 저항시였습니다. 이 유풍을 따른 것이라면 따른 폭이 되겠지만, 그 왕성한 역사의식은 오늘의 우리 시에 견줄 때 확실히 대단한 것이겠습니다.

B형. 618년에서 906년에 이르는 당(唐)의 문학이 황금기를 구축할 수 있었던 여러 가지 요인, 역사적 사회적 문화적 제 조건에 대해서 말할 겨를이 없습니다. 그러나 그 여러 가지 조건이 아무리 갖추어져 있었다 해도 그들 시인의 에너지가 당시를 낳았던 것이니까, 시인들에 대해서 간략한 소감을 이야기할까 합니다.

당시의 흐름을 『창랑시화(滄浪詩話)』의 저자 엄우(嚴羽)의 주장에 따라 초당(初唐)·성당(盛唐)·중당(中唐)·만당(晚唐)으로 가르고 들어갑시다.

초당은 현종(玄宗)의 즉위에 이르는 약 1세기 가까운 기간입니다.

이 때는 성당의 황금기를 불러 올 준비 기간입니다.『시경』에서 육조에 이르는 긴 전통이 계승되는 동시에 새로운 시형인 절구(絶句)와 율시(律詩)의 형식이 완성되었으니 이런 업적에 유공(有功)한 시인으로 소위 초당사걸(初唐四傑), 왕발(王勃)·양형(楊炯)·노조린(盧照鄰)·낙빈왕(駱賓王)이 있었습니다. 그러나 우리가 특히 주목해야 할 사람은 진자앙(陳子昻) 아닌가 합니다. 아직도 기교위주의 가요(樂府)풍에 젖어 있던 때에 감연(敢然)히 일어서서 강력하며 선이 굵은 남성적인 시풍으로 성당시의 선구가 된 것은 그였으니까 말입니다.

성당은 현종이 재위한 약 50년을 말합니다.

이 때야말로 당은 정치적 경제적으로도 난숙기(爛熟期)에 들어갔던 것이지만, 시에서도 이백(李白)·두보(杜甫)와 같은 불세출의 천재들이 배출(輩出)하여 전무후무한 높이에 시를 끌어 올렸던 것입니다.

B형. 나는 이백·두보에 대해서 꽤 많은 말을 그 평전(評傳)에서 말했고, 왕유(王維)에 대해서도 할 말은 했습니다. 그러므로 여기서 다시 되풀이할 의사는 없지만, 이백·두보의 우열론에 대해서 한 마디 경고는 해두고 싶습니다.

흔히 두보의 사회 관여를 충군애국(忠君愛國)이라는 해석 밑에 높이 평가하여 이백 위에 놓고자 하는 주장이 이어져 왔습니다. 이러한 유교적 시평가가 현대까지도 계속되고 있다면, 그것은 현명한 일은 아니겠습니다. 시를, 시 아닌 것을 기준으로 하여 평가한다는 것은 위험한 짓입니다. 나는 두보를 이백과 같은 위치에 놓고 찬탄합니다. 그는 시에서 위대했으며, 이백 또한 위대했습니다. 이 둘을 놓고 누가 나으니 못하니 하는 것은 부질없는 일임을 말해 두고 싶습니다. 또 맹호연(孟浩然)·잠삼(岑參)·왕지환(王之渙)·왕창령(王昌齡)·고적(高適) 등도 이두(李杜)에 비해 떨어질 뿐, 일류의 시인임이 틀림없습니다.

안녹산(安祿山)의 난에서 약 70년을 중당이라 부른다면, 이 시기의 시가 약간 성당의 시에 비할 때 손색이 있는 것을 부정하지 못합니다. 만개(滿開)가 지난 꽃과도 같은 허전함이 거기에 있습니다. 전기(錢起)를 필두로 하는 소위 대력십재자(大曆十才子)가 나타나 성당의 유풍을 풍겨 줍니다만, 간과할 수 없는 것은 한유(韓愈)·백거이(白居易)의 그룹 운동일 것입니다.

B형. 너무나 벅찬 성당의 중압 밑에서 이두만 못한 재주를 가지고 자기를 살리고자 한 두 사람의 몸부림이 무엇을 가져왔겠습니까.

한유는 기험장대(奇險壯大)한 미(美)를 찾아 난삽(難澁)한 상징의 미로로 들어갔습니다. 시사(詩史)에서 볼 때 그는 중요한 한 쪽의 효장(驍將)이지만, 시인으로서는 완전에 가깝도록 실패하고 있는 것 같습니다. 그의 시는 딱딱하고 부자연스러우며 공전(空轉)하는 언어로 차 있습니다. 유교에 얽매인 나머지 억지로 그를 높이 평가하는 일이 있어서는 안 되겠습니다. 학자로서 산문(散文) 작가로서의 그는 별문제로 하고.

백거이는 그의 친우 원진(元稹)과 함께 평이한 표현으로 민중에 접근하려 했습니다. 그러나 이 운동은 시의 평가절하를 가져와, 크게 성공했다고는 말할 수 없습니다.

　이 시대의 시인으로서 참으로 존경받아야 할 사람은 이하(李賀)가 아닐까 합니다. 이하에 대한 설명은 그의 평전에 미루지만, 그야말로 천재에 값하는 시인이요, 내가 보기에는 이두보다는 그릇이 작으나 그 다음쯤에 앉아야 할 특이한 존재인 것 같습니다.

　개성(開成) 원년(元年)에서 당의 멸망에 이르는 약 70년을 만당이라 합니다.

　사회적 불안이 시심(詩心)의 위축을 가져왔는지 시인들은 위대한 구상보다도 말초적인 데에 관심을 가졌던 듯합니다. 이상은(李商隱)이 보여 준 표현주의와 두목(杜牧)의 미끈한 멋을 맛보면서, 형은 거기에 멸망해 가는 미를 안 느끼실 것인지요.

　B형. 결국은 시들이 말해 줄 것이며, 또 그것을 어떻게 받아들이든 그것은 읽는 이의 자유이겠기에, 나는 말을 끊어야 하겠습니다. 나는 내가 사랑했고, 사랑하고 있는 이 시들이 형과 모든 독자에게 사랑받게 되기를 바랄 뿐입니다.

　끝으로 이 책을 내는 데 애써 주신 현암사의 조상원(趙相元) 사장님과, 편집장 최해운(崔海雲) 형, 기타 여러분에게 감사드립니다. 또 전저(前著)에서 역시(譯詩)를 전재(轉載)하는 일을 흔쾌히 허락해 주신 성문각(成文閣)의 이성우(李聖雨) 사장님의 후의를 길이 기억하고자 합니다.

1965년 2월

저자

범례(凡例)

- 시는 『전당시(全唐詩)』 ·『당시품휘(唐詩品彙)』 ·『삼체시(三體詩)』 ·『당시선(唐詩選)』과 개인 문집에서 뽑고, 자구(字句)에 이동(異同)이 있을 때에는 『전당시』를 따랐다.

- 중요 시인은 한 사람의 작품으로 한 묶음을 삼고 기타 시인들 것은 대체적인 경향에 따라 몇 묶음으로 나누었다. 후자의 경우, 시인의 배치는 대강 연대순이 되도록 하였다.

- 원시(原詩)를 읽기 쉽게 하기 위해 독음을 달았다.

- 어구(語句) 주해는 같은 종류의 여러 책을 참고했고 간명(簡明)을 위주로 했다.

- 문학적으로 감상하는 데 일조(一助)가 될까 해서 저자의 사견(私見)으로 해설을 가했다.

차례

달에 묻노니

이백(李白)

미인(美人)

— 이백

주렴(珠簾)을
반쯤 걷고

그린 듯이
앉아 있다.

아미(蛾眉)를 찡그린다.

옥 같은 볼을
적시는 이슬.

누구를
원망하는 것일까.

그림 같다.

美人捲珠簾 深坐嚬蛾眉 但見淚痕濕 不知心恨誰
미 인 권 주 렴 심 좌 빈 아 미 단 견 누 흔 습 부 지 심 한 수

珠簾 : 구슬을 단 발. 深坐 : 가만히 앉았음. 嚬 : 찡그리다. 蛾眉 : 고치
에서 나온 나방이처럼 어여쁜 눈썹.

해설

원제(原題)는 「怨情」.

이는 한 폭의 미인도(美人圖). 세상의 그 많은 미인도가 대체로 생
기를 결여하고 있음은, 미인을 공간에만 놓고 보고, 시간에서 보지
않은 까닭이리라. 석굴암의 관음(觀音)은 미소하는 모습으로 표현되
어야 하고, 이백의 미인은 애태우고 가슴 조이는 순간에서 파악되어
야 한다. 그것은 전자가 사랑의 보살임에 대하여, 후자가 번뇌 많은
아름다운 육신이기 때문이다. 무려 120행(行)에 걸친 백낙천(白樂天)
의 「장한가(長恨歌)」가, 미인을 그리되 그 정채(精彩)에 있어 멀리 이
4행에 못미침은, 능히 펼치기는 하였으나 죽이고 살리는 기틀을 잡
음에 실패한 까닭이다.

양반아(楊叛兒)

당신은 양반아(楊叛兒)를
노래하세요.

나는 신풍(新豊)의
술을 따르리다.

어디가 제일
마음에 걸리느냐고요?

그야 백문(白門) 밖
버들이지요.

까마귀가 울어
버들꽃에 숨으면

당신은 취한 김에
제 집에서 주무세요.

향로 속에서
침향(沈香)은 피어 올라

두 연기 하나 되어
하늘까지 이를 것을.

君歌楊叛兒　妾勸新豊酒　何許最關人　烏啼白門柳
군 가 양 반 아　첩 권 신 풍 주　하 허 최 관 인　오 제 백 문 류
烏啼隱楊花　君醉留妾家　博山爐中沈香火　雙煙一氣凌紫霞
오 제 은 양 화　군 취 유 첩 가　박 산 로 중 침 향 화　쌍 연 일 기 능 자 하

주

楊叛兒 : 옛날 민요의 이름.　　妾 : 여인이 자기를 부르는 말　　　新豊酒 : 新
豊은 長安 근방에 있는 술의 명산지　　關人 : 마음에 걸리는 것.　　白門 : 육
조시대의 서울이던 建康(지금의 南京)의 西門.　　　楊花 : 버들꽃.　　博山爐 :
가에 山 모양이 장식되어 있는 화로. 博山은 河南省 淅川縣 동쪽에 있던 漢
代의 지명.　　沈香 : 열대지방에 나는 나무로 향료로서 珍重되었다. 물에 넣
어 둘수록 木質이 단단해지므로 沈香 혹은 沈水香이라고 부른다.　　　雙煙 :
두 줄기 연기.　　紫霞 : 푸른 안개.

해설

　제(齊)의 악부(樂府)에 누가 쓴 것인지는 모르나 「양반아(楊叛兒)」

라는 작품이 전해 온다. 악부라는 것은 원래 한(漢)의 궁중에서 음악
을 맡은 관청이었으나 이윽고 거기서 연주하는 음악에 씌어지는 가
사를 뜻하게 되고, 다시 후일에는 음악과는 관계 없이 악부를 흉내
내어 쓴 시를 의미하게 되었다. 따라서 그것이 딴 시보다는 민요적
이요, 보다 음률에 치중되어 있음은 물론이다.

　당(唐)의 시인들이 악부를 쓰는 경우, 대개 옛날 악부의 제목을 그
대로 이용하였고, 내용에 있어서는 그 제목과는 관계 없는 사실을
다루기도 하였다. 그러나 이 이백의 작품이 옛날의 「양반아」의 제목
과 내용을 아울러 본뜬 것임은, 「양반아」의 작품과 대조할 때 명백
한 일이다.

　　暫出白門前　楊柳可藏烏　歡作沈水香　儂作博山爐
　　잠 출 백 문 전　양 류 가 장 오　환 작 침 수 향　농 작 박 산 로

　이것은 좋아하는 남자에게 여인이 한 말이다. "그대가 백문(白門)
을 나와서 이리 오시니, 스스로 주무실 데는 있습니다. 마치 까마귀
가 버들에 숨듯. 당신(歡)이 침수향이라면, 나(儂)는 박산로가 되어,
서로 떨어짐이 없이 한몸이 됩시다."

　이백의 일자일구(一字一句)가 이 시에 근원함은 이를 것도 없는
바, 요즘 시인처럼 독창을 신기(新奇)로 오해하지 않고, 전통을 신뢰
함으로써 자기를 풍부히 하고 새로운 경지를 개척해 갔음을 짐작할
수 있다.

하나가 되어

실렌티아리우스(Paulus Silentiarius)
김종길(金宗吉) 옮김

언제까지 우리 둘은 불붙는 눈길을 감추우고
몰래 서로의 눈을 바라야만 하는 것인가?
사랑을 선언하자. 어느 뉘 막는대도 모든 슬픔 달래이는
달콤한 포옹을 —
칼이 우리의 의사(醫師), 최선은 그대와 나
함께 사는 것, 아니면 함께 죽는 것.

또 그리스 고대시인의 이 작품과 비교할 때 동서의 차이 같은 것
이 느껴지는 것 같기도 하다. 그리스 것이 좋은 의미의 사랑을 노래
했다면, 이백의 것은 치정(痴情)을 다룬 것이다. 전자가 인간의 일을
어디까지나 인간의 일로서 다룬 데 비해, 후자는 인간의 일을 자연
으로 환원시켜 간접적으로 표현했다. 「양반아」가 가지는 결코 비속
하지 않은 품위는 이런 것에 그 일단의 이유가 있는지도 모르겠다.

청평조사 (淸平調詞) 1

구름 보면
열 두 폭 치마양 하고

꽃 보면 얼굴인 듯
더 못 견딜 이 그리움.

군옥산(群玉山)에나
가야 만날까.

달밤에 요대(瑤臺)를
찾아야 할까.

雲想衣裳花想容　春風拂檻露華濃　若非群玉山頭見　會向瑤臺月下逢
운 상 의 상 화 상 용　춘 풍 불 함 노 화 농　약 비 군 옥 산 두 견　회 향 요 대 월 하 봉

淸平調 : 樂府에 淸調·平調·瑟調의 세 가락이 있는데, 이백은 淸調·平調
의 두 가락을 합쳐서, 여기 맞추어 노래 세 수를 쓴 것이다.   想 : 생각하게
한다.   檻 : 난간.   露華 : 이슬의 빛나는 모양.   群玉山 : 선녀인 西王母
가 살고 있었다는 崑崙山.   會 : 반드시. 필연코.   瑤臺 : 선녀가 사는 곳.

해설

봄날이었다. 궁중 흥경지(興慶池)에서는 활짝 핀 모란꽃이 향기로
운 내음을 풍기고 있었다. 양귀비를 데리고, 침향정(沈香亭)에 오른
황제의 눈은 꽃과 귀비 사이를 끊임없이 오고갔다. 악사(樂師)들이
불리우고, 당대(當代)의 명창인 이귀년(李龜年)이 노래하기 위하여 앞
으로 나섰다. 그 때이다.

"명화(名花)를 바라보고 귀비를 대하여, 어찌 낡은 가사를 쓸까보
냐."

황제는 이백을 불러들이라 했다. 어느 요정(料亭)에서 발견된 시
인은 만취해 있었다. 부축을 받아 겨우 정자에 올랐으나 어전에서
혀 꼬부라진 소리를 했다. 그러나 붓을 들자 일필휘지(一筆揮之), 세
편의 시가 경각에 이루어졌다. 이윽고 이귀년의 노랫소리. 귀 기울여
듣던 귀비는 유리잔에 포도주를 따라 이백에게 권하고, 황제께 두
번 절하여 두터운 사례를 올렸다.

이리하여 시인의 득의(得意)는 하늘을 찌를 듯했건만, 정자에 오
를 때 환관 고역사(高力士)에게 신을 벗기라고 호령한 취태(醉態)로

하여, 그의 중상(中傷)을 입어, 추방되는 운명이 후일에 찾아올 줄이
야 신 아닌 몸이 어찌 생각이나 했으랴.

하늘 가는 구름을 보고 그 옷을 생각하고, 꽃을 보고 그 아리따움
을 사모하나니, 봄바람 난간을 스칠 제, 이슬에 함초롬히 젖어 있는
모란꽃, 네 이름 양귀비! 그지없이 어여쁘매 더욱 멀리 계시는 임이
여!

청평조사(淸平調詞) 2

이슬 머금은
한 송이 모란꽃을

무산(巫山)의 비구름에
견줄 것인가.

옛날의 누구와
같다고 할까.

한(漢)나라 비연(飛燕)이면
혹시 모르리.

一枝濃艶露凝香 雲雨巫山枉斷腸 借問漢宮誰得似 可憐飛燕倚新粧
일 지 농 염 노 응 향 　운 우 무 산 왕 단 장 　차 문 한 궁 수 득 사 　가 련 비 연 의 신 장

주

濃艶 : 짙은 염염한 빛깔. '紅艶'으로 된 책도 있음.　　凝香 : 향기가 엉기다.
雲雨巫山 : 남녀가 즐기는 것. 楚의 襄王이 高唐이라는 곳에 갔다가 낮잠을
잤는데, 巫山에 산다는 여인을 만나 같이 즐기는 꿈을 꾸었다. 작별하면서,
"저는 巫山에 있사오니, 아침이면 구름이 되고, 저녁이면 비가 되어, 언제나
陽臺 밑에 있습니다."라고 여인이 말하였다. 宋玉의 「高唐賦序」에 보임.
枉 : 공연히.　　借問 : 시험 삼아 묻는다.　　漢宮 : 현재의 왕조에 언급함을
고의로 피하여, 漢을 든 것이다.　　可憐 : 어여쁘다.　　飛燕 : 漢의 成帝의 황
후가 된 趙飛燕. 대단한 미인으로 몸이 가벼워 손바닥에 올라설 수 있었다
함.　　倚 : 의지한다. 자부하다.

해설

　전편이 비유! 이슬에 젖은 모란에 귀비를 견준 데서 시작하여, 초
(楚) 양왕(襄王)의 고사를 끌어, 그런 여인쯤을 생각하여 애태우는 심
정을 비웃고, 전결(轉結)에 이르러는 한(漢)의 비연(飛燕)을 빌려다가
더없이 아리따운 그 모습을 다시 한 번 강조했다. 이리 비유로 시종
하면서도 조금도 공소(空疎)한 느낌을 주지 않고, 도리어 무한한 함
축과 여운을 풍기니, 그 큰 솜씨를 짐작할 만하다.

　그러나, 비연을 인용한 이 시는 전일(前日)에 받은 모욕 때문에 이
백을 미워하는 고역사에게 좋은 무기를 제공한 폭이 되었다. 비연은
성제(成帝)의 사랑을 잃고 비운에 죽은 여인이었던 까닭에, 이런 비
유는 양귀비를 저주하는 것이라고 읽어 댈 수 있었기 때문이다. 그
것을 곧이듣고 성내는 귀비처럼 단순하지야 않았겠지만, 사세(事勢)

의 어쩔 수 없음을 안 현종(玄宗)은, 이백에게 황금을 후히 주어 서울을 떠나게 하니, 때는 천보(天寶) 3년 서기 744년이었다.

한 가지 짙고 염염한 모란꽃에 이슬이 내려 향내 엉키인 듯 풍만한 육체의 미인을 두어 두고, 양왕이 꿈에 만났다는 신녀(神女)쯤을 생각하고 애끓는 것은 부질없는 일. 잠시 묻노니 한(漢)나라 궁정의 누가 비교적 이와 가깝다 하랴? 아마 어여쁜 비연이 새로 단장하고 나서면 혹시 모르리.

청평조사 (淸平調詞) 3

어느 것이 사람이고
어느 것이 모란인지…….

임금의 얼굴에는
웃음이 넘친다.

또 무슨 한(恨)이
있을 수 있으랴.

침향정(沈香亭)엔 지금
봄이 무르익는다.

名花傾國兩相歡 常得君王帶笑看 解釋春風無限恨 沈香亭北倚闌干
명화경국양상환 상득군왕대소간 해석춘풍무한한 침향정북의난간

名花 : 모란을 가리킴.   傾國 : 절세의 미인.   君王 : 玄宗을 말함.   解
釋 : 풀어 버린다.   沈香亭 : 궁중에 있던 정자. 沈香으로 지었으므로 이렇
게 불렀다.   闌干 : 난간. '欄干'이라고도 씀.

해설

　양귀비는 본래 현종의 아들 수왕(壽王)의 사랑을 받는 여인이었다.
이를 빼앗아 들였으니, 아무리 황제라고 하나 잘한 일은 못 되고, 이
둘의 사랑이 파탄의 씨를 출발에서부터 안고 있었음을 짐작할 수 있
다.

　명화(名花)와 가인(佳人)을 번갈아 보시며 황제는 기뻐하시나니,
웃음 띤 임금의 시선의 대상이 언제나 되고 있는 양귀비. 봄날의 오
뇌(懊惱) 같은 것이야 깨끗이 잊고, 지금 침향정 난간에 의지해 있는
사람이여!

　전구(轉句)에서는 세 편의 끝 수답게 과거에 맺혀 있던 것을 다 풀
어 버렸고, 다시 모든 움직임을 끊어 정적인 상황으로 결구(結句)를
삼으니, 끝없이 풍기는 여운이 귀비가 지금껏 그리하고 앉았는 듯
느끼게 한다.

　이연년(李延年)이라는 명창이 한(漢)의 무제(武帝) 앞에서 다음과
같이 노래한 적이 있다.

북방(北方)에 있는
어여쁜 사람

세상에 뛰어나니
오직 한 사람!

한 번 돌아보기만 해도
남의 성(城) 기울이고

두 번 돌아보기만 해도
남의 나라 기울이리.

北方有佳人 絶世而獨立 一顧傾人城 再顧傾人國
북 방 유 가 인　절 세 이 독 립　일 고 경 인 성　재 고 경 인 국

　그런 사람이 정말로 있느냐는 물음에, "바로 제 누이가 그 사람입니다." 하고 이연년은 대답했다. 이리하여 맞아들인 이가 이부인(李夫人), 무제의 만년에 사랑을 독차지한 그 사람이었다. '경국(傾國)'이란 말이 절세미인을 뜻하게 된 것은 이 때문이다.

자야오가(子夜吳歌) 1

– 뽕 따는 여인

푸른 냇물가에서, 뽕을 따는
여인이여. 당신은 너무나 고웁구나.

푸른 가지 휘어잡은 솜같이 흰 손이며
꽃인 듯 드러나는 붉은 그 볼!

(그러나 차가운 말 한 마디 남겨 놓고 여인은 바람처럼 사라졌습니다.)

빨리 가서 누에에게 뽕을 주어야 해요.
원님도 얼른 돌아가세요.

秦地羅敷女 採桑綠水邊 素手靑條上 紅粧白日鮮 蠶飢妾欲去 五馬莫流連
진 지 나 부 녀　채 상 녹 수 변　소 수 청 조 상　홍 장 백 일 선　잠 기 첩 욕 거　오 마 막 유 련

주

羅敷 : 해설 참조.   素手 : 흰 손.   靑條 : 푸른 가지.   五馬 : 太守. 지방
의 장관. 다섯 말이 끄는 수레를 타는 까닭에 그리 부름.   流連 : 놀음에 빠
져 돌아감을 잊는 것.

해설

「자야가(子夜歌)」라는 이름으로 전하는 8수의 악부가 있는데, 모
두 남녀의 애정을 다룬 것으로, 자야라는 여자가 지은 것이라고도
하고, 자야(밤중)에 정인(情人)을 그리워한 것이라는 설도 있다. 후인
이 이 제목을 따라서 시를 쓴 것이 많다. 이백의 이 작품도 그러하
여, 사시(四時)로 나누어 연연(戀戀)한 정을 나타낸 것이다. 「자야가」
는 진(晋)의 악부인 바, 진은 오(吳)에 도읍했으므로 「자야오가(子夜吳
歌)」라 한 것이다.

여기서 나오는 나부(羅敷)는 진씨(秦氏)의 딸로, 왕인(王仁)이라는
사람의 처가 되었다. 어느 날 길가에서 뽕을 따는데, 나부가 대단한
미인임을 알아본 태수(太守)가 수레를 멈추고 수작을 걸었으나 「맥
상상(陌上桑)」의 시를 지어 이를 거절하였다 한다. 이 시는 53구에
걸친 장편이므로 일일이 소개하지 못하나, 거절하는 대목의 일부를
인용한다.

　　나부 앞에 나서서
　　대답하기를

사또는
참 어리석구료.

사또에겐 사또의
부인 계시고

나부엔 나부의
남편 있음을!

　앞의 4행은 뽕 따는 모습을 그리고, 뒤의 2행은 거절하는 나부의
말로 되어 있다. 이렇게 돌연히 도중에서 대화로 비약시키는 것은
한시(漢詩)에서는 드물지 않은 일이나, 우리 말로 옮겨 놓으면 무리
가 생기므로 앞의 4구를 태수의 말로 번역하였으니 이해하기 바란
다.

자야오가(子夜吳歌) 2
— 연(蓮) 뜯는 여인

삼백 리나 되는 경호(鏡湖)의 물은
연꽃으로 뒤덮이고 말았습니다.

연 뜯는 서시(西施)가 어찌 고운지
구경꾼은 언덕에 구름 같습니다.

달도 뜨기를 기다리지 않고
배 저어 월왕(越王)에게 돌아가다니…….

鏡湖三百里 菡萏發荷花 五月西施採 人看隘若耶 回舟不待月 歸去越王家
경호삼백리 함담발하화 오월서시채 인간일약야 회주부대월 귀거월왕가

주

鏡湖 : 浙江省 紹興縣에 있음.　　菡萏 : 연꽃 봉우리.　　荷花 : 연꽃.　　西施 : 越의 미인.　　隘 : 넘친다.　　若耶 : 若耶溪. 鏡湖에 흐름.　　越王家 : 越王의 궁전.

　서시(西施)는 유명한 미인. 이웃집 처녀가 그의 찡그리는 모양까지 흉내냈다는 이야기가 전하는 정도이다. 그러나 집이 가난하여 나무를 해다 팔기도 하고, 약야계(若耶溪)에서 연밥(蓮子)을 뜯기도 하였다. 후일 이를 발견하여 정략적(政略的)으로 이용한 것이 월왕(越王) 구천(句踐).

　그가 오(吳)에 패하여 원수를 갚기 위해 와신상담(臥薪嘗膽)했다는 것은 유명한 일화이지만, 오왕(吳王) 부차(夫差)를 타락시키기 위해 서시를 보냈던 바, 부차는 미색에 혹하여 고소대(姑蘇臺)에 올라 연일 행락을 일삼다가 월에 멸망되고 말았다.

　연밥 뜯는 노래 채련곡(採蓮曲)은 중국 시인들이 좋아하는 테마.

자야오가(子夜吳歌) 3

― 다듬이질

조각달이 서울을 희미히 비추고
집집마다 다듬이 소리 설게 울립니다.

가을바람인들 어찌 무심히 듣겠어요?
다 그리움을 돕는 것뿐입니다.

어느 날에나 오랑캐 무찌르고
임은 옥관(玉關)에서 돌아올지요.

長安一片月 萬戶擣衣聲 秋風吹不盡 總是玉關情 何日平胡虜 良人罷遠征
장안일편월 만호도의성 추풍취부진 총시옥관정 하일평호로 양인파원정

주

一片月 : 한 조각 달.　　擣衣 : 옷을 다듬는 것.　　總是 : 모두. '是'는 별 뜻
없이 어조를 돕는 글자.　　玉關情 : 전쟁에 나간 남편을 그리워하는 정. 玉門
關은 甘肅省에서 新疆省으로 나가는 데에 있는 관문으로, 중국인에게는 곧

전장을 상징하는 이름이었다.   胡虜 : 서북의 오랑캐. 흉노.   良人 : 아내
가 남편을 부르는 말. 당신.

해설

　서울을 희미하게 비추는 조각달의 '하나'와, 싸움에 나가 돌아오지
않는 남편에게 겨울옷을 만들어 보내려고 다듬이질에 열중하는 집
집의 '萬'이 대조되는 애절을, 더욱 북돋는 것은 쓸쓸한 가을바람!
'總是'의 두 자, 천지만물을 규합하여 임에의 원정(怨情)으로 돌리어
천근의 무게를 보이고, 겨우 6구의 소편(小篇)이로되 만리를 부는 바
람같이 휩쓸어 내려가니 기교를 농함이 없이 자연스러운 속에 그 한
이 문자 밖에 넘친다.

자야오가(子夜吳歌) 4

― 바느질

내일 아침이면 인편이 있다기에
밤을 도와가며 솜옷을 짓습니다.

바늘과 가위 잡은 손 얼어드는
참으로 참으로 추운 밤입니다.

만들어서 부치기야 한다지만
언제나 그 곳에 닿을는지요.

明朝驛使發 一夜絮征袍 素手抽針冷 那堪把剪刀 裁縫寄遠道 幾日到臨洮
명 조 역 사 발 일 야 서 정 포 소 수 추 침 냉 나 감 파 전 도 재 봉 기 원 도 기 일 도 임 조

주

驛使 : 우편물을 배달하는 사람.   絮 : 옷에 솜을 넣음.   征袍 : 전쟁에 나
간 사람이 입을 솜옷.   抽 : 뽑는다. 뺀다.   那 : 어찌 …하랴?   剪刀 : 가
위.   臨洮 : 西域으로 가는 要所로 甘肅省 臨潭縣의 西南에 있어서, 지명만

들어도 戰場을 생각게 하는 곳의 하나.

해설

　바늘이나 가위에도 겨울 추위가 느껴지는데, 돌아올 기약조차 없는 임이여! 추위가 더할수록 더욱 느는 임에 대한 그리움이여!

황학루(黃鶴樓)에서

나를
황학루에 남기고

― 안개 낀 삼월

친구는 배에 올라
양주(揚州)로 떠나고,

이윽고, 돛대마저
시야(視野)에서 사라져

뵈는 것, 아득히 하늘에 닿은
장강(長江) 물뿐이어라.

故人西辭黃鶴樓 烟花三月下揚州 孤帆遠影碧空盡 惟見長江天際流
고 인 서 사 황 학 루   연 화 삼 월 하 양 주   고 범 원 영 벽 공 진   유 견 장 강 천 제 류

故人 : 오래 사귄 친구.　　黃鶴樓 : 湖北省 武昌에 있는 다락이니, 양자강에
임하여 眺望이 좋음.　　烟花 : 안개와 꽃.　　揚州 : 江蘇省에 있는 지명.　　長
江 : 양자강을 가리킴.　　天際 : 하늘 끝. 하늘과 땅이 맞닿은 곳.

해설

　원제는 「黃鶴樓送孟浩然之廣陵」. 황학루에서 맹호연의 광릉(廣陵)
으로 가는 것을 전송해서 쓴 시.

　이백의 생애는 확실하지 않은 면이 많지만, 이 시의 제작에 대해
서도 황석규(黃錫珪)는 개원(開元) 25년(737)으로 잡고, 왕기(王琦)·왕
요(王瑤)는 개원 28년(740)으로 추측하고 있어서 일정하지 않으나, 대
개 40이 될까 말까 할 나이였음을 짐작할 수 있다.

　시인 맹호연과는 그 이전에도 자주 만나 여간 친한 사이가 아니었
던 모양이다.

　이 시는 눈에 보는 풍경을 말했을 뿐, 한 자도 별리(別離)의 정을
건드리지 않았건만, 정서가 도리어 문자 밖에 출렁임은 경(景) 속에
정(情)이 함축되어 있는 까닭이다. 더욱 외로운 돛대가 먼 하늘 끝에
사라졌음이 어찌 단순한 풍경이며, 홀로 남아 굽어보는 장강이, 작자
의 무궁한 정과 무연(無緣)한 것이겠는가.

낙화(落花)에 묻혀서

술을 마시다 보니
어느덧 날이 어둡고

옷자락에 수북히
쌓인 낙화여!

취한 걸음, 시냇물의
달 밟고 돌아갈 제

새도 사람도 없이
나 혼자로라.

對酒不覺暝 落花盈我衣 醉起步溪月 鳥還人亦稀
대 주 불 각 명 낙 화 영 아 의 취 기 보 계 월 조 환 인 역 희

瞑 : 어둡다.   盈 : 차다(滿).   溪月 : 시냇물에 비친 달.

해설

원제는「自遣」. 자견(自遣)은 스스로 저를 위안하는 것.

날이 어두워지는 것도, 낙화가 오지랖에 수북히 쌓이는 것도 잊고
술을 마신 풍류. 그리하여 새 소리도 끊어지고 인기척도 드문 시내
따라 난 길을 비틀대는 걸음으로 달빛을 밟고 돌아가는 사람! 오언
절구(五言絶句)는 자연스러운 정을 담되, 말은 짧으나 뜻은 길어서
함축부진(含蓄不盡)의 맛이 있어야 하나니, 이백으로 으뜸을 삼음이
까닭 있다 하겠다.

정야(靜夜)

서리 내린 듯
달빛이 맑다.

자다가
일어나 앉는다.

고개를 드니
산에 달이 걸리고

눈에 삼삼이는 고향…….

나는 그만
머리를 숙인다.

牀前明月光 疑是地上霜 擧頭望山月 低頭思故鄕
상 전 명 월 광　의 시 지 상 상　거 두 망 산 월　저 두 사 고 향

牀 : 침대.

해설

원제는 「靜夜思」. 고향을 생각하고 잠을 못 이루어 이리뒤척 저리 뒤척하다가, 문득 보노니 뜰을 뒤덮은 이 어인 흰 서리이뇨. 이윽고, 고개를 쳐들어 산에 걸린 달을 보고야 그것이 서리 아닌 달빛임을 알았으되, 나그네의 시름은 더욱 진정할 길 없어 다시 고개 숙여 향수(鄕愁)에 잠기노니…….

저절로 된 듯한 시다. 쉬운 말에다 나오는 동작은 머리를 들고 숙이는 것뿐이지만, 무한한 감회가 서림은 진솔(眞率)이 때로 기교를 능가하기 때문이다. "시(詩)는 언지(言志)"라는 고래의 시관(詩觀)은 이런 것을 말함이리라.

『당시선(唐詩選)』과 기타 책에서 기구(起句)를 '看月光'으로 하는 것은 잘못이니, 그리 되면 월광(月光)의 자연함을 손(損)할 뿐 아니라, '擧頭'의 묘한 기틀을 지레 뺐는 것이 되지 않겠는가. 황석규(黃錫珪)는 이것을 31세 때의 작품으로 본다.

매화락 (梅花落)

장사(長沙)를 향해
귀양살이 가는 길.

서울 쪽으로
자꾸 고개가 돌리켜…….

잠시 쉬는 황학루(黃鶴樓).
피리 소린 고와서

오월인데도 분분히 지는
매화 향기여!

一爲遷客去長沙 西望長安不見家 黃鶴樓中吹玉笛 江城五月落梅花
일 위 천 객 거 장 사 서 망 장 안 불 견 가 황 학 루 중 취 옥 적 강 성 오 월 낙 매 화

遷客 : 귀양살이 가는 사람.　　長沙 : 湖南省 洞庭湖 남쪽에 있는 地名.　　長
安 : 唐의 서울. 지금의 西安.　　黃鶴樓 : 湖北省 武昌에 있음. 揚子江에 臨하
여 眺望이 좋음.　　江城 : 양자강 가에 있는 성. 즉 武昌.　　落梅花 : 피리 곡
조인 「梅花落」.

해설

원제는 「與史郞中欽聽黃鶴樓上吹笛」. 낭중(郞中) 벼슬인 사흠(史
欽)과 함께 황학루에서 피리 부는 것을 듣고 지은 것.

이백은 어려서 독서와 함께 검술을 좋아했다는 일화가 상징하듯,
문학에 대한 정열과 함께 일생을 두고 떼어 버리지 못한 것은 정치
에 대한 포부, 야심이었다. 그러나 자기 재능만 믿으면 되는 문학과
는 달리, 관리로서의 출세는 그리 용이하지 않아서, 3년에 걸친 한림
학사(翰林學士)의 생활도 고역사의 음해(陰害)로 끝장을 보게 되고,
각처를 유랑하는 이백에게는 다시 한 번 운명을 시험할 기회가 온
다. 안녹산의 반란으로 현종은 촉(蜀)으로 몽진(蒙塵)하고, 천하가 가
마솥 끓듯 할 제 우리 시인은 안휘성(安徽省)에 있었는데, 마침 여기
서 현종의 황자(皇子)인 영왕(永王)이 의병을 일으키고 이백을 막하
(幕下)로 부른 것이다. 부르는 쪽에서야 기껏 이백의 명성을 이용하
자는 정도였는지 모르지만, 야심만만한 이백은 호기(好機)를 놓칠세
라 달려갔으리라. 그가 후일에 한 변명과는 달리 기쁘게 응했다는
것이 사실이었을 것이다. 하지만, 이번에도 실패였다. 영왕은 안녹산

의 난이 평정되자 반군으로 몰리고, 이백은 사형수로 심양(潯陽)의 옥에 갇힌다. 그러나 곽자의(郭子儀) 등의 주선으로 야랑(夜郎)에 유배가게 되니, 황학루에서 이 시를 읊은 것도 그 때의 일이었을 것이다. 장안에서 쫓겨난 지 14년, 당도(當塗)에서 죽기 4년 전! 일생의 웅지는 헛되이 무너지고 지난날 몇 번인가 시주(詩酒)를 즐기던 명승(名勝)을 죄인의 몸으로 다시 찾아, 매화락(梅花落)의 피리를 들으며, 그 감회가 어떠했으랴. 문자 밖에 풍기는 처절한 정서와 끊일 줄 모르는 여운은, 태백의 그러한 반생의 체험이 시의 밑바닥을 받쳐 줌으로써 생겨난 것이리리.

피리 소리

누가
부는가

낙양(洛陽)의
봄밤을

바람 타고
번지는

이별의
절양류(折楊柳)

저 피리
설우니

내 고장
그리어

애 아니
끊으랴

들려 오는
절양류

誰家玉笛暗飛聲 散入春風滿洛城 此夜曲中聞折柳 何人不起故園情
수 가 옥 적 암 비 성 산 입 춘 풍 만 낙 성 차 야 곡 중 문 절 류 하 인 불 기 고 원 정

주

暗 : 어디선지. 피리 소리는 들리나 보이지는 않으니까.   洛城 : 洛陽. 長安
과 비견되는 정치·문화의 중심지.   折柳 : 이별을 나타내는 피리 곡조인
「折楊柳」.

해설

원제는 「春夜洛城聞笛」. − 봄밤, 낙양에서 피리 소리를 듣고 −.

  이백이여…… 나는 이 밤
  당신이 부는 피리를 듣습니다.
  천이백여 년의 시간을 뚫고

울려 퍼지는
그 가락은 나의 가슴을 뒤흔듭니다.

당신이 내는 소리가 하도 크고 맑기에
나도 피리를 불어 보았습니다.
그러나, 드디어 깨달아야 했습니다.
당신이 부는 피리 소리는 당신이 부는 것이 아니라
피리 스스로 울리는 것임을.
스승이여. 어떻게 하면
피리에 손대지 않고 피리 스스로 울게 할 수 있습니까.
달빛처럼
산해관(山海關)을 넘고 압록강을 건너 올 수 있습니까.

원정(園丁)이 꽃을 위해 풀을 뽑아 주는 것같이
내가 할 일은
당신의 소리가 보다 잘 들리도록 돕는 일입니다.
그래서, 대문의 빗장을 벗기고
창문을 열어 젖힙니다. 이백이여!

이별

청산은 북쪽 마을에
가로놓이고

맑은 물은 흘러
동편 성(城)을 도는데

여기서
한번 나뉘면

나그네의 만리 길
지향도 없으렷다.

떠가는 저 구름은
그대의 마음인가.

지는 이 해는
보내는 내 정일레.

손을 휘저어
드디어 떠나는가.

쓸쓸하여라.
말 우는 저 소리도.

靑山橫北郭 白水遶東城 此地一爲別 孤蓬萬里征
청 산 횡 북 곽　백 수 요 동 성　차 지 일 위 별　고 봉 만 리 정
浮雲遊子意 落日故人情 揮手自玆去 蕭蕭班馬鳴
부 운 유 자 의　낙 일 고 인 정　휘 수 자 자 거　소 소 반 마 명

　　　주

北郭 : 북쪽 성 밖. '郭'은 外城.　　蓬 : 다북쑥. 바람에 날리는 까닭에 나그네
에 비유함.　　征 : 간다.　　遊子 : 나그네.　　故人 : 오랜 친구.　　蕭蕭 : 고요
하고 쓸쓸한 모양.　　班馬 : 헤어지는 이가 탄 말.『易經』에 '乘馬班如'라는
말이 나온다.

　　　해설

　원제는「送友人」. 1, 2에서 대구를 썼기에 3, 4구에서는 쓰지 않았
다.

　처음의 청산(靑山)과 백수(白水)는 빛깔의 대조도 대조지만, 산은

움직이지 않고 물은 흘러가는 것이므로, 보내는 이와 가는 사람의 정서를 느끼게 되니, 아무렇게나 묘사한 자연의 풍경이 아님을 알 것이요, 3, 4구에서 헤어지는 한번의 '一'과, 떠가는 만리 길의 '萬'에 얼마나 애끊는 정조(情調)가 서려 있는 것이랴. 다시 구름으로 나그네를 비유하고, 낙일(落日)로 보내는 이의 심정을 드러내니, 목견(目見)하는 실경(實景)이자 심리의 상징이므로 애절함이 더욱 가슴에 오며, 말 울음으로 결(結)을 삼았기에 그 슬픈 소리가, 사람의 그림자가 시야에서 사라진 다음에까지 작자의 귀에 들렸음을 짐작하게 하여, 여운이 끊이지 않는다.

구름 있는 이별

어느 산인들
흰 구름 없으랴.
그대 가는 곳
흰 구름 따르리.
길이 따르리.
그대 초산(楚山)에 들어가면
구름도
상수(湘水)를 건너 따라가리.
상수 가에
석송으로 옷 지어 입고
구름 속에 누우면 좋으리.
어서 가 보게.

楚山秦山皆白雲　白雲處處長隨君　長隨君　君入楚山裏
초 산 진 산 개 백 운　백 운 처 처 장 수 군　장 수 군　군 입 초 산 리
雲亦隨君渡湘水　湘水上　女蘿衣　白雲堪臥君早歸
운 역 수 군 도 상 수　상 수 상　여 라 의　백 운 감 와 군 조 귀

楚山 : 洞庭湖 부근에 있는 산.   秦山 : 長安 근방에 있는 산.   湘水 : 湖南
省을 흘러 동정호로 들어가는 강.   女蘿 : 석송. 이것으로 옷을 해 입는다는
말이 『楚辭』에 보인다.

해설

　강나루 건너서
　밀밭길을

　구름에 달 가듯이
　가는 나그네

　길은 외줄기
　남도 삼백리

　술 익는 마을마다
　타는 저녁 놀

　구름에 달 가듯이
　가는 나그네

목월(木月)은 구름 위를 가는 달로 나그네를 비유하여 이 상(想)을

끝까지 끌고 감으로써 우리에게 좋은 보석 하나를 선물했다. 이백은 벗과 이별하면서, 자기 대신 구름을 따라 보낸다. 자질구레한 한숨이나 눈물이 아닌, 얼마나 미끈하고 멋진 이별인가. 그러면서도 친구를 생각하는 마음이 향기되어 풍긴다.

원제는 「白雲歌送劉十六歸山」. 흰 구름의 노래로 유십륙(劉十六)의 산으로 돌아감을 전송한다는 뜻. '십륙(十六)'이라 함은 배항(排行). 대가족 제도에서 종형제(從兄弟)끼리의 순번.

물에 물어 보라

버들꽃 바람에 날려
향기론 주막집.

술을 따르는 건
남국의 미녀.

금릉(金陵) 젊은이들의
정을 어쩌지 못해

차마 못 떠나고
다시 잔 기울이노니

물어 보라, 동으로
흐르는 물에.

이별의 이 슬픔과
어느 것이 기냐고.

風吹柳花滿店香　吳姬壓酒喚客嘗　金陵子弟來相送
풍 취 유 화 만 점 향　오 희 압 주 환 객 상　금 릉 자 제 내 상 송
欲行不行各盡觴　請君試問東流水　別意與之誰短長
욕 행 불 행 각 진 상　청 군 시 문 동 류 수　별 의 여 지 수 단 장

주

店 : 술집.　吳姬 : 吳의 여자. 吳는 지금의 江蘇省 일대.　壓酒 : 술을 짜는 것.
喚客嘗 : 손님을 불러 맛보게 한다.　金陵 : 지금의 南京.　子弟 : 청년.
盡觴 : 잔을 기울여 다 마심.　與之 : 이것과.

해설

　이백은 장안(長安)에서 추방된 후, 대부분의 시일을 남방을 방랑
하면서 보냈다. 두보가 산중에서 고생하며 산 것과는 달리, 떠도는
몸이라고는 하나 꽤 호화로운 나날이었다. 시명(詩名)이 천하에 떨쳐
있어서 가는 곳마다 극진한 접대를 받았고, 호방한 그는 각처의 협
객(의기 있는 어깨)들과 통해서 그 도움도 컸던 모양이다.

　이백이 금릉에 발을 들여 놓은 것은 추방의 몸이 된 지 그럭저럭
한 10년이 되는 천보(天寶) 13년, 안녹산의 난이 일어나기 2년 전의
일로 추측된다. 지금의 남경(南京)인 금릉은, 양자강에 임하여, 풍광
(風光)이 아름다운 육조(六朝)의 고도(古都)다. 유적을 찾아 회고의 정
에도 잠겼으려니와, 그의 주위에 모여드는 팬들에게 끌려 다니며 술
도 어지간히 마셨으리라.

　떠나면서 섭섭한 정을 금릉에 남기고 간 이 시는, 그 음악적인 언

어 구사로 독자에게 말할 수 없는 쾌감을 준다. 그런 것을 구조가 다른 우리 언어로 옮길 수는 없으니, 부디 원시(原詩)를 소리 내어 읽어 주기 바란다. 또 마지막 2행에서, 별리의 정의 길이를 물줄기에 비교한 것은 얼마나 함축적인 표현인가. 후인이 이것을 모방하는 일이 많은 것도 무리가 아니다. 황진이(黃眞伊)의 다음 작품 같은 것이 이에 해당한다.

月下庭梧盡 霜中野菊黃 樓高天一尺 人醉酒千觴
월 하 정 오 진   상 중 야 국 황   누 고 천 일 척   인 취 주 천 상
流水和琴冷 梅花入笛香 明朝相別後 情與碧波長
유 수 화 금 냉   매 화 입 적 향   명 조 상 별 후   정 여 벽 파 장

밝은달
오동잎……

찬서리
들국화

치솟은
다락에

취하는
천잔술

물소리
거문고

매화향
옥피리

동과서
헤져도

정이야
장강물

    황진이의 이 오율(五律)은 꽤 격조가 높은 작품인데, 3 · 3조로 옮
기다가 원래의 뜻을 충분히 나타내지 못한 데가 있다. 2행의 '庭梧
盡'은 '오동잎이 다 졌다'는 의미인데 글자의 제약으로 어쩔 수 없
어, 점선을 찍어 놓았으니, 상상력으로 보충하며 읽어 주시기를 바란
다. 또 5, 6행의 원시에 대해서는 몇 마디 설명을 붙이지 않으면 가
을에 무슨 매화가 등장하느냐는 등의 오해가 생기겠기에 잠깐 말하
고 넘어가려 한다. '流水'는 종자기(鍾子期)의 고사에서 딴 것이다.
『열자(列子)』에 이런 이야기가 나온다.

    백아(伯牙)는 거문고를 잘 뜯고, 종자기는 이를 잘 이해하였다. 백
아가 높은 산을 마음에 두고 거문고를 뜯으면, "좋다. 아아(峨峨)하여

태산(泰山)과 같구나." 하고 종자기는 음악을 평했다. 또 백아가 유수(流水)를 생각하며 그 뜻을 거문고로 나타내면, 종자기는 "좋다. 양양(洋洋)하여 강하(江河)와 같구나." 하는 것이었다……. 또 '梅花'는 '梅花落'이라는 피리 곡조를 말함이니, 매화가 핀 것이 아니라 '梅花落'을 피리로 불었다는 뜻이다.

원제는 「金陵酒肆留別」. '주사(酒肆)'는 술집. '유별(留別)'은 떠나는 사람이 배웅하는 사람에게 남기고 오는 시.

강릉(江陵)으로 가는 길

채운낀
백제성

아침에
떠나서

천릿길
강릉을

하루에
오다니 —

잔나비
휘파람

끝나지
않은새

돛배는
가벼워

만겹산
지났네.

朝辭白帝彩雲間 千里江陵一日還 兩岸猿聲啼不盡 輕舟已過萬重山
조 사 백 제 채 운 간 천 리 강 릉 일 일 환 양 안 원 성 제 부 진 경 주 이 과 만 중 산

주

白帝 : 白帝城. 千里 : 백제성에서 江陵에 가는 물길은 급류이기 때문에 대단히 빠르게 갈 수 있다. 不盡 : '不住'라고 된 책도 있다. 의미는 별 차이가 없다.

해설

원제는 「早發白帝城」. 급류를 타고 가는 뱃길이라 천리나 되는 데를 하루에 갈 수 있었으니, 그 배의 빠름은 원숭이의 우는 소리가 끝나기도 전에 만겹의 산을 지나가 버리는 정도였다는 것. 그러나 이 시의 묘미는 그런 내용에 있는 것이 아니라 수사(修辭)에 있다. 기구(起句)만이라도 좋으니 소리 내어 읽어 보라. 거기서 오는 환하고 미

끈한 정서는 전적으로 하나하나의 말이 가지는 형태와 빛깔과 무게와 의미와 배경과, 이런 말들이 겹쳐져 빚어내는 더 복잡 미묘한 여러 가지 요소에서 오는 것이니, 우리는 시란 궁극에 가서 언어의 문제일 뿐이며, 생각이 있어서 이것을 언어로 나타낼 때에 시가 되는 것이 아니라, 언어를 발굴하고 개척하는 곳에 새로운 정서, 즉 시가 탄생하는 것이라고 믿어도 좋겠다.

심덕잠(沈德潛)이 평하기를, "순식간에 천리의 일을 그려 내어, 마치 신(神)의 도움이 있는 것 같다."고 했고, 간야도명(簡野道明)이 평하여 "이는 전결(轉結)의 2구로써 기승(起承)의 2구를 설명하는 법이니, 기승에서 '白'이라 하고 '彩'라 하며, '千'이라 하고 '一'이라 함에서 그 수사의 교묘함을 볼 것"이라 하였다.

백로

가을 물 보고
백로가 내려와서

마치 흰 서리 날리듯
내려와서

마음 한가함인가.
얼마 동안 가지 않고

물가 모래 위에
홀로 서 있다.

白鷺下秋水 孤飛如墜霜 心閑且未去 獨立沙洲傍
백로하추수 고비여추상 심한차미거 독립사주방

下 : 내려오다.   墜霜 : 떨어지는 서리.   且 : 잠시.

해설

이것은 한 폭의 묵화(墨畵). 가을의 풍광(風光)을, 어느 한 순간의
백로에 집약하여 파악했다. 원제는 「白鷺鷥」. 뜻은 같다.

독작 (獨酌)

꽃 사이에 앉아
혼자 마시자니

달이 찾아와
그림자까지 셋이 됐다.

달도 그림자도
술이야 못 마셔도

그들 더불어
이 봄밤 즐기리.

내가 노래하면
달도 하늘을 서성거리고

내가 춤추면
그림자도 춘다.

이리 함께 놀다가
취하면 서로 헤어진다.

담담한 우리 우정!
다음에는 은하 저 쪽에서 만날까.

花間一壺酒	獨酌無相親	擧杯邀明月	對影成三人	月旣不解飮
화 간 일 호 주	독 작 무 상 친	거 배 요 명 월	대 영 성 삼 인	월 기 불 해 음
影徒隨我身	暫伴月將影	行樂須及春	我歌月徘徊	我舞影零亂
영 도 수 아 신	잠 반 월 장 영	행 락 수 급 춘	아 가 월 배 회	아 무 영 영 란
醒時同交歡	醉後各分散	永結無情遊	相期邈雲漢	
성 시 동 교 환	취 후 각 분 산	영 결 무 정 유	상 기 막 운 한	

주

一壺酒 : 한 병의 술.   邀 : 불러 오는 것.   徒 : 공연히.   將 : …과.   行樂 :
즐기는 것.   零亂 : 부서져 흩어짐.   無情遊 : 세속을 떠난 우정.   邈 : 먼
모양.   雲漢 : 은하.

해설

　이백의 시에는 술을 노래한 것이 많다. 또 달을 노래한 것도 많다.
그것은 그가 천성(天成)의 낭만주의자이기 때문이었을 것이니, 달은
취흥을 북돋고, 취흥은 시흥을 일으켰으리라. 달과 그림자와 자기 셋

이서 마시는 술, 결국 혼자서 마시는 술이, 두보 같은 이의 붓에 올랐다면 뼈저리는 애수를 동반했을 터이지만, 이백의 이 시에는 사소한 처량함도 느껴지지 않고 분방한 감정이 적극적인 자세로 흘러, 명랑함을 잃지 않고 있음은 특이하다 하겠다. "我歌月徘徊 我舞影零亂"에 이르러서는 낭만의 극치! 어디서 다시 그 짝을 구하랴.

대작(對酌)

둘이서 마시노라니
산에는 꽃이 벌고

한 잔 한 잔 기울이면
끝없는 한 잔.

취했으니 자려네.
자넨 갔다가

내일 아침 맘 내키면
거문고 안고 오게나.

兩人對酌山花開　一杯一杯復一杯　我醉欲眠卿且去　明朝有意抱琴來
양 인 대 작 산 화 개　일 배 일 배 부 일 배　아 취 욕 면 경 차 거　명 조 유 의 포 금 래

對酌 : 마주 앉아 술을 마심.　　復 : 다시.　　卿 : 그대.　　且 : 잠시.

해설

　원제는 「山中與幽人對酌」. 산중에서 유인(幽人 : 山中에 은거하는 사람)과 대작한다는 뜻. 동양에는 자연과 사람과의 대립이 없었다. 사람도 자연의 일부로서 자연에 순응해야 된다고 생각했다. 인위적인 것은 천하게 여기고 배척하였다. 마시고 싶으면 마시는 것뿐, 거기에는 딴 아무것도 없으니, 마치 때가 되면 꽃이 저절로 피고 저절로 지는 것이나 다를 바 없다. 취해서 졸음이 오면 가라고 한다. 이것은 도연명(陶淵明)이가 한 말을 인용한 것이지만, 말하는 이에게 딴 뜻이 있음도 아니요, 듣는 쪽도 물론 자연스럽게 듣는다. 뜻이 있거든 거문고 안고 내일 다시 오라는 결구(結句)에 이르러서는 그 은근한 정이 여운이 되어 길이 마음을 사로잡는다. 전구(全句)가 그야말로 천의무봉(天衣無縫)하여 극히 쉬운 말을 나열하였으되 더할 수 없는 멋을 나타내는 데 성공했으니, 그 솜씨를 어떻다 하랴.

옥계원 (玉階怨)

섬돌 위에
찬 이슬 내려

어느덧 버선도
촉촉히 젖었다.

— 밤이 깊었음인가.

들어와
발을 내리우면

시름인 양 따라와서
비추는 달빛!

玉階生白露 夜久侵羅襪 却下水精簾 玲瓏望秋月
옥 계 생 백 로 야 구 침 나 말 각 하 수 정 렴 영 롱 망 추 월

玉階 : 섬돌. '玉'은 아름답다는 형용.　　羅襪 : 비단 버선.　　却 : 도리어.
水精簾 : 수정을 장식한 발. 水精은 水晶.　　玲瓏 : 투명하게 맑은 모양.

해설

　밤이슬이 내린 것을 섬돌에서 저절로 생긴 듯 '生'이라 하고, 버선
이 이슬에 젖는 것을 저도 깨닫지 못한 까닭에 '侵'이라 했다. 마음
둘 곳을 몰라 뜰을 배회한 것이지만, 드디어 단념하고 방으로 들어
온다. 전구(轉句)에서 발을 내린다 한 것은 생각하지 말자고 스스로
다짐하는 것. 그러나 오히려 발 너머로 달을 바라보고 앉았는 사람!
'却'은 결구(結句)에 붙여 생각함이 좋을 것이다.

산중문답 (山中問答)

왜
산에 사느냐기에

그저 빙긋이
웃을 수밖에.

복사꽃 띄워
물은 아득히…….

분명 여기는
별천지인 것을.

問余何事栖碧山 笑而不答心自閑 桃花流水杳然去 別有天地非人間
문 여 하 사 서 벽 산 소 이 부 답 심 자 한 도 화 유 수 묘 연 거 별 유 천 지 비 인 간

余 : 自稱. 나.　　栖 : 살다.　　杳然 : 먼 모양.　　人間 : 사람이 사는 이 세상.
속세.

해설

산에 사는 마음을 속된 사람에게 아무리 말해 보아야 필경 헛수고
에 그칠 것이매 웃을 뿐 대답하지 않은 것이니, 묻는 사람의 눈엔들
복사꽃을 띄워 가지고 아득히 흘러 가는 시냇물이 보이지 아니했을
리야 없지마는, 마음이 이르지 못하매 자연의 미묘한 기틀을 보고도
못 보는 것으로, "別有天地非人間"이 경치의 유별남을 뜻하는 데 그
치지 않고, 마음의 높은 경지를 말함을 알 것이다.

선성 (宣城)

성(城)은 그대로
한 폭의 그림인데

산중의 연보라
새벽 하늘 빛.

거울 박아 놓은 듯
맑은 두 내에

칠색의 무지갠 양
다리가 걸려…….

아침 연기 오르는 마을
귤은 익고

오동 거의 졌으니
이미 늦가을인가.

다락에 오르면
바람마저 찹거니

가슴에 스며 오는
옛사람 향기.

江城如畫裏　山曉望晴空　兩水夾明鏡　雙橋落彩虹
강성여화리　산효망청공　양수협명경　쌍교낙채홍
人煙寒橘柚　秋色老梧桐　誰念北樓上　臨風懷謝公
인연한귤유　추색노오동　수념북루상　임풍회사공

주

江城 : 강변의 성. 宣城을 말함.　兩水 : 宣城을 에워싸고 흐르는 宛溪·句
溪.　　雙橋 : 鳳凰橋와 濟川橋.　彩虹 : 아름다운 무지개. 다리의 형용.
橘柚 : 귤과 유자.　　謝公 : 謝朓.

해설

　원제는 「秋登宣城謝朓北樓」. ― 가을날 선성(宣城)에 있는 사조(謝
朓)의 북루(北樓)에 오르다 ―.

　처음 4구는 선성(宣城)의 풍경이 그림같음을 말하고, 뒤의 4구는
가을빛 짙은 북루(北樓)에 올라 멀리 옛날의 사조(謝朓)를 생각함을

나타낸 것이다.

　사조는 이백이 가장 존경하던 남제(南齊)의 시인으로 선성내사(宣城內史)가 되어 북루를 세웠다. 조공루(朓公樓)라고도 불리는 까닭이 여기에 있다. 이백은 여러 번 선성을 내왕했으므로, 제작 연대는 잡을 수 없으나, 경애하는 시인이 살던 가려(佳麗)한 풍경은 꽤 마음에 들었던 모양으로, 죽으면 이곳 청산(靑山 : 산이름)에 묻히겠다고 늘 말하였다. 그가 당도(當塗)에서 죽자 일단 채석(采石)의 용산(龍山) 동마(東麓)에 장사지냈으나, 고인(故人)의 뜻을 생각하여 다시 선성 청산의 남쪽에 이장하니, 헌종(憲宗)의 원화(元和) 2년, 그가 죽은 지 55년 만이었다.

도사(道士)를 찾아

봉우리들
하늘에 치솟은 곳

도사(道士)는
햇수도 모르고 산다.

구름을 헤쳐
길을 찾아가다가

나무에 기대어
숨 돌리며 듣는 샘물 소리.

꽃그늘 따뜻하여
푸른 소 눕고

솔은 높아
백학(白鶴)이 존다.

이야기하다 보니
강물 빛 어둬 오기에

안개에 젖어
산을 내려온다.

群峭碧摩天　逍遙不記年　撥雲尋古道　倚樹聽流泉
군 초 벽 마 천　소 요 불 기 년　발 운 심 고 도　의 수 청 유 천
花暖靑牛臥　松高白鶴眠　語來江色暮　獨自下寒烟
화 난 청 우 와　송 고 백 학 면　어 래 강 색 모　독 자 하 한 연

주

峭 : 높고 험한 봉우리.　　摩天 : 하늘에 닿은 듯이 높다.　　撥雲 : 구름을 헤
친다.　　靑牛 : 검은 소를 멋지게 부르느라고 그리 이른다.

해설

　원제는 「尋雍尊師隱居」. 옹(雍)씨인 도사(道士)의 사는 곳을 찾았
다는 뜻.

　이 시는 네 부분으로 나누어서 이해하는 것이 좋겠다. 1, 2구는 도
사가 사는 산중을, 3, 4구는 거기를 찾아가는 모양을 나타낸 것. 5, 6
구는 도착하여 목견(目見)한 광경이요, 7, 8구는 헤어져서 돌아옴을

말한 것이다. 율시(律詩)는 반드시 3, 4·5, 6구가 대구를 이루어야한다. 3, 4구에서 보면 '撥'이라는 동사는 '倚'라는 동사와, '雲'은 '樹'와 같은 명사로 대를 이루고 있다. '尋'과 '聽', '古道'와 '流泉'도같은 용례이다. 5, 6구에서도 엄밀한 대(對)가 취해진 위에, '靑'과'白' 같은 색채 감각의 대조까지 되고 있음을 볼 것이다. 또 5구 자체 안에서도 꽃빛과, 소의 청색과의 대조라든지, 6구에서의 소나무로 연상되는 푸른 빛과 학의 흰 빛의 대조를 생각할 때, 얼마나 세심한 배려가 행해지고 있는지 알 것이다. 그 위에 '逍遙'는 『장자(莊子)』에 나오고, '靑牛'는 노사가 함곡관(函谷關)을 지날 때 탔던 소와같다는 점에서 도사와 관계되는 이 시에, 다소 배경 같은 것을 제공하고 있음은 물론이다.

달에 묻노니

하늘에 달 있은 지
그 몇 해던가.
잠시 잔을 멈추고
한 번 묻노니

사람이 뉘라서
저 달 잡으리.
제, 도리어
사람을 따라옴을…….

하늘나라 선궁(仙宮)에
거울 걸린 듯
푸른 안개 걷힌 다음
밝은 그 빛깔!

초저녁 바다에서
둥두렷이 솟아나

새벽이면 남 모르게
사라지는 것.

봄 가을 여름 없이
흰 토끼는 약을 찧고
항아(姮娥)는 외롭지 않으랴.
이웃이나 있는다?

우리는
옛 달을 못 보았으되
저 달은
옛 사람 비추었으리.

그제나 이제나
사람은 흐르는 물.
그들은 저 달 보며
무슨 시름 잠겼으랴.

원컨대 노래하며
술을 마실 때
맑은 그 빛 황금 술통

길이 비치길.

青天有月來幾時　我今停杯一問之　人攀明月不可得　月行却與人相隨
청천유월내기시　아금정배일문지　인반명월불가득　월행각여인상수

皎如飛鏡臨丹闕　綠煙滅盡淸輝發　但見宵從海上來　寧知曉向雲間沒
교여비경임단궐　녹연멸진청휘발　단견소종해상래　영지효향운간몰

白兎擣藥秋復春　姮娥孤棲與誰鄰　今人不見古時月　今月曾經照古人
백토도약추부춘　항아고서여수린　금인불견고시월　금월증경조고인

古人今人若流水　共看明月皆如此　唯願當歌對酒時　月光長照金樽裏
고인금인약유수　공간명월개여차　유원당가대주시　월광장조금준리

주

幾時 : 얼마나 시일이 지났나? 의문형.　　停杯 : 마시려다가 잔을 멈춤.　　攀 : 손으로 잡아당김.　　却 : 도리어.　　皎 : 밝은 모양.　　飛鏡 : 하늘을 나는 거울. 달을 말함.　　丹闕 : 仙人이 사는 궁전.　　從 : …로부터.　　白兎擣藥 : 달에서는 흰 토끼가 仙藥을 절구에 찧고 있다는 전설이 있다.　　姮娥 : 嫦娥라고도 한다. 본래 名弓으로 유명한 夏의 羿라는 사람의 부인이었는데, 한번은 예가 선녀인 西王母로부터 얻어 온 선약을 훔쳐 먹고 승천하여 달에 산다고 한다.　　孤棲 : 남편과 떨어져 혼자 갔으니까 이르는 말.　　若流水 : 흐르는 물과 같음. 공자가 물가에서 말하되 "지나가는 것은 다 이와 같다. 밤낮으로 쉬지 않는다"고 한 것이 『論語』에 보인다.　　金樽 : 금으로 만든 술통.

해설

원제는 「把酒問月」. 우리가 달을 하나의 천체(天體)로 바라보고

있는 데 비해, 이백이 얼마나 달과 친근한 관계에 있었나 하는 점이 가슴에 온다. 사뭇 무슨 친구나 되는 듯이 여기며 대화하고 있다. 이 시에서도 그 둘 사이를 이어 주는 것은 술! 술잔을 들고 달에 말을 거는 데서 시작하여, 달빛이 술통을 길이 비추어 주기를 바라면서 끝내었다. 낭만파 시인답게 달의 미(美)라든가 거기에 사는 토끼나 선녀에 관심을 보이기도 하지만 사람이 가지는 한계 같은 것을 달과 대비시켜 느끼고도 있다. 그러나 술이 있고 달이 있는 바에야 인생도 꽤 살 만하지 않느냐는 태도다. 절망은 없으며 건전하기조차 하다.

이 시에서는 4구마다 한번씩 운(韻)을 바꾸었다. 절구(絶句)나 율(律)은 한 운으로 시종하는 데 대해 고시(古詩)에서는 2구, 3구 혹은 4구마다 운을 바꾸는 수가 있다. 이런 경우 평성(平聲)과 측성(仄聲)의 운을 교대로 놓는 수가 많은데, 이 시에서도 '支·月·眞·紙'의 운 중에서 '支'와 '眞'은 평성(平聲), '月'은 입성(入聲), '紙'는 상성(上聲)으로 평측이 교차되고 있다. 한 운으로 나가는 것을 일운도저격(一韻到底格)이라 부르는 데 대하여, 운이 바뀌는 것을 환운격(換韻格) 또는 전운격(轉韻格)이라 한다. 이러한 환운은 내용과도 밀접한 관계가 있으니, 한 운이 끝나는 데서 내용에도 단락이 지어지는 게 보통이다.

하일산중 (夏日山中)

백우선(白羽扇)을
부치기도 귀찮다.

숲 속에 들어가
벌거숭이가 되자.

건(巾)은 벗어
석벽(石壁)에 걸고

머리에 솔바람을
쐬자.

嬾搖白羽扇　裸袒靑林中　脫巾挂石壁　露頂灑松風
난 요 백 우 선 　나 단 청 림 중 　탈 건 괘 석 벽 　노 정 쇄 송 풍

嬾 : 귀찮다.   白羽扇 : 흰 새의 것으로 만든 부채. 淸談을 일삼던 晉의 귀족
들이 애용했다고 한다.   裸袒 : 상반신을 벗는 것.

해설

얼마나 진솔한가. 자연의 품에 안기는 한 벌거숭이의 인간. 덥다
고 선풍기를 돌리는 우리의 생활과 어느 것이 멋있을까.

월녀사(越女詞) 1

장간(長干)에 사는
오(吳)의 계집들은

눈이며 눈썹이며
별인 듯 달인 듯.

나막신 신은
서리같이 흰 발에는

맵시 있는
버선도 안 걸치고.

長干吳兒女　眉目艶星月　屐上足如霜　不著鴉頭襪
장 간 오 아 녀　미 목 염 성 월　극 상 족 여 상　불 착 아 두 말

주

越女詞 : 越은 지금의 浙江省. 그 일대의 남녀의 風情을 노래한 것.　長干 :
南京 부근에 있던 지명. 色鄕이었던 모양.　屐 : 나막신.　鴉頭襪 : 끝이 뾰
죽한 버선.

해설

　남국(南國)인 월(越)은 미인의 산지. 수운(水運)의 편(便)이 있어 생
겨난 소도시 장간(長干)은, 색향(色鄕)으로 시인의 흥미를 끌었던 모
양. 맨발로 날뛰는 미녀의 자연스러운 생명력이 이백에게는 즐거웠
으리라.

월녀사(越女詞) 2

살결 흰
오(吳)의 계집들은

배를 흔드는
장난을 좋아한다.

눈웃음을 쳐
정을 보내고

꽃을 꺾어 들어
행인을 조롱한다.

吳兒多白皙 好爲蕩舟劇 賣眼擲春心 折花調行客
오 아 다 백 석 호 위 탕 주 극 매 안 척 춘 심 절 화 조 행 객

주

吳兒 : 吳에서 태어난 사람. 여기서는 젊은 여자.   白晳 : 피부가 희다.   蕩
舟劇 : 배를 흔드는 장난.   賣眼 : 추파를 던짐. 윙크함.   春心 : 이성을 그
리워하는 마음.   調 : 조롱하는 것.

해설

　남국(南國) 처녀들은 말괄량이. 지나가는 나그네의 마음을 간지르
고 휘저어 놓는다.

월녀사(越女詞) 3

연밥을 따고 있던
약야계(若耶溪)의 계집은

낯선 사람을 보자
뱃노래 하며 자리를 뜬다.

그리하여
연꽃 속에 숨어서는

부끄러운 체
나오지 않는다.

耶溪採蓮女　見客棹歌回　笑入荷花去　佯羞不出來
야 계 채 련 녀　견 객 도 가 회　소 입 하 화 거　양 수 불 출 래

耶溪：若耶溪.　　棹歌：뱃노래.　　佯羞：거짓으로 부끄러운 체함.

해설

　낯선 사람을 보고, 연밥 따던 계집들이 돌아감으로써 일은 싱겁게 끝나는 듯했으나, 그녀들이 머금은 '웃음'이 그래도 행여나 하는 일루(一縷)의 희망을 던졌었다. 그것이 결구(結句)에 와서 부끄러운 체하는 행동으로 말미암아, 앞의 소행들이 갖는 의미가 백일하에 드러나니, 일은 재미있는 국면으로 일전(一轉)하였다. 이런 심리의 굴절을 '佯' 한 자가 살려 놓으니, 그 묘를 어떻다 하랴.

월녀사 (越女詞) 4

동양(東陽) 태생의
맨발의 계집과

회계(會稽)에서 온
뱃사공 선머슴은

달이 안 넘어가
서로 바라보곤

까닭도 없이
한숨을 쉬고 있다.

東陽素足女 會稽素舸郞 相看月未墜 白地斷肝腸
동 양 소 족 녀 회 계 소 가 랑 상 간 월 미 추 백 지 단 간 장

주

東陽 : 浙江省 東陽縣. 會稽山脈 남방에 있음.　　素足 : 맨발.　　會稽 : 會稽
山脈 북방에 있음. 지금의 浙江省 紹興.　　素舸 : 칠이 없는 흰 배.　　郎 : 젊
은 남자.　　白地 : 속어 '平白地'의 줄임. 까닭 없이.

해설

　맨발의 계집과 뱃사공. 도덕이 무엇인지 들어 본 일조차 없는 젊
은 생명력과 생명력! 그들에게는 달이 아직 넘어가지 않은 것만이
한일 뿐이니, 서로 바라보면서 저도 모르게 쉬는 한숨이여!

추포가(秋浦歌) 1

추포(秋浦)는 언제나
가을 같은 곳

그 쓸쓸함
사람을 울린다.

오늘도 시름을
어쩔 길 없어

대루산(大樓山)에
홀로 오르면

서쪽 어디가
서울의 하늘인지

발 아래로 흐르는
강물 빛만 푸르러

물에게 말하였다.

— 네 생각 어떠하냐.

— 멀리 이 눈물 띄워다가
양주에 좀 전해 주지 않으런?

秋浦長似秋　蕭條使人愁　客愁不可度　行上東大樓　正西望長安
추 포 장 사 추　소 조 사 인 수　개 수 불 가 타　행 상 동 대 루　정 서 말 장 안
下見江水流　寄言向江水　汝意憶儂不　遙傳一掬淚　爲我達揚州
하 견 강 수 류　기 언 향 강 수　여 의 억 농 부　요 전 일 국 루　위 아 달 양 주

　　주
秋浦 : 지금의 安徽省 貴池縣이니 揚子江 沿邊이다.　　蕭條 : 쓸쓸한 모양.
客愁 : 나그네의 시름.　　度 : 헤아린다.　　行上 : 가서 …에 오르다.　　東大
樓 : 동편에 있는 大樓山. '大樓'를 큰 다락으로 생각해도 좋다.　　長安 : 唐
의 서울.　　寄言 : 말을 전함. 전갈함.　　汝意 : 네 뜻. '너'는 물.　　憶 : 생각
함. 기억함.　　儂 : 일인칭. 吳의 방언.　　不 : '否'와 같음. 문장 끝에 이 자가
오면, 그 앞의 말까지 의문이 됨. 예. 善不 — 착하냐 아니냐. 착한지 아닌지.
掬 : 한 줌.　　爲我 : 나를 위해.　　揚州 : 江蘇省에 있는 도시. 양자강 하류에
임하여, 唐代에도 번창했던 고장이다.

해설

추포(秋浦)는 지금의 안휘성(安徽省) 귀지현(貴池縣)에 속하며 선성 (宣城)의 근처다. 이백은 남조(南朝)의 시인 사조(謝朓)를 존경하는 까 닭도 있고 해서, 자주 선성을 왕래했으며, 추포에서 해를 넘긴 일도 있다. 황석규(黃錫珪) 씨의 설을 따르면 천보(天寶) 14년(755)에「추포 가(秋浦歌)」17수를 쓴 것이 된다. 그렇다면 이백의 나이는 55세, 장 안 생활을 청산하고 남방을 방랑하기 11년이다.「추포가」에는 이상 한 풍물에 어린이답게 흥미를 보이기도 하고, 그 지방 청년의 로맨 스를 미소로 바라보는 장면도 있으나, 무언가 고독의 그림자가 짙은 것은, 인생의 쓰라림을 십분 체험한 까닭이리라.

이 첫 수는 지명이 말하듯 추포는 언제나 가을 같은 곳이라고 말 을 일으켜, 그 객수(客愁)의 견디기 어려움을 처음의 4행에서 말하고, 다음 6행으로 양주(揚州)에 있는 친구에게 눈물을 전해 달라고 강물 을 보고 부탁하지 않을 수 없도록 고독한 실존을 보여 준다. 점차 자 연과 유리되어 가고 있는 우리에겐 이상하게 보이지만, 고대인들은 즐거울 때 슬플 때 흔히 자연과 대화를 나누었다.

철령(鐵嶺) 높은 재에 자고 가는 저 구름아.
고신(孤臣) 원루(寃淚)를 비삼아 띄워다가
임 계신 구중심처(九重深處)에 뿌려 본들 어떠리.

백사(白沙)의 이 시조 같은 것은 그 좋은 예다.

추포가(秋浦歌) 2

밤마다 원숭이는
슬피 울고

아마 황산(黃山)도
흰 머리 될테지.

청계(淸溪)는
농수(隴水)가 아니지만

그 물 소리
창자를 끊누나.

잠시 다녀서
돌아간다 한 것이

언제나 내 고향
가게 될지

배 위에 앉았자니
눈물겨웁다.

秋浦猿夜愁 黃山堪白頭 淸溪非隴水 翻作斷腸流
추 포 원 야 수　황 산 감 백 두　청 계 비 농 수　번 작 단 장 류
欲去不得去 薄遊成久遊 何年是歸日 雨淚下孤舟
욕 거 부 득 거　박 유 성 구 유　하 년 시 귀 일　우 루 하 고 주

주

黃山 : 秋浦 남쪽에 있는 산.　堪 : …될 만하다.　堪白頭 : 백발이 될 만하다.　淸溪 : 秋浦에 있는 개울 이름.　隴水 : '隴'은 甘肅省.「隴頭歌」라는 옛노래가 있다.　翻作 : 도리어 …을 이룬다.　薄遊 : 잠깐의 여행.　雨淚 : 비오듯 하는 눈물.

해설

　황산(黃山)이라는 산이름을 이용하여 말한다. 밤마다 슬프게 우는 원숭이 소리에 제 아무리 이름이 황산이라도 백발이 안 되고는 못 견디리라. 하물며 사람이랴? 청계(淸溪)에서는 말한다. 농수(隴水)는 아니지만,「농두가(隴頭歌)」그대로 사람의 창자를 끊는 물소리구나. 산이름을 이용하고, 고사를 인용하여 독자로 하여금 그야말로 단장 (斷腸)의 감회를 가지게 한다. 여기서 알 수 있는 것은, 이백은 시를 위해 무엇이라도 이용했다는 점이다. 전통에 외면함으로써 제 독창

을 과시하고자 하는 우리 현대 시인과는 거리가 있는 것 같다. 엘리
엇은 "아무것도 버림이 없는 전통의 계승"을 말하고 있었다고 기억
한다. 우리 현대 시가 새로움을 모색하는 것도 좋다. 그러나 전통은
전통대로 가치 있게 이용하지 않고 버려 둔다면 아깝지 않은가. 우
리 시에 더 깊이를 부여하기 위해서도 재고할 필요가 있을 것 같다.
「농두가」는 이렇다.

농산(隴山)을
흐르는 물

소리 죽여
우니는 듯.

아득히 진천(秦川)을
바라보며

내 창자
갈기갈기 끊어진다.

(前略)
隴頭流水 鳴聲幽咽 遙望秦川 肝腸斷絕
농두유수 명성유열 요망진천 간장단절

추포가(秋浦歌) 3

이 곳 타조(駝鳥)같이
아름다움은

천상(天上)에도
아마 드물 터이지.

그리 고운 금계(錦鷄)도
물가에 와서

제 그림자를
비춰 보지도 못해.

秋浦錦駝鳥　人間天上稀　山鷄羞渌水　不敢照毛衣
추 포 금 타 조　인 간 천 상 희　산 계 수 녹 수　불 감 조 모 의

錦駝鳥 : 비단 같은 날개를 가진 타조.   人間 : 이 세상. 인간 세계.   山鷄 :
錦鷄. 꿩과의 새.   淥水 : 푸른 물. 綠水.   不敢 : 감히 …하지 못한다.

해설

유랑 생활 속에서도 새로운 것, 신기한 것을 보고는 어린이처럼
마냥 경탄한다. 이백에겐 어떤 경우라도 처량함이라든가 청승맞다든
가 하는 이지러진 감정이 안 보인다. 솔직한 감동이 아무 기교도 거
치지 않고 그대로 드러나, 도리어 충실한 생명력이 느껴지기조차 한
다.

내가 점심을 먹기 위해 다니던 청진동의 모 중국요리점에 금계(錦
鷄)를 그린 서투른 그림이 걸려 있었다. 아마 지금도 있을 것이다. 그
그림에 의하면 꼬리가 공작을 어느 정도 닮았다. 이 새는 제 꼬리가
자랑스러워, 종일 물가에 서서 물에 비친 제 아름다움에 취하여 있
다가 결국은 물에 떨어져 죽는다는 이야기를 가지고 있다. 사람으로
치면 오스카·와일드쯤 되리라. 그런데, 이 새도 부끄러워 감히 꼬리
를 물에 비춰 보지 못한다 했으니, 추포의 금타조(錦駝鳥)는 얼마나
아름다운 새일까. 중국집에 가거든 시험삼아 물어 볼까 보다.

추포가(秋浦歌) 4

추포에 온 다음
귀밑털은

금시에 시들어
흐트러졌네.

잔나비 울 적마다
흰 머리 늘어

실처럼 가늘어졌네,
긴 것도 짧은 것도.

兩鬢入秋浦 一朝颯已衰 猿聲催白髮 長短盡成絲
양 빈 입 추 포 일 조 삽 이 쇠 원 성 최 백 발 장 단 진 성 사

兩鬢 : 양쪽에 난 귀밑털.   一朝 : 순식간에, 하루아침에.   颯 : 머리가 衰
하여 흐트러진 모양.

해설

흰 머리카락이 하나 둘 눈에 띈다. 머리를 빗으며 보기 싫어 뽑은
적도 있으나, 뽑아야 또 나려니 여기고 그대로 내버려 두고 있다. 나
이 사십에 이 지경이니, 쉰다섯쯤 되면 나도 이백처럼 백발을 탄해
야 하리.

어떤 충격을 받았을 때, 사람은 갑자기 늙는 모양인가. '춘산(春山)
에 눈 녹인 바람'으로도 어쩌지 못하는 백발이 되게 한 책임을 이백
은 짐짓 원숭이에게 돌려 본다.

추포가 (秋浦歌) 5

흰 원숭이가
이 곳엔 많아

뛰노는 걸 보면
마치 눈이라도 내리는 듯.

새끼를 가지에서
끌고 내려와

물 속의 달을
마시기도 하고.

秋浦多白猿 超騰若飛雪 牽引條上兒 飮弄水中月
추포다백원 초등약비설 견인조상아 음롱수중월

超騰 : 날뛰는 것.   牽引 : 잡아 끈다.   條 : 나뭇가지.   兒 : 원숭이 새끼.

해설

  달과 관련시킴으로써 원숭이까지를 낭만의 대열에 끌어 넣는다.
주관을 억제한 까닭에 표현의 밑바닥에 깔린 비애의 그림자는 더욱
짙다.

추포가(秋浦歌) 6

시름 많은
추포의 나그네

짐짓 추포의
꽃을 찾아 놀았네.

산천은
섬현(剡縣)처럼 곱고

바람과 햇빛은
장사(長沙)같이 아름답데.

愁作秋浦客　强看秋浦花　山川如剡縣　風日似長沙
수작추포객　강간추포화　산천여섬현　풍일사장사

作 : 된다.   强 : 억지로.   剡縣 : 浙江省 嵊縣. 그 남쪽에 剡溪가 있어 풍경
이 아름답다.   長沙 : 瀟湘江·洞庭湖 등의 아름다운 풍경을 갖춘 도시.

해설

　사람은 이따금 제 심정과는 반대되는 행동을 하려 든다. 시름(愁)
때문에 짐짓(强) 꽃을 찾는 나그네. 그가 본 풍경이 추억의 땅들과
비슷하게 아름다움을 볼 때, 그의 가슴을 오고간 것이 즐거움뿐이었
으랴. 앞부분에서 비애를 말해 놓고, 뒷부분에서는 풍경의 아름다움
만을 말하여, 싱거운 듯하면서 사실은 그렇지 않아 무한한 외로움과
여운을 풍기니, 아무렇게나 써내려 간 듯한 붓이 선필(仙筆)임을 알
겠다. 특히 '愁'와 '强'이 어떤 작용을 하고 있나 볼 것이며, '秋浦客'
과 '秋浦花'의 반복이 더욱 비애를 자아냄을 살피자.

추포가(秋浦歌) 7

취하면 모자 거꾸로 쓰고
말을 달리기도 하고

추운 날, 소뿔을 두들기며
노래도 한다.

'흰 돌 빛나도다.'
목청 돋우어도

눈물만 돈피 옷에
가득히 떨어질 뿐.

醉上山公馬　寒歌甯寂牛　空吟白石爛　淚滿黑貂裘
취 상 산 공 마　한 가 영 적 우　공 음 백 석 란　누 만 흑 초 구

山公馬 : 晋의 山簡은 荊州의 知事로 있을 때, 늘 술에 취하여 모자를 거꾸로
쓴 채 말을 타고 다녔다.   甯寂 : 春秋時代 齊의 大臣. 곤궁하여 소 치는 노
래, 즉 「飯牛歌」를 노래했더니 桓公이 듣고 大臣을 삼았다.   白石爛 : 白石
이 빛난다는 뜻. 「飯牛歌」에 나오는 문구.   黑貂裘 : 검은 돈피 가죽으로 만
든 옷. 蘇秦이 불우할 때 다 떨어진 돈피 옷을 입고 있었다.

해설

  만년의 이백은 술에 취하면 관복(官服)을 입고 앉아서 그 교만함
이 이를 데 없었다. 위호(魏顥)의 표현으로는 이럴 때의 눈빛은 아호
(餓虎), 즉 굶주린 호랑이와 같았다고 하니 상상할 만하다. 산간(山簡)
이 모자를 거꾸로 쓰고 다닌 것쯤은 약과라 하겠다. 그러나 그러한
질탕한 풍류도 헛된 꿈이 되어가고, 신변이 점차 쓸쓸해 감을 느꼈
으리라. 영적(甯寂)은 노래 한 마디로 대신(大臣)이 되니 현명한 군주
를 만난 때문이지만, 나는 알아 주는 이도 없어 눈물을 돈피 옷에 흘
릴 뿐이라고 하여, 의욕을 영적에 비기고 불우함을 소진(蘇秦)에 견
준 것은 그 자부가 어떠했는지를 보여 주는 것이며, 그만치 비통도
큰 것 같다. 문제의 「반우가(飯牛歌)」는 다음과 같다.

남산의 돌은 맑고
흰 돌 빛나도

살아서 어진 임금
만나지 못해

짧은 옷 얇은 바지
정강이까지.

저녁부터 소 치기
어둡기까지.

언제나 날이 샐까,
밤도 길구나.

南山矸 白石爛 生不逢堯與舜禪 短布單衣適至骭
남 산 안 백 석 란 생 불 봉 요 여 순 선 단 포 단 의 적 지 간
從昏飯牛薄夜半 長夜漫漫何時旦
종 혼 반 우 박 야 반 장 야 만 만 하 시 단

추포가(秋浦歌) 10

만변초는
천도 더 되고

광나무는
만도 더 된다.

산이란 산엔
백로가 가득하고

시내란 시내에선
잔나비가 운다.

아예 추포로는
가지를 마라.

잔나비 울음
그대 가슴 바수리니.

千千石楠樹 萬萬女貞林 山山白鷺滿 澗澗白猿吟
천 천 석 남 수 만 만 여 정 림 산 산 백 로 만 간 간 백 원 음
君莫向秋浦 猿聲碎客心
군 막 향 추 포 원 성 쇄 객 심

주

石楠 : 만변초.　　女貞 : 광나무.

해설

처음 4구가 모두 대구로 이루어지고, 첩어(疊語)가 구마다 머리에
있어, 비애의 감(感)을 자아냄은 묘하다 하겠다. 마지막 2구는 애절
하여 단종대왕(端宗大王)의 「자규루시(子規樓詩)」를 생각하게 한다.

달밝은 밤을
두견새 슬피 울 제

시름을 안고
다락에 올랐더니

네 소리 슬퍼
내 가슴 더 괴롭고

네 소리 없었드면
내 시름 이러하랴.

세상의 쓴 맛
맛보신 분네들아.

아예 봄밤엘랑
자규루 오르지 말라.

月明夜蜀魂啾 含愁情倚樓頭 爾啼悲我聞苦 無爾聲無我愁
월 명 야 촉 혼 추　함 수 정 의 누 두　이 제 비 아 문 고　무 이 성 무 아 수
寄語世上苦勞人 愼莫登春三月子規樓
기 어 세 상 고 로 인　신 막 등 춘 삼 월 자 규 루

추포가(秋浦歌) 13

맑은 물에는
흰 달 뜨고

달빛 휘저어
백로 나는 밤,

사나이는 듣고 있다.
마름 열매 따는 계집들이

돌아가며 부르는
노랫소리를.

淥水淨素月　月明白鷺飛　郎聽採菱女　一道夜歌歸
녹 수 정 소 월　월 명 백 로 비　낭 청 채 릉 녀　일 도 야 가 귀

淥水 : 푸른 물. 綠水.　　素月 : 흰 달.　　郎 : 사나이.　　採菱 : 마름 열매를
땀.　　一道 : '한 길로 같이 가면서' 정도의 뜻인가?

해설

인간이 사는 곳 어디라도 로맨스는 있게 마련. "삼수갑산(三水甲
山) 나 왜 왔노"하고 노래한 소월(素月)과도 같은 처지에 이백이 있
는 것이지만, 그렇다고 청춘의 아름다운 정경을 안 보고 넘길 사람
은 아니다. 그것은 그가 영원히 젊은 사람이었던 까닭이다. 유교의
영향을 별로 받지 않은 이백은 딱딱한 도덕보다는 본능과 정열 편에
서 있는 사람이었다. ─ 달밤, 떼지어 멀어져 가며 부르는 처녀들의
노래에 가만히 귀 기울이고 있는 사나이. 그것은 인생의 본원에 동
경을 보내는 모습이 아니랴. 정열적인 시인은 타인의 정열에 따뜻한
공감을 갖는다.

추포가(秋浦歌) 14

용광로의 불은
천지를 비쳐

푸른 연기 속에서
흩어지는 붉은 별들.

낭군은 거기서 일한다.
달이 밝은 밤

그의 노래, 찬 냇물을
움직일 듯 들려 온다.

爐火照天地　紅星亂紫煙　赧郎明月夜　歌曲動寒川
노 화 조 천 지　홍 성 난 자 연　난 랑 명 월 야　가 곡 동 한 천

爐火 : 秋浦는 그 당시 銀과 銅의 산지였다. 그런 原鑛을 녹이는 용광로의 불.   紅星 : 불꽃이 튀는 모양을 형용한 것.   赧郎 : 여자가 情人을 부르는 방언인 듯. 赧은 赦과 같음. 얼굴을 붉히는 뜻.

해설

어둠 속에서 타 오르는 용광로의 불빛은 꽤 아름다우리라. 더욱 푸른 연기 속에서 작렬하는 불똥은 무슨 청춘의 정열쯤 능히 되는 것 아니랴. 거기서 들려 오는 우렁차고 꽤 멋조차 있는 노랫소리를 가만히 듣고 있는 여성! 일하는 것의 신성함과 젊은이의 애정 같은 것이 묘하게 조화되어, 꽉 찬 생명력을 느끼게 하는 시다.

추포가(秋浦歌) 15

흰 머리도 삼천 장(丈).
시름도 삼천 장.

거울 속에
어느 제 서릴 맞았나.

白髮三千丈　緣愁似個長　不知明鏡裏　何處得秋霜
백 발 삼 천 장　연 수 사 개 장　부 지 명 경 리　하 처 득 추 상

주
緣愁 : 시름 때문에. 시름에 의해서.　似個 : 이와 같이.　不知 : 모르겠다.
모르꽤라.

해설
　호사가들은 과장의 심한 예로 '白髮三千丈'을 들어, 시인의 비현실
적임을 비웃기 일쑤다. 그러나 '千'이니 '萬'이니 하는 것은 다수를

나타내는 데에 흔히 쓰이는 글자일 뿐이다.

시는 현실 복사가 아니다. 현실이 그 재료가 되는 것은 틀림없지만, 이 재료를 취사하고 적절히 결합시킴으로써 창조해 내는 하나의 상상적 세계다. 어느 날, 우연히 거울을 앞에 하고 느끼는 백발에 대한 나그네의 경이(驚異)가 크면 클수록, 그 길이는 객관적인 백발의 길이와 같을 수는 없지 않은가. '하루가 천 년 같다'는 것은 과학에서 보면 허위이지만, 심리 면에서 보면 진실일 수 있듯, 이것도 소년 같은 솔직한 놀라움을 그대로 쏟은 것이라고 보아야 될 것이다. 더욱 그 백발의 길이를 뒷받침하는 것은 승구(承句)에 나오는 시름이니, '白髮三千丈'이 동시에 '시름 三千丈'임을 알 수 있음에서랴? 다시 전결(轉結)에서는, 거울 속에서 서리를 맞아 백발이 된 듯이 말하니, 그 시상(詩想)의 기발함이 어떠하며, 의문으로 끝내 여운을 일게 하는 수법은 또 어떠한가.

새하곡 (塞下曲) 1

천산(天山)은 오월에도 흰 눈 덮이고
피는 꽃 대신에 추위만 스미는 곳.
그 누구 피리를 부나, 봄노래가 애달파……

북 소리 드높아서 새벽에도 싸움하고
말안장 부여안고 밤이면 잠드노니
한 칼로 누란(樓蘭)을 베고 어서 돌아갔으면!

五月天山雪　無花祗有寒　笛中聞折柳　春色未曾看
오월천산설　무화지유한　적중문절류　춘색미증간
曉戰隨金鼓　宵眠抱玉鞍　願將腰下劍　直爲斬樓蘭
효전수금고　소면포옥안　원장요하검　직위참누란

　　주

塞下曲 : 국경에서 싸움하는 모양을 노래한 樂府. 漢의 李延年이 처음으로
지었다 함.　　五月 : 음력 오월은 한여름이다.　　天山 : 新疆省에 있는 큰 산.
여름에도 눈으로 덮여 雪山・白山이라고도 불리움.　　祗 : 다만.　　折柳 : 折
楊柳. 악곡명.　　金鼓 : 종과 북. 싸우다 돌아올 때는 종을 울려 군대를 모으

고, 진격에는 북을 친다.　　樓蘭 : 서역에 있던 나라. 여기서는 그 왕.

해설

한(漢)의 무제(武帝)를 본떴음인지 현종(玄宗)은 자주 변두리에 있는 민족을 쳤다. 서기 722년과 727년 토번(吐蕃)을 쳐서 크게 이긴 데 재미를 들여, 733년에는 발해를 치고, 736년에는 안녹산을 시켜 거란을 공격하였다가 실패하였다. 다시 745년 안녹산이 거란을 격파해 전일의 분을 씻는 등, 중요한 싸움만을 열거해도 이러하거니와 작은 전쟁은 거의 끊어지는 해가 없어서, 서민층 특히 출정 병사의 고통이 심했을 것임은 짐작하고 남음이 있다. 이런 버려 둘 수 없는 사회 정세가 낙관론자인 이백의 눈에도 크게 비치었으리라.

이 시는 변방에서 고생하는 병사의 정경을 읊어, 그 비장함이 전쟁시의 면목을 십분 발휘하고 있다. 앞부분에서는 대립하는 개념을 적절히 결합하여 더할 수 없는 애절한 감회를 일게 하니, ‘五月’과 ‘눈’, ‘無花’와 ‘有寒’, ‘折楊柳’의 곡(曲)과 볼 수 없는 ‘春色’이 어떻게 구사되었나를 살피자. 뒷부분에서 금고(金鼓)를 따라 새벽부터 싸우다가, 밤이면 말안장을 부여안고 잠든다 했으니, 전쟁하는 병사를 그려 그 클라이맥스에 이르렀으며, 다시 허리에 찬 칼을 빼어 적왕(敵王)을 바로 베겠다는 결어는 얼마나 선이 굵은 남성적 기개인가.

새하곡(塞下曲) 2

밀어 올라가면 저도 밀고 내려와서
밤낮에 벌어지는 불꽃 튀는 싸움과 싸움.
성은(聖恩)이 지극하시매 몸은 아니 아껴도…….

주먹으로 눈을 움켜 늪 가에서 깨물고
모래를 뒤덮고 밤이면 잠드노니
언제나 월지(月氏)를 깨고 베개 높여 자 볼까.

天兵下北荒 胡馬欲南飮 橫戈從百戰 直爲銜恩深
천 병 하 북 황 호 마 욕 남 음 횡 과 종 백 전 직 위 함 은 심
握雪海上餐 拂沙隴頭眠 何當破月氏 然後方高枕
악 설 해 상 찬 불 사 농 두 면 하 당 파 월 지 연 후 방 고 침

주

天兵 : 天子의 군대. 중국군.　下北荒 : '北荒'은 북쪽 胡地. 天兵이 간 것이
니까 '下'라고 했다.　　胡馬欲南飮 : 胡馬가 남쪽에 가서 물을 마시고자 함
은, 胡人이 남방으로 진출하려 든다는 의미.　　橫戈 : 창을 비껴 든다. '戈'는
칼 같은 것에 긴 자루를 단 창.　　直 : 다만.　　銜恩 : 황제의 은혜를 입음.

海 : 사막에 있는 호수.　　隴頭 : 甘肅省 근방. 고비 사막 근처.　　何當 : 어느
때.　　月氏 : 서역에 있던 나라 이름. '月支'라고도 쓴다.

해설

　　우리 양주(揚州) 봉선사(奉先寺)에 청대(淸代)에 만든 세계 지도가
보관되어 있다. 이것에 의하면, 세계의 대부분은 중국으로 되어 있
고, 그 주위에 자기들이 아는 한도의 나라들을 아무렇게나 그려 놓
았다. 이것은 중국인의 세계관을 말하는 것으로, 중화(中華)라는 글
자가 상징하듯, 그들은 세계의 중앙을 차지한 유일한 문명 국가이며,
그 주위에 있는 소위 오랑캐들은 중국을 섬겨야 할 의무가 있는 것
이었다. 한유나 소동파 같은 사람들은 오랑캐를 금수(禽獸)와 같다고
표현했다. 그런데 이 오랑캐(?)들이 세계의 주인이요, 왕중왕인 황제
의 나라를 도리어 자주 침범하여 괴롭힌 것은, 체면을 중히 여기는
그들에겐 큰 모욕인 동시에, 하늘의 뜻을 거스르는 반역으로 보였을
것이다. 그러나 사막에 사는 유목민 입장에서는 그것이 거의 유일한
살아가는 길이었다. 북방의 초원은 가을이 빠르다. 가축을 위해서는
중국의 풀이 필요하다. 또 농경을 모르는 그들은 식량이 있어야 한
다. 이리하여 거의 매년 가을만 되면 그들은 침입했으니, 호족(胡族)
을 방비하는 것을 뜻하는 말에 '방추(防秋)'라는 단어가 있음으로 미
루어도 저간의 사정은 짐작이 간다. 그 중 가장 중국을 괴롭힌 것은
흉노지만, 비슷한 부족에 월지(月氏, 月支)라는 나라가 있었다. 지금
의 감숙성(甘肅省) 중부의 서부와 청해성(靑海省) 동부에 걸쳐 있던

이들은, 한(漢)의 시대에 흉노에게 쫓겨서 인도의 인더스 강 유역, 카시미르·아프가니스탄·파미르 고원으로 흘러간 대월지(大月氏)와, 감숙성(甘肅省) 장액현(張掖縣)과 청해성(靑海省) 서녕현(西寧縣) 일대에 머문 소월지(小月氏)로 이분된 듯하다. 무제(武帝)가 파견한 장건(張騫)이 탐험에 나섰을 당시에는, 소월지는 다시 오손(烏孫)이라는 부족에게 쫓겨 지금의 소련의 동남쪽인 쏘구디니아에 이전해 있었다.

물론, 당대(唐代)에 오면 월지와의 싸움은 없었으나, 한대의 일을 끌어 당대(當代)를 간접으로 표현한 것이다.

어려움을 참으며 싸우는 것은 황은(皇恩) 때문이라고 했지만, 자신은 주지육림(酒池肉林)에 묻혀 있으면서 단순한 명예심 때문에 군대를 혹사한 현종(玄宗)에겐 뼈아픈 소리가 아닐 수 없다. 굶주려 눈을 움켜 먹고 사막에서 잠드는 병사의 고통을 위정자(爲政者)가 알랴. 눈을 먹는 이야기는 소무(蘇武)의 고사에서 딴 것. 무제의 명을 받고 흉노에게 사신으로 간 소무는 거기에 유폐되기 19년, 배가 고파 눈을 먹으며 연명한 적이 있었다.

새하곡(塞下曲) 3

바람같이 말을 몰아 위교(渭橋)를 선뜻 건너
활을 당기어서 고국 달과 하직하고
화살을 허리에 차고 무찌르는 오랑캐.

어느덧 싸움 끝나 흉한 별도 사라지고
영내(營內)는 텅 비고 호수에 안개 개면
기린각(麒麟閣) 그리어짐은 오직 대장 한 사람.

駿馬似風飆　鳴鞭出渭橋　彎弓辭漢月　挿羽破天驕
준마사풍표　명편출위교　만궁사한월　삽우파천교
陣解星芒盡　營空海霧消　功成畵麟閣　獨有霍嫖姚
진해성망진　영공해무소　공성화인각　독유곽표요

주

風飆 : 빠른 바람. 폭풍.　　渭橋 : 長安 북방을 흐르는 渭水에 놓인 다리. 서
역에 통하는 요로로 '橫橋' '中渭橋'라고도 부른다.　　彎弓 : 활을 당기는 것.
辭 : 작별함.　挿羽 : 화살을 허리에 차는 것.　　天驕 : 중국 황제가 '天子'라
고 불리는 데 대해서, 흉노의 왕은 스스로 '天驕'라고 하니, 하늘의 귀염받는

아들이라는 뜻. 陣解 : 싸움이 끝나고, 陣을 푸는 것.　　星芒 : 별에서 나는 화살 같은 빛깔. 별빛이 白色으로 변하는 것을 전쟁의 징조라고 생각하였다. 營空 : 군인들이 돌아갔으므로 병영 안이 빈다는 뜻.　　海霧 : 사막의 호수에 낀 안개.　　麟閣 : 麒麟閣. 漢의 宣帝가 功臣 11명의 초상을 여기에 그리게 하였다.　　霍嫖姚 : 漢武帝 때의 명장인 霍去病. 흉노를 쳐서 큰 공을 세우고 嫖姚校尉의 벼슬을 하였다. 그러나 麒麟閣에 그려진 것은 그의 아우인 霍光이니, 이것은 이백의 기억 착오일 것이라고 한다.

해설

　앞부분은 병사들이 장안(長安)을 출발하는 모습에서 시작하여 호지(胡地)에서 싸우는 모양을 그리고, 뒷부분의 4구는 싸움이 끝나자 고생한 병사들은 아무 표창을 못 받고, 공이 대장 한 사람에게 돌아감을 말했다. 너무나 긴 이야기를 8구 속에 집약했으므로 표현에 치완(馳緩)이 있는 것 같기도 하지만, 결어는 민중의 억울한 처지를 잘 대변한 것이라 할 것이니, 조공(曹松)의 다음 시와 취지를 같이한다고 볼 수 있겠다.

　　　갑자기 나라 안이
　　　싸움터 되니

　　　백성들은 어찌하여
　　　삶을 이으랴.

공 세워 제후될 일
말하지 말라.

한 장수를 위하여
몇만 명 죽어야느니.

澤國江山入戰圖 生民何計樂樵蘇 馮君莫話封侯事 一將功成萬骨枯
택국강산입전도 생민하계낙초소 풍군막화봉후사 일장공성만골고

새하곡(塞下曲) 4

백마(白馬)에 높이 올라 뿌리치고 떠나시니
밤이면 아득히 사막을 휘도는 꿈.
멀리 간 임을 그리며 가을 더욱 설워라.

창가에 반딧불 날고 달은 방을 비추는데
오동은 잎이 지고 바람 이는 사당나무.
스스로 깨물어 보는 애처로운 신세여.

白馬黃金塞　雲砂繞夢思　那堪愁苦節　遠憶邊城兒
백마황금새　운사요몽사　나감수고절　원억변성아
螢飛秋窓滿　月度霜閨遲　摧殘梧桐葉　蕭颯沙棠枝
형비추창만　월도상규지　최잔오동엽　소삽사당지
無時獨不見　淚流空自知
무시독불견　누류공자지

　주
黃金塞 : 국경의 지명. 지금의 어딘지 정확하지 않음.　　雲砂 : 사막의 구름
과 모래.　　那堪 : 어찌 견디랴.　　愁苦節 : 근심과 괴롬이 많은 계절인 가을.
邊城兒 : 국경을 지키고 있는 사람.　　霜閨 : 서리 내리는 가을철의 규방.

140

摧殘 : 시들어 떨어짐.　　蕭颯 : 쓸쓸한 바람 소리.　　沙棠 : 崑崙山에 난다는
珍木.　　無時 : 未詳.　　獨不見 : 樂府 이름. 임을 못 봄을 한하는 곡조.

해설

　처음 4행은 국경을 지키는 남편을 생각하는 괴로움을 말하고, 다
음 4행은 가을의 쓸쓸한 풍경을, 마지막 2행으로는 안 오는 이를 생
각하고 눈물로 지내는 자신을 한탄했다. 이백만치 부녀자의 심리를
이해한 시인도 드물리라. 싸움에 나간 임을 그리는 정과 쓸쓸한 가
을 풍경이 어울려 일으키는 애수는, 천수백년 시간의 장벽을 뚫고
우리를 울린다.

새하곡(塞下曲) 5

언제나 가을 되면 오랑캐 몰려들어
이들과 싸움하는 한(漢) 나라 군대들.
밤이면 고비 사막에 모랠 안아 잠들고.

국경에 돋는 달은 활을 닮아 둥그렇고
찬 서리 칼에 내려 꽃인 양 번쩍이는 밤.
언제나 살아 돌아가리, 가엾을손 아내여!

塞虜乘秋下　天兵出漢家　將軍分虎竹　戰士臥龍沙
새 로 승 추 하　천 병 출 한 가　장 군 분 호 죽　전 사 와 용 사
邊月隨弓影　胡霜拂劍花　玉關殊未入　少婦莫長嗟
변 월 수 궁 영　호 상 불 검 화　옥 관 수 미 입　소 부 막 장 차

주

塞虜 : 국경 너머에 사는 오랑캐. 흉노를 말한 것.　　乘秋 : 가을을 타고. 흉
노는 목초와 식량을 구하려 가을만 되면 주로 중국을 침범했다.　　下 : '가
을을 타고'라 했으므로 '下'라고 한 것이다.　　天兵 : 天子의 군대.　　漢家 :
漢나라. 漢으로 唐을 暗喩한 것.　　分 : 나누어 받는다.　　虎竹 : 銅虎符와 竹

142

使符. 漢나라 때 이것을 쪼개어 반은 서울에 두고 반은 장군에게 주어 군대를 징발하는 符信으로 삼았다. 銅虎符는 銅에 호랑이를 조각한 것이고, 竹使符는 대로 만든 화살에 篆書를 새긴 것.　　龍沙：白龍堆·龍荒이라고도 불리던 사막. 지금의 고비 사막.　邊月：국경에 돋는 달.　　胡霜：胡地에 내리는 서리.　　劍花：劍光.　　玉關：玉門關. 甘肅省 서북에 있던 관문이니, 여기를 나가면 胡地.　　少婦：젊은 아내.　　長嗟：길게 탄식함.

해설

「새하곡 4」를 아내의 처지에서 전장에 있는 남편을 생각한 시라고 하면, 이것은 전지(戰地)에 있는 남편이 아내에게 보내는 편지 같은 것. 왜 그렇게 되는지는 모르나 가을만 되면 싸움이 벌어지게 마련이어서, 장군은 동원령을 내리고 병사는 사막에서 자야 한다. 전지의 체험은 사람의 심경을 변화시킨다. 무심히 뜬 초생달도 활 모양으로 뵈고, 칼날에 내린 서리에도 공연히 몸서리친다. 옥문관(玉門關)! 다시는 살아서 들어갈 수 없을 듯한 옥문관 쪽을 바라보며 창자는 갈기갈기 찢어진다. '少婦莫長嗟!' — 젊은 아내여. 너무 슬퍼 말라 — 하지만, 이리 말한다고 아내의 슬픔이 씻어지지도 않을 뿐더러, 말하는 이의 심정은 또 얼마나 비통한가. 크나큰 슬픔을 누르는 체험으로써 도리어 비애를 극한으로 이끈다. 간야도명(簡野道明)이라는 일본 학자가 '莫長嗟'를 반어로 보아, "젊은 아내가 길이 탄식하지 않을 수 있으랴"로 해석한 것은, 이런 이백의 허허실실(虛虛實實)의 수법을 모르는 견강부회(牽强附會)라 할 것이다.

새하곡(塞下曲) 6

사막에 이는 봉화(烽火) 감천궁(甘泉宮)을 비추면
상감은 분연히 손에 칼 잡으시고
또다시 이 장군(李將軍) 불러 엄한 분부 하신다.

싸움의 기틀은 하늘에도 익어 가서
국경에 울리는 요란한 저 북소리.
한번에 용맹을 다해 적을 평정하고저.

烽火動沙漠　連照甘泉雲　漢皇按劒起　還召李將軍
봉 화 동 사 막　연 조 감 천 운　한 황 안 검 기　환 소 이 장 군
兵氣天上合　鼓聲隴底聞　橫行負勇氣　一戰靜妖氛
병 기 천 상 합　고 성 농 저 문　횡 행 부 용 기　일 전 정 요 분

주

沙漠 : 고비 사막.　　連照 : 한 곳에서 봉화를 울리면 딴 봉화대에서도 차례
로 봉화를 올리니까 '連照'라 했다.　　甘泉 : 陝西省 淳化縣 甘泉山에 있던
宮. 秦이 세우고 漢武帝가 증축하여 피서에 쓰이던 별궁.　　漢皇 : 唐의 황제
를 직접 말할 수 없으니까 '漢皇'이라 한 것.　　還召 : 다시 부른다.　　李將

軍 : 李廣은 衛靑의 部將이 되어 흉노를 쳐서 공이 많았다. 뒤에 右北平太守
가 되니 흉노들은 '飛將軍'이라고 두려워하여 감히 침입하지 못했다. 武帝
때의 일.   兵氣 : 전쟁이 날 징조.   合 : 일어난다.   鼓聲 : 진격할 때 쓰
는 북소리.   隴底 : 陝西省과 甘肅省 사이에 있는 큰 고개 밑.   橫行 : 마
음대로 돌아다님.   負 : 믿는다. 자부함.   妖氛 : 요사스러운 나쁜 기운.

해설

흉노가 침입하여 사막에서 드는 봉화는 바로 황제에 직결되는 것.
한무제는 명장을 많이 거느리고 있었으니까 괜찮았지만, 양귀비와
향락에만 빠져 있던 현종은 누구를 불러 적을 물리치라고 명령한단
말인가. 전쟁의 원인을 만든 것은, 민중 편에서 보면 마치 '천상'의
사람과도 같이 여겨지는 황제와 귀족들이다. 그러나 사막에서 싸워
야 하는 이는 그들이 아니라 병사이니, 평소에 천하를 삼킬 듯이 거
들먹거리고 큰소리치던 사람들은 이것을 평정하지 못하고 무엇 하
고 있단 말이냐.

이 시의 본의가 저항과 풍자에 있다고 보고, 약간 치우친 해석을
하면 이런 의미가 될 것이다. 그러나 「새하곡」 6수가 다 그렇듯 표면
에 나타난 것은 어디까지나 온건하고 돈후한 취지뿐이니, 풍자시가
가져야 하는 몸짓을 시사하는 바 크다 하겠다.

사조루(謝朓樓)에서 벗을 보내며

날 버리고 간 어제의 그 날은 붙들 길 없고
내 마음 휘젓는 오늘의 이 날은 시름도 많아라.

만리의 가을바람 기러기도 예거니
높은 다락 이를 보며 취하여 보랴.

봉래(蓬萊)의 문장과 건안(建安)의 기골(氣骨)
그 더욱 청신한 중간의 사조(謝朓)!

그 모두 장한 뜻 가슴에 안아
달이라도 잡을 듯함, 언제이던가.

칼을 뽑아 물을 쳐도 물은 흐르고
잔 들어도 시름은 엉겨 오는 것.

이 세상 그 무엇이 뜻 같다 하랴.
내일 아침 산발(散髮)하고 배를 저어 떠나리.

棄我去者昨日之日不可留　亂我心者今日之日多煩憂　長風萬里送秋雁
기 아 거 자 작 일 지 일 불 가 류　난 아 심 자 금 일 지 일 다 번 우　장 풍 만 리 송 추 안

對此可以酣高樓　蓬萊文章建安骨　中間小謝又淸發　俱懷逸興壯思飛
대 차 가 이 감 고 루　봉 래 문 장 건 안 골　중 간 소 사 우 청 발　구 회 일 흥 장 사 비

欲上靑天覽明月　抽刀斷水水更流　擧杯消愁愁更愁　人生在世不稱意
욕 상 청 천 남 명 월　추 도 단 수 수 갱 류　거 배 소 수 수 갱 수　인 생 재 세 불 칭 의

明朝散髮弄扁舟
명 조 산 발 농 편 주

주

宣州 : 지금의 安徽省 宣城縣. 양자강 남부에 있다.　謝朓樓 : 南齊의 시인
謝朓가 宣城의 太守였을 때에 세운 누각.　校書叔雲 : 校書 벼슬하는 叔雲.
叔雲은 이름이나 字일 것이다.　蓬萊文章 : 仙人의 藏書가 蓬萊山에 있다는
전설이 있어서 漢代 사람들은 궁중의 藏書閣인 東觀을 '蓬萊'라 부르기도 했
다. 따라서 한대의 문학을 가리킨다.　建安 : 漢末의 연호.　小謝 : 謝朓.
謝靈運과 구분하기 위해 붙인 이름.　覽 : 손에 잡고 보는 것.　散髮 : 관
리의 상징인 관을 벗고, 머리를 흩뜨림.　扁舟 : 조그만 배. 戰國時代의 范
蠡는 공을 이루고 난 뒤, 散髮하고 扁舟를 저어 자취를 감추었다.

해설

원제는 「宣州謝朓樓餞別校書叔雲」.

선주(宣州)의 사조루에서 교서(校書) 숙운(叔雲)을 보낸다는 뜻. 긴
호흡에서 시작한 이 시는, 정말 강건한 기골을 보여 주고 있다. 작은
기교에 머물지 않고 만리를 휘몰아치는 듯 밀고 나아가니, '시중천자
(詩中天子)'의 기상이 약여하다.

여산요(廬山謠)

나는 본디 초(楚)나라 광인(狂人)
봉가(鳳歌)를 불러 공구(孔丘) 비웃었나니,
손에 녹옥(綠玉) 지팡이 짚고
아침에 황학루(黃鶴樓) 떠나니라.
오악(五嶽)에 신선 찾아 먼 길 사양치 않고
일생에 즐기는 것 명산 찾아 노니는 일.
여산은 남두성(南斗星) 곁에 치솟고
운금(雲錦)을 편 듯한 구첩(九疊) 병풍봉(屛風峯),
그 푸른 그림자 호수에 어려…….
금궐(金闕)이 열리는 곳 두 봉(峰) 높은데
세 개 돌다리에 은하 거꾸로 걸리다.
향로봉(香爐峰) 폭포 멀리 바라보면
하늘에 닿은 벼랑과 봉우리들.
아침해 받아 산빛과 노을 곱고
새도 날아 못 이를 하늘의 넓이!
높은 데 올라 천지를 바라보니
대강(大江)은 아득히 흘러가곤 안 돌아오고

누런 구름 만리를 뒤덮어 바람에 나부끼며
흰 물결 아홉 갈래 설산(雪山)을 휘돌아라.
여산을 노래하리.
여산의 이 흥!
돌거울 비쳐 내 마음 정히 하면
사공(謝公)의 자취 이끼에 덮였고녀.
환단(還丹) 먹었기에 속정(俗情) 없는데
마음 편하거니 도(道)가 이루어져…….
멀리 채운(綵雲) 속에 신선이 있어
부용(芙蓉) 들고 옥경(玉京) 찾는 모습 보여라.
한만(汗漫)과는 구해(九垓)에서 만나잔 선약 있나니
노오(盧敖)를 맞아 태청(太淸)에서 놀리.

我本楚狂人 鳳歌笑孔丘 手持綠玉杖 朝別黃鶴樓 五嶽尋仙不辭遠
아 본 초 광 인 봉 가 소 공 구 수 지 녹 옥 장 조 별 황 학 루 오 악 심 선 불 사 원
一生好入名山遊 廬山秀出南斗傍 屏風九疊雲錦張 影落明湖青黛光
일 생 호 입 명 산 유 여 산 수 출 남 두 방 병 풍 구 첩 운 금 장 영 락 명 호 청 대 광
金闕前開二峰長 銀河倒挂三石梁 香爐瀑布遙相望 廻崖沓嶂凌蒼蒼
금 궐 전 개 이 봉 장 은 하 도 괘 삼 석 량 향 로 폭 포 요 상 망 회 애 답 장 능 창 창
翠影紅霞映朝日 鳥飛不到吳天長 登高壯觀天地間 大江茫茫去不還
취 영 홍 하 영 조 일 조 비 부 도 오 천 장 등 고 장 관 천 지 간 대 강 망 망 거 불 환
黃雲萬里動風色 白波九道流雪山 好爲廬山謠 興因廬山發
황 운 만 리 동 풍 색 백 파 구 도 유 설 산 호 위 여 산 요 흥 인 여 산 발
閑窺石鏡淸我心 謝公行處蒼苔沒 早服還丹無世情 琴心三疊道初成
한 규 석 경 청 아 심 사 공 행 처 창 태 몰 조 복 환 단 무 세 정 금 심 삼 첩 도 초 성

遙見仙人綵雲裏 手把芙蓉朝玉京 先期汗漫九垓上 願接盧敖遊太淸
요 견 선 인 채 운 리　수 파 부 용 조 옥 경　선 기 한 만 구 해 상　원 접 노 오 유 태 청

주

廬山 : 江西省 九江에 있는 名山.　　楚狂人 : 楚의 隱士였던 接輿. 그는 道를
실현키 위해 동분서주하는 공자를 비웃는 노래를 불렀다. 『논어』 微子篇 참
조.　黃鶴樓 : 湖北省 武昌의 西南에 있는 누각.　　屛風九疊 : 廬山 속에 屛
風疊이라는 봉우리가 있다.　　靑黛 : 푸르게 눈썹을 그린 것.　　金闕 : 天帝
가 사는 궁궐.　　三石梁 : 세 개의 돌다리.　　杳嶂 : 포개진 봉우리.　　白波
九道 : 양자강의 흰 물결이 廬山 북쪽에서 아홉 갈래로 갈라진다. 그래서 九
江이라 한다.　　石鏡 : 廬山 남쪽에 石鏡峯이 있다. 산 위에 둥그런 돌이 있
어서 사람 그림자가 비친다고 한다.　　謝公 : 謝靈運이니, 山水를 사랑한 六
朝의 시인.　　還丹 : 道敎에서 전하는 仙藥. 丹沙를 태우면 水銀이 되고, 水
銀을 태우면 다시 丹沙가 되기에 還丹이라 한다.　　琴心三疊 : 『黃庭內景經』
에 "琴心三疊舞昭仙"이라는 말이 나오고, 梁邱子의 註는 "琴은 和요, 疊은
積이니, 三丹田을 和積如一하게 함이다" 했는데, 확실치 않다.　　玉京 : 天帝
가 사는 곳.　　九垓 : 땅 끝.　　汗漫・盧敖 : 盧敖라는 신선이 북쪽에 갔을
때, 이상한 사나이를 만났다. 아주 기괴한 모습을 하고 있는 그는 바람을 타
고 가벼이 춤추고 있었다. 그래서 이 사람이야말로 친구를 삼을 만하다고 여
겨서 북극에 안내해 달라고 하자, 그 사람은 "나는 汗漫과 九垓에서 만날 先
約이 있다."고 말하고, 곧 구름 속으로 사라져 버렸다. 『淮南子』에 보임.　　太
淸 : 天上界. 三淸의 하나.

해설

원제는 「廬山謠寄盧侍御虛舟」. 여산(廬山)의 노래를 시어(侍御) 벼슬 하는 노허주(盧虛舟)에게 보낸다는 뜻. 시어(侍御)는 전중시어사 (殿中侍御史). 이것도 이백다운 기질이 잘 나타난 작품 중 하나다. 호협하고 표일(飄逸)한 기상이 전편을 휩쓸어, 정말 방외(方外)에 노는 느낌이 든다. 더욱 선인(仙人)이 옥경(玉京)으로 가는 환상 같은 것은 이백답다.

천모산(天姥山)의 꿈

뱃사람들은 영주(瀛洲) 말하데만
물길 아득하니 찾을 길 없고
월인(越人)들이 이르는 천모(天姥)
운예(雲霓) 사이로 가끔 보여라.
하늘 닿아 거기에 도사린 그 산
오악(五嶽)을 누르고 적성(赤城) 덮느니
4만 8천 장(丈) 그 높은 천태산(天台山)도
이를 대해 동남(東南)으로 기울어진 듯.
그래서 오월(吳越) 땅 꿈에나 가려 하여
하룻밤 날아서 경호(鏡湖) 건너다.
호수의 달이 나를 비추며
섬계(剡溪)까지나 바라 주니라.
사공(謝公) 머물던 자취 지금도 있고
푸른 물 흐르는 곳 잔나비 울음!
발에는 사공(謝公)의 나막신 걸치고
몸으론 구름 닿는 사다리 오를 제
절벽의 중턱, 바다의 해돋이 보이고

공중에서 하늘닭의 울음 들어라.
바윗길이기에 꽃속 헤매고
돌에 의지하는 중 날이 저무니
곰과 용 울부짖어 물에 울리며
숲을 떨게 하고 산마루 흔드놋다.
푸른 구름 빗기운 머금고
물이 출렁이어 자욱한 안개!
번개질 벽력 소리
봉우리 무너지고
암굴(巖窟)의 돌문
쾅 하고 열리니,
하늘은 넓어 밑도 없는데
일월(日月)에 빛나는 금은(金銀)의 누대(樓臺)!
무지개 입고 바람을 말 삼아서
구름의 신(神)들 분분히 내려올 제
호랑이 슬(瑟)을 뜯고 난새(鸞鳥)는 수레 몰며
따르는 신선 까마득 하늘 메워라.
하도 마음에 놀란 나머지
꿈에서 깨어나 탄식하노니,
베개와 잠자리만 덩그렁 남고
아까의 안개·노을 흔적 없고녀.

이 세상 즐거움 이런 것이니
고래로 만사는 흐르는 물결.
그대와 헤어지면 언제 또 돌아오랴.
흰 사슴이나 푸른 벼랑 새에서 길러
이것 타고 명산을 찾아다니리.
어찌 얼굴빛 고치고 허리 굽혀 귀인(貴人)을 섬겨
내 마음 어둡게 할 줄이야 있으랴.

海客談瀛洲 煙濤微茫信難求 越人語天姥 雲霓明滅或可覩
해 객 담 영주 연 도 미 망 신 난 구 월 인 어 천 모 운 예 명 멸 혹 가 도

天姥連天向天橫 勢拔五嶽掩赤城 天台四萬八千丈 對此欲倒東南傾
천 모 연 천 향 천 횡 세 발 오 악 엄 적 성 천 태 사 만 팔 천 장 대 차 욕 도 동 남 경

我欲因之夢吳越 一夜飛度鏡湖月 湖月照我影 送我至剡溪
아 욕 인 지 몽 오 월 일 야 비 도 경 호 월 호 월 조 아 영 송 아 지 섬 계

謝公宿處今尙在 淥水蕩漾淸猿啼 脚著謝公屐 身登靑雲梯
사 공 숙 처 금 상 재 녹 수 탕 양 청 원 제 각 착 사 공 극 신 등 청 운 제

半壁見海日 空中聞天雞 千巖萬轉路不定 迷花倚石忽已暝
반 벽 견 해 일 공 중 문 천 계 천 암 만 전 노 부 정 미 화 의 석 홀 이 명

熊咆龍吟殷巖泉 慄深林兮驚層巓 雲靑靑兮欲雨 水澹澹兮生煙
웅 포 용 음 은 암 천 율 심 림 혜 경 층 전 운 청 청 혜 욕 우 수 담 담 혜 생 연

列缺霹靂 邱巒崩摧 洞天石扉 訇然中開 靑冥浩蕩不見底
열 결 벽 력 구 만 붕 최 동 천 석 선 굉 연 중 개 청 명 호 탕 불 견 저

日月照耀金銀臺 霓爲衣兮風爲馬 雲之君兮紛紛而來下
일 월 조 요 금 은 대 예 위 의 혜 풍 위 마 운 지 군 혜 분 분 이 래 하

虎鼓瑟兮鸞回車 仙之人兮列如麻 忽魂悸以魄動 怳驚起而長嗟
호 고 슬 혜 난 회 거 선 지 인 혜 열 여 마 홀 혼 계 이 백 동 황 경 기 이 장 차

惟覺時之枕席 失向來之煙霞 世間行樂亦如此 古來萬事東流水
유 교 시 지 침 석 실 향 래 지 연 하 세 간 행 락 역 여 차 고 래 만 사 동 류 수

別君去兮何時還 且放白鹿靑崖間 須行卽騎訪名山
별 군 거 혜 하 시 환 차 방 백 록 청 애 간 수 행 즉 기 방 명 산

安能摧眉折腰事權貴 使我不得開心顏
안 능 최 미 절 요 사 권 귀　사 아 부 득 개 심 안

주

天姥 : 산이름. 浙江省 新昌縣 동쪽에 있다.　　海客 : 바다의 뱃사람.　　瀛
洲 : 東海의 신선이 산다는 섬. 三神山의 하나.　　煙濤 : 안개와 물결.　　微
茫 : 흐리멍덩한 모양.　　雲霓 : 구름과 무지개.　　五嶽 : 중국을 대표하는 다
섯 개의 名山. 즉 東의 泰山, 西의 華山, 南의 衡山, 北의 恒山, 중앙의 嵩山.
赤城 : 산이름. 浙江城 天台縣 북쪽에 있음.　　天台 : 산이름. 이것도 天台縣
북쪽에 있는 바, 天姥山은 天台山 북녘에 있다.　　謝公 : 謝靈運. 그는 六朝
시대 宋의 詩人.　　謝公屐 : 사령운은 山水를 사랑하여 등산을 즐겼는데, 그
는 등산 때 신는 특별한 나막신을 고안했다. 나막신 밑의 나무를 붙였다 떼
었다 하도록 하여, 오를 때는 앞의 것을 떼고, 내려올 때는 뒷것을 떼었다.
靑雲梯 : 구름에 닿을 듯이 높은 사다리.　　半壁 : 절벽의 중간.　　海日 : 바
다에서 뜨는 해.　　天雞 : 중국 신화에 의하면, 동남방의 桃都山 정상에 큰
나무가 있는데, 이름을 桃都木이라 하고, 가지와 가지 사이가 3천리나 된다
고 한다. 이 나무에 天雞가 살고 있어서, 아침에 햇빛이 비추면 때를 알리기
위해 울며, 그러면 천하의 닭들이 따라 운다는 것.　　列缺 : 번개.　　洞天
石扇 : 동굴의 石門. 扇은 扉.　　訇然 : 큰 소리를 형용한 말.　　靑冥 : 푸른
하늘.　　雲之君 : 구름의 신.『楚辭』의 九歌에 '雲中君'이 나온다.　　摧眉 :
눈썹을 찡그림.　　權貴 : 권세가 있고 지위가 높은 사람.　　開心顏 : 밝은 표
정을 짓는 것.

원제는 「夢遊天姥吟留別」. 꿈에 천모산(天姥山)에 노닌 시로 유별(留別)함. '유별(留別)'은 떠나면서 놓고 오는 시.

이백의 재질과 성격이 가장 잘 나타난 시다. 꿈에 의탁한 천모산 기행은 실경(實景) 이상으로 환상적인데다가, 구름의 신이 분분히 내릴 적에, 호랑이가 악기를 뜯고 난새가 수레를 몰며, 선인(仙人)들이 수없이 그 뒤를 따르는 낭만이 벌어진다. 그 분방한 상상력에 압도되지 않을 수 있겠는가.

촉도난(蜀道難)

아, 아, 위태롭기도 위태롭고 높기도 높은지고!
촉도(蜀道)의 어려움 ─
푸른 저 하늘 오르는 그것보다 더 어려워라.
잠총(蠶叢)과 어부(魚鳧)의
개국(開國)은 또 일마나 아득함이랴.
그로부터 4만 8천 년
진(秦)의 변경관 왕래 없었나니,
서쪽으론 태백산(太白山)
새 다니는 길
아미산(峨眉山) 꼭대기와 겨우 통하고,
땅 무너지고 뫼 부서져 장사 죽으니
그 뒤에야 사다리와 돌다리로
길이 뚫리다!
위로는 태양 실은 육룡(六龍)의 수레조차 되돌아서는
높은 봉우리,
아래론 부딪히고 꺾이어서 소용돌이치는
골짜기의 물!

황학(黃鶴)도 여기는 지나지 못하고
잔나비도 오르려면 애를 먹는 것.
청니(靑泥) 길은 얼마나 돌고 돎이랴.
백 걸음에 아홉 번은 꺾이어서 바위산 휘돌아라.
삼성(參星) 어루만지고 정성(井星)곁 지나
숨 헐떡이고,
손으로 가슴 쓸며 쓸며
주저앉아 탄식하놋다.
묻노니 한번 가면 그 언제 돌아오리?
바위 투성이의 길
오를 바 없어라.
보이는 것, 고목(古木)에서
새들도 슬피 울며,
쌍쌍이 숲 사이를 날으는 모습.
그리고 달밤이면 소쩍새 울음,
공산(空山)에서 피를 토해 우는 그 소리.
촉도(蜀道)의 어려움 —
푸른 저 하늘 오르는 그것보다 더 어렵거니
소문만 들어도
웬만한 청춘쯤 금시에 시들어 버리리.
봉우리들은

하늘에서 한 자도 떨어지지 않고
절벽에 거꾸로 매달려 시든 소나무!
여울지고 폭포 되어
물 소리 요란하고,
벼랑을 치고 돌을 굴리니 만학(萬壑)의 우레!
이같이 험하거니
아, 먼 타관 사람이여, 어찌 여기에 왔는다?
검각(劍閣)은 험하고 높기도 높아
한 사람 관문 지키면
만 명이 밀려와도 뚫지 못하니
지키는 이 심복 아니면
이리·늑대로 금시에 변하리.
아침이면 호랑이 피해야 하고
저녁엔 또 큰 뱀을 피해야느니
이 갈고 피를 빨아
사람 죽임이 삼단 같도다.
금성(錦城)은
아무리 즐거워도
일찍 돌아감만 같지 못하리.
촉도(蜀道)의 어려움 ─
푸른 저 하늘 오르는 그것보다 더 어렵거니,

몸을 펴 서녘 하늘 바라며
나 여기에 길이 탄식하놋다.

噫吁嚱危乎高哉　蜀道之難難於上靑天　蠶叢及魚鳧　開國何茫然
희우희위호고재　촉도지난난어상청천　잠총급어부　개국하망연

爾來四萬八千歲　不與秦塞通人煙　西當太白有鳥道　可以橫絶峨眉嶺
이래사만팔천세　불여진새통인연　서당태백유조도　가이횡절아미전

地崩山摧壯士死　然後天梯石棧相鉤連　上有六龍回日之高標
지붕산최장사사　연후천제석잔상구련　상유육룡회일지고표

下有衝波逆折之回川　黃鶴之飛尙不得過　猿猱欲度愁攀援
하유충파역절지회천　황학지비상부득과　원노욕도수반원

靑泥何盤盤　百步九折縈巖巒　捫參歷井仰脅息　以手撫膺坐長歎
청니하반반　백보구절영암만　문삼역정앙협식　이수무응좌장탄

問君西遊何時還　畏途巉巖不可攀　但見悲鳥號古木　雄飛雌從繞林間
문군서유하시환　외도참암불가반　단견비조호고목　웅비자종요림간

又聞子規啼夜月愁空山　蜀道之難難於上靑天　使人聽此凋朱顔
우문자규제야월수공산　촉도지난난어상청천　사인청차조주안

連峰去天不盈尺　枯松倒挂倚絶壁　飛湍瀑流爭喧豗　砯崖轉石萬壑雷
연봉거천불영척　고송도괘의절벽　비단폭류쟁훤회　빙애전석막학뢰

其險也若此　嗟爾遠道之人胡爲乎來哉　劍閣崢嶸而崔嵬　一夫當關
기험야약차　차이원도지인호위호래재　검각쟁영이최외　일부당관

萬夫莫開　所守惑匪親　化爲狼與豺　朝避猛虎　夕避長蛇　磨牙吮血
만부막개　소수혹비친　화위낭여시　조피맹호　석피장사　마아전혈

殺人如麻　錦城雖云樂　不如早還家　蜀道之難難於上靑天
살인여마　금성수운락　불여조환가　촉도지난난어상청천

側身西望長咨嗟
측신서망장자차

주

蠶叢·魚鳧 : 전설상의 蜀王.　　秦塞 : 秦의 변경. 秦은 지금의 陝西省. 太

160

白 : 산이름.   鳥道 : 새만이 겨우 다닐 수 있는 길.   地崩山摧壯士死 : 전설에 의하면, 蜀王이 好色하는 것을 안 秦의 惠王이 다섯 명의 미인을 보냈는데, 蜀王은 다섯 壯士를 보내 그녀들을 맞이하게 했다. 일행이 梓潼에 이르렀을 때, 큰 뱀 한 마리가 구멍에 들어가고 있었다. 그래서 한 壯士가 그 꼬리를 잡아 당겼으나 꿈쩍도 안하므로, 다섯 명이 함께 당겼더니 산이 무너져 남녀 10명이 생매장되고, 산도 나뉘어서 다섯 봉우리가 되었다.   天梯 : 높은 사다리.   石棧 : 돌다리.   鉤連 : 걸리어 이어짐.   六龍回日 : 태양은 여섯 용이 끄는 수레를 타고 동에서 서로 달린다는 전설이 있다.   高標 : 그 일대의 標가 되는 최고봉.   靑泥 : 嶺名.   巖巒 : 岩山.   參·井 : 별이름.   喧豗 : 시끄러운 것.   劍閣 : 大劍山과 小劍山 사이의 棧道니, 蜀道 중 가장 험한 곳.   錦城 : 蜀의 수도인 成都.

해설

나는 언젠가 TV를 통해 촉(사천성)으로 가는 길의 일부를 본 일이 있다. 수직을 이룬 바위산에 사다리길(棧道)을 만들기 위해 쇠를 박았던 구멍이 지금도 남아 있었다. 이런 지형이 수백 리나 이어지고 보면, 더구나 고대에는 거의 생명을 걸지 않으면 못 가는 길이었을 것이다.

「촉도난」은 옛 악부(樂府)의 제목이거니와, 시는 칠언(七言)을 기조로 하여 장단구(長短句)가 뒤섞임으로써 예측불허의 굴곡을 만들어 내고, 그 같은 형식이 험준하고도 변화 많은 산하와 어울리어 불후의 명작을 꽃피게 했다. 이백의 천재성이 화산처럼 폭발한 예에 속한다.

그리고 이 길을 지나고 나면 물자가 풍부하여 살기 좋은 촉에 이르긴 하지만, 거기는 촉도의 험준함을 믿은 나머지 중앙정부에 반역하는 음모가 끊이지 않았던 현장이기도 하니, 이곳 또한 안주할 데는 애초에 되지 못했다. 그러므로 촉도의 험난함은 인생의 험난함이기도 했던 것이어서, 여기서 파란 많았던 이백의 생애를 읽어도 좋을 것이다.

이백 (701~762)

이백이여! 당신은 정말 선인(仙人)이었습니까. 하지장(賀知章)이 당신의 시와 인품을 평하여 적선(謫仙 : 귀양 온 신선)이라고 부르더라는 말을 들었습니다. 우리에게는 당신의 출생부터가 하나의 수수께끼로 여겨집니다. 어디서 누구의 자손으로 태어났습니까. 여러 사람의 여러 주장이 결국 사천성(四川省)을 가리키고 있는 듯합니다만, 더 상세한 것은 당신의 지적이 있어야 명백해질 것 같습니다. 당서(唐書)에서는 홍성황제(興聖皇帝)의 9세손(世孫)으로 되어 있는데, 그것은 믿을 만합니까. 아버님이 서역(西域)으로부터 촉(蜀)의 광한(廣漢)쯤으로 옮아 오신 것 같지만, 그러면 당신의 조상은 왜 서역에 살았습니까.

당서(唐書)나 범전정(范傳正)이 쓴 당신의 비문이 말하는 것처럼, 고귀한 신분으로 죄를 피해 거기에 갔습니까. 아니면 처음부터 서역에 살아온 이민족이었습니까. 당신은 화를 내실 것입니다. 남의 뒤를 꼬치꼬치 캐지 말라고. 또는 나의 평화로운 잠을 깨우지 말라고. 그러나 당신은 당신의 위대한 시로 말미암아, 오직 그 한 가지 죄(?)로 인해서, 현대에까지 살아 남아야 할, 현대의 주민임을 잊지 마십시오. 당신은 국적을 박탈당한 세계의 시민임을 기억하십시오. 그렇다면 우리가 한국에 앉아서 라오스를 걱정하는 것이 월권이 아닌 것같이, 당신의 이력서를 작성하고자 한다 해도 당신은 용서하셔야 합니다.

당신은 반박하시겠습니까. 선인(仙人)에게 무슨 호적이 있느냐고.

물론 그건 그렇습니다. 선인의 고향은 무하유향(無何有鄕)이며, 그 조상은 현현(玄玄)한 무위(無爲)일 테죠. 그러나 나사렛 사람의 소문을 들으셨습니까. 그는 하느님의 아들이지만, 구유가 있었습니다. 아버지는 없었으나 어머니, 불쌍한 어머니가 있었습니다. 당신에겐 많은 돈을 물려준 아버지가 있은 줄은 압니다. 당신이 후일 탕진해 버린 그 돈을 물려준. 그러나 그이가 누구며 어떤 사람이었는지는 안개에 가려 있습니다. 이백이여. 당신의 어머니, 당신을 배었을 때, 태백성(太白星)을 꿈꾸었다는 당신의 어머니에 대해서 당신은 왜 침묵하십니까. 당신은 어디선지 나타난 샛별(태백성)이었습니까. 갑자기 나타났다 갑자기 사라진……. 그렇습니다. 우리는 그 샛별이 사라져 간 모습이 또한 궁금합니다.

보응 원년(寶應元年) 임인(壬寅), 당도(當塗)에서 당신은 돌아가셨습니다. 옆에서는 이양빙(李陽冰)이 당신의 일몰(日沒)을 지켰습니다. 이것은 당서(唐書)나 비문이나 당신 시집에 쓴 이양빙의 서문으로 미루어 명백한 것 같습니다. 그러나 세상에는 괴상한 소문이 돌고, 지금도 사람들은 그 말을 믿고 있습니다. 채석강(采石江)! 당신도 기억하실 것입니다. 그 수석(水石)이 좋은 강에서 당신은 선유(船遊)를 하고 있었다는 거죠. 물론 당신을 늘 따라다니던 달이 함께 있었죠. 당신도 달도 취했던가 보아요. 당신은 물 속에 잠긴 달을 잡는다고 강에 뛰어들었다는 것입니다. 이야기는 더 계속됩니다. 당신은 그 때 죽은 것이 아니라, 고래를 타고 하늘로 올라간 것이라고요. 당신의 죽음을 싸고도는 이 전설을 당신은 어떻게 보십니까.

당신의 자손에 관해서도 우리는 안개 속에 서 있습니다. 평양(平陽)이라는 따님과 백금(伯禽)이라는 아드님이 있었다는 것, 이것을 우리는 당신의 시를 통해 알았습니다. 늘 당신이 하는 버릇 그대로, 그때도 당신은 가족을 노(魯)에 버려둔 채, 표연히 집을 나가 남방을 방랑하셨죠. 그 때에 쓴 그 시에 나타난 자녀들은 어찌 되었습니까. 범전정의 비문에 의하면 백금에게는 아들이 있었으나, 어디론지 가 버린 후 소식이 끊겼답니다. 그뿐, 그 다음은 아무도 당신의 자손에 대하여 모릅니다. 선인(仙人)에겐 조상이 없듯, 자손도 없는 것인가요.

이백이여! 나는 장안(長安)에서의 당신의 영광과 몰락에 대하여 비상한 미를 느낍니다. 「촉도난」을 읽고 감격한 나머지, 하지장은 당신에게 '적선(謫仙)'이라는 명예를 주고, 허리에 차고 있던 금귀(金龜)를 술과 바꾸어 당신을 대접했습니다. 양귀비와 함께 모란을 감상하던 현종이 당신을 불렀을 때, 당신은 취해 있었으나, 「청평조사」 3수를 물 흐르듯 읊을 수 있었습니다. 양귀비는 먹을 갈고, 황제는 어수(御手)로 당신이 먹을 음식을 조미했으며, 고역사는 당신의 호령에 신을 벗기지 않을 수 없었습니다. 당신은 한림학사였고, 명사(名士)였고, 그 누구보다도 천재였습니다. 가는 곳마다 벗이 있었고 술이 있었고 존경이 따랐습니다. 당신의 친구 두보가 노래한 것을 기억하십니까.

이백은 술 한 말에
詩를 백 편!

취하면 長安의
술집이 내 집.

天子가 불러도
배에 아니 오르고

말하되, "臣은
酒仙입니다."

李白一斗詩百篇　長安市上酒家眠　天子呼來不上船　自稱臣是酒中仙
이 백 일 두 시 백 편　장 안 시 상 주 가 면　천 자 호 래 불 상 선　자 칭 신 시 주 중 선
ー「음중팔선가(飮中八仙歌)」

　그러나 그 다음에 오는 당신의 몰락은 더욱 나를 황홀하게 합니
다. 시인이여! 내 말이 지나쳤다면 용서하십시오. 하지만 당신도 낙
일(落日)의 미가 어떤 것인지 누구보다도 잘 아실 터입니다. 하루아
침에 얻은 당신의 영광은 바이런의 그것을 훨씬 능가하여, 마치 떠오
른 태양과 같이 찬란했습니다마는, 당신의 몰락도 바다에 지는 낙조
인 양, 온 누리를 비장일색(悲壯一色)으로 물들였습니다.
　이백이여! 당신이 고역사에게 신을 벗기게 할 때, 당신은 정말 그
를 모욕하였던 것입니까. 아니면, 단순한 취행(醉行)이었습니까. 그보
다 더 궁금한 것은, 문제의 「청평조사 2」에서 비연(飛燕)을 인용하였
을 때, 당신은 양귀비를 내심 비꼬고 있었습니까. 당신이 장안을 떠
나려 하자, 황제는 당신에게 황금을 주었습니다. 당신은 그에게 시를

주었건만……. 이것으로도 명백하듯 그들은 속세의 사람이며, 선연 (仙緣)이 없었던 것입니다.

이백이여! 당신의 몰락은 당신에게 결코 유쾌한 일은 아니었을 것 입니다. 당신은 적선이요, 완전한 선인은 아니었으니까. 그러므로 당 신에겐 야심이 있었고 포부가 있었을 것입니다. 남달리 풍부한 구상 력을 지닌 당신이니까, 아마 무지개같이도 찬란한 미래상이 그려져 있었을 터입니다. 그러나 그 꿈이 신기루처럼 스러지는 모양을, 영광 의 도상(途上)에 오른 지 3년 만에, 마흔 넷의 장년의 눈으로 보아야 했습니다. 그러나 그것이 결정적인 티격이 되도록 당신은 약하지 않 았습니다. 당신은 여전히 호협(豪俠)했으며 여전히 명랑했으며 활달 했으며 정열에 넘쳐 있었습니다. 남방을 방랑하며 당신은 더욱 천재 였습니다. 명산(名山)과 장강(長江)을 보았고, 유적을 찾았고, 구름과 인정(人情)과 강변에 내려앉은 백학(白鶴)의 몸짓을 살폈습니다. 시간 의 물결을 따라 흘러가는 현상들을 어느 순간에서 포착하여, 영원한 세계로 끌어들였습니다. 극히 작은 것, 극히 평범한 것이라도 당신의 손이 닿기만 하면 다 싱싱한 생명력을 나타냈으니, 자연은 당신의 예 술을 모방한 정도가 아니라, 당신의 예술에 들어옴으로써 비로소 자 연이 되었습니다.

이백이여! 나는 당신의 시에 대하여 말하기에 앞서 당신의 생애에 대해, 한 가지만 더 묻고 넘어가야 하겠습니다. 당신이 영왕(永王)의 군(軍)에 가담함으로써 생긴 비극에 대하여 당신은 어떻게 여기십니 까. 12년의 방랑 끝에 여산에 계시던 당신이, 영왕 인(璘)의 부름에

쾌히 응낙(應諾)한 동기는 무엇입니까. 안녹산의 반란에서 나라를 구하자는 순수한 동기에서입니까. 그것과 함께, 다시 영화의 성좌(星座)에 오르려는 목적이 있었던 것입니까. 당신은 이 세상을 '부세(浮世)'라고 하신 적이 있거니와, 그 부세의 맛을 장안에서 충분히 맛보셨을 당신이, 한 왕자의 자의(恣意)로 나온 거병(擧兵)이, 동기야 어떻든 결과에 있어서 무슨 폭풍을 불러 올지 짐작을 못 하셨던 것입니까. 아니면, 눈 딱 감고 당신의 생애를, 모험을 위해 내던져 본 것입니까. 하여간, 관군과 싸운 영왕의 패배, 심양(潯陽)에서의 당신의 입옥(入獄), 사형 선고와 특사와 야랑(夜郎)에의 유배, 변전(變轉)하는 당신의 운명은 그 원인이 어디에 있다고 보십니까. 모든 것은 적선인 점에, 당신이 선격(仙格)과 인격(人格)의 두 가지 모순을 내부에 지니고 있었다는 데에서 생겨나는 비극이라고 여기면 잘못이겠습니까. 당신은 이 세상에 잘못 왔던 것이며, 여기서 행복할 수 있기 위해서는 너무나 예외자이었던 것이 아니겠습니까.

당신이 야랑으로 귀양가는 도중에, 다시 특사를 만나 자유의 몸이 된 후, 내왕하던 악양(岳陽)과 무릉(武陵)과 무창(武昌)과 금릉(金陵)의 풍물과 인정과 술맛에 대해 더 여쭈어 볼 말이 많이 있지만, 당신의 문학에 대한 궁금증이 보다 간절한 까닭에 여기서 이야기를 돌릴까 합니다.

이백이여! 당신은 어디까지나 시인이었으며, 언제라도 시인이었습니다. 당신은 임종에서 초고(草稿) 만 권을 친척인 당도령(當塗令) 이양빙(李陽氷)에게 맡기어 놓으셨다 합니다. 그러나 지금 남은 것은 천

여의 시와 몇 편의 산문뿐! 선인의 것답게 당신의 작품들은, 항아(姮娥)와도 같이 달나라로 날아가 버린 것입니까. 부세에 두기 싫어서 당신이 거두어 가지고 가신 것입니까. 그러나 이백이여! 가을을 알기에는 몇 그루의 국화로도 충분합니다. 꽤 많이 남은 당신의 작품을 통해 당신의 정열을 읽을 수 있는 행복을 불평할 수는 없습니다. 당신의 시에 대하여, 당신의 후배인 두보는 "筆落驚風雨 詩成泣鬼神"이라 했습니다. 붓을 대면 비바람도 놀랐고, 시가 이루어지매 귀신을 울게 하던 당신의 시가, 나를 놀라게 했고, 나를 울게 했다고 한들 그것이 무슨 신기한 이야기나 되겠습니까.

나는 당신의 정열을 생각합니다. 만리를 굽이쳐 흐르는 장강 같은 그 정열을! 달을 친구하여 술을 마실 수 있었고, 천지(天地)로 금침(衾枕)을 삼을 수 있었고, 항아와 이웃이 될 수 있었고, 강물을 술로 변하게 할 수 있었던 그 정열의 분방함에 압도됩니다.

나는 당신의 무한한 공상력을 기립니다. 천계(天界)와 지상(地上)을 광선과도 같이 연결시키던 그 공상력을! 이백이여! 당신은 구름으로 옷을 지어 양귀비에게 입혔고, 산에서 내려오면서 달을 동쪽 시냇가 소나무 가지에 걸어 두었고, 은하(銀河)가 하늘에서 떨어지는 장관을 보았습니다. 자연은 당신의 친구였고, 항상 정다운 대화를 나누는 형제였습니다.

나는 당신의 명랑함이 좋습니다. 언제나 명랑했던, 비록 실의의 구렁에 있었을 때라도, 늘 쾌활한 웃음을 잊지 않은 사람! 백발을 발견하고도 놀라기는 했지만 눈물은 보이지 않았고, 경우에 따라 꿋꿋한 슬픔은 지니되 연약한 한숨과 청승맞음을 모르던 사람! 이백이여. 아리랑의 구슬픈 멜로디를 핏속에 지닌 나에겐 그것이 얼마나 커다란 경이로 비치는지 모르겠습니다.

나는 당신의 솔직에 매력을 느낍니다. 당신에게는 어린이와도 같은 흐리지 않은 눈이 있습니다. 호방한 당신은 웅편거작(雄篇巨作)에 정열을 쏟았으나, 한편 작은 한 개의 초목이나 새에도 세심한 애정을 보였습니다. 또 작시(作詩)하는 태도에서도 극히 자연스럽게 표현했습니다. 기교의 우로(迂路)를 거치지 않고 바로 생명에 접근하는 예를 허다히 만들었습니다.

"雨人對酌山花開 一杯一杯復一杯"라든지, "飛流直下三千尺 疑是銀河落九天" 같은 시는 음주나 폭포의 정경을 그려서 하나의 전형에 도달한 것이겠습니다. 같은 제목으로 어떤 사람이 써 보았자, 그 범주를 못 벗어나게 하고 있습니다. 당신에겐 이런 높이에 이른 시가 꽤 많은데, 그 원인이 도리어 당신의 솔직함에 있었던 것이 아닌가 생각이 듭니다.

그러나, 이백이여! 이 모든 점이 다 당신의 발랄한 생명력에게서 나온 것임을 압니다. 마치 붉게 익은 능금과도 같이, 꽉 채워진 생명력이 약동하는 곳, 분방한 정열이 되고, 하늘을 달리는 공상이 되고, 끊임없는 명랑이 되고, 더할 수 없는 솔직이 되는 것은 아니겠습니까.

이백이여! 당신을 앞에 두고, 당신의 인생관이 무엇이었느냐고, 나는 감히 묻지 않겠습니다. 사실은, 그것에, 거의 그것에만 우리 나라 독자들은 흥미를 느끼는지 모르겠습니다. 그러나 시인이 사상가일 필요는 없으며, 그에게 사상이 있은들 그것이 필경 무엇이겠습니까. 시인의 사상은 언어로 표현함으로써 비로소 탄생하는 것. 그가 표현 이전에 가지고 있던 사상이 아무리 표현된 사상과 비슷할지라도, 이 둘은 결코 같지 아니하며, 천양(天壤)의 차이가 있는 것이겠습니다. 이백이여! 이런 이야기를 당신에게 한다는 것이 얼마나 우스운 일입 니까. 나는 다만, 당신의 작품에서 어떻게 썼나 하는 점에 주목하는 것만큼은, 무엇이 씌어 있나 하는 데에 관심을 두지 않는다는 것을 밝히고자 한 섯뿐입니다. 당신이 도교에 흥미를 느꼈으며, 그것에 의 거해서 시를 쓰신 줄은 압니다. 죽계육일(竹溪六逸)의 한 사람이었고, 소위 도록(道籙)을 받았다는 것도 압니다. 그러나, 그런 도교적 사상 이 들어 있어서 당신의 시가 위대한 것은 아니겠습니다. 당신이 어떤 사상에 입각해 있었든 간에, 당신의 언어가 당신의 시세계를 구축했 던 것입니다. 이백이여! 당신의 모국어가 과학하기에는 가장 부적당 할지 모르나, 시어로서는 확실히 세계무비(世界無比)이겠는데, 당신은 그것을 얼마나 능란하게 다루었던 것입니까. 마치 바위를 미적인 차 원으로 승화시키는 조각가와도 같이, 당신은 적당한 언어를 붙잡아 생명을 불어넣고 음악을 주고 함축을 주고 음영을 주었습니다. 그 기 술이 어떻게 놀랍던지, 조금도 다듬은 티가 보이지 않고 저절로 그렇 게 된 듯 느꼈습니다. 아니 사실이, 저절로 그렇게 된 듯이 느끼게 했습니다. 언어의 마술사여! 일천이백여 년의 세월이 흐르고도 오히 려 생생할 수 있는 불사(不死)의 생명력을 언어에 불어넣은 사람이

여! 나는 당신의 시를 옮기면서 얼마나 나의 붓의 무능함을 한탄했는지 모릅니다.

시인이여! 대화를 너무 길게 끌었습니다. 그러나, 당신에게 하고 싶은 말은 아직도 상당히 남았습니다. 당신같이 위대한 시인에 대해서는 무엇을 이야기해도 될 것입니다. 마치 군맹(群盲)이 코끼리를 건드리듯, 각자의 입장과 역량에 따라 어떤 면에서든 당신과의 접촉이 가능할 것이라 믿습니다. 그러므로 나는 당신에 관해 많은 이야기를 했으나, 도리어 독백만을 반복했는지도 모릅니다.

시인이여! 용서하십시오. 나는 당신이 딛고 섰던 전통에 대해 검토를 마쳐야겠습니다. "大雅久不作 吾衰竟誰陳." 『시경(詩經)』 속에 있는 대아(大雅) 같은 바른 시가 땅을 쓸었으니, 내가 노쇠하면 결국 누가 그것을 복구할까, 이렇게 당신이 시를 정도(正道)로 이끌 것을 자부하실 때, 당신은 『시경』과 『이소(離騷)』와 사마상여(司馬相如)니 조식(曹植) 등의 한(漢)·위(魏)의 문학을 염두에 두셨던 것입니까. 그야, 그런 것들이 고대적인 건전성을 지니고야 있었을 것입니다. 적어도 그 점에서는 우리 향가(鄕歌)도 건전은 했으니까요. 하지만, 그런 건전성이란 필경 소박의 뜻이요, 이 소박은 곧 거칠다는 뜻이라고 주장해도 일면의 진실은 되지 않겠습니까. 이렇게 볼 때, 수사에 편중한 육조(六朝)의 문학이 중국 시가 거쳐야 할 필연의 경로였음을 부정하시겠습니까. 더욱 육조가 중국 시의 정형을 완성한 것을 무시하시겠습니까. 이백이여! 그러나 당신이 육조의 시가 가지는 치명상(致命傷), 즉 생명의 결핍을 중시하였다는 것은 어디까지나 정당한 일이었습니다. 생명의 시인인 당신이 그것에 맹목일 수 있었겠습니까. 하지만, 당신은 또한 도연명(陶淵明)·사조(謝眺)·유신(庾信)·포조(鮑照) 같은 이들을 존경함을 공공연히 밝혔습니다. 당신은 육조를 버렸으나, 취할 점은 취하고 버린 셈인가요. 이백이여! 나는 당신의 시를 읽으며 고대를 느낀 적은 한 번도 없습니다. 오히려 참신한 개성과 독창을 보았을 뿐입니다. 그렇다면 당신은 고대로 돌아감으로써 도리어 앞으로 도약한 것입니까. 전통이 중압이 되지 않고 창조와 직결된다는 것은, 결국 시인의 역량 여하에 좌우되는 문제입니까.

나는 너무 말을 많이 했으나, 당신은 침묵하실 따름이니 이쯤에서 끊을 수밖에 없는 일이지만, 당신에게 한 가지만 감사의 뜻을 표하고 싶습니다. 당신이 약자들에게 따뜻했다는 것, 이것이 나에겐 끝없이 고맙습니다. 당신은 여성의 심리와 어린이의 마음을 잘 아셨습니다. 출정한 남편을 위해 흘리는 눈물과, 애인을 만나는 처녀의 심장의 고동을 거의 공감하셨습니다. 또 당신이 멀리 집에 있는 자녀를 생각하신 한 편은, 그 정이 나를 울립니다. 오송산(五松山)을 지나실 때라고 기억됩니다. 당신이 주무신 집 가난한 노파가 지어 올리는 고미반(菰米飯)을 앞에 놓고, 당신은 그 인정의 고마움에 차마 수저를 들지 못하셨습니다. 제왕과 술을 마셨고 사십만 금을 순식간에 탕진한 당신이, 가난한 사람의 정성을 그처럼 존경할 수 있었다는 것은, 무엇보다도 나를 감동시킵니다.

천재였고, 시인이었고, 실각(失脚)한 정객(政客)이었고, 스스로 사람을 죽인 일까지 있는 협객이었고, 무책임한 남편이요 아버지였고, 권

력자에게 오만했고 아랫사람들에게 다정했고, 달의 친구였고, 술 속의 신선이던 사람, 이백이여! 당신에게 광명이!

만리 밖 나그네 되어

두보(杜甫)

밤

— 두보

이슬 치는 가을 밤
홀로 거닐면

시름에 싸이는
나그네 마음.

멀리 배에서는
등불이 새어 오고

초생달을 두들기는
다듬이 소리.

국화 또 핀 남녘에
사람은 앓아 눕고

편지도 없는 북쪽
기러기도 무정해…….

지팡이에 기대어
처마 밑에 서면

서울 하늘 쪽
은하(銀河) 아스라하다.

露下天高秋氣淸　空山獨夜旅魂驚　疎燈自照孤帆宿　新月猶懸雙杵鳴
노 하 천 고 추 기 청　공 산 독 야 여 혼 경　소 등 자 조 고 범 숙　신 월 유 현 쌍 저 명
南菊再逢人臥病　北書不至雁無情　步簷倚杖看牛斗　銀漢遙應接鳳城
남 국 재 봉 인 와 병　북 서 부 지 안 무 정　보 첨 의 장 간 우 두　은 한 요 응 접 봉 성

　　주

獨夜 : 혼자서 깨어 있는 밤.　　疎燈 : 어설픈 등불.　　雙杵 : 둘이 마주 앉아
두드리는 다듬이질.　　南菊再逢 : 남쪽에서 두 번이나 국화 피는 가을을 만
났다는 것.　　北書 : 북쪽 고향에서의 편지.　　雁無情 : 漢의 蘇武가 사신으
로 갔다가 凶奴에게 억류당했을 때, 기러기의 발에 편지를 달았더니 고향에
편지가 전해진 일이 있다. 여기서는, 기러기가 北에서 오기는 하나 편지는
전해 주지 않으므로 무정하다 한 것.　　步簷 : 처마 밑을 걸음.　　倚杖 : 지
팡이에 의지함.　　牛斗 : 견우성과 북두성.　　銀漢 : 銀河.　　鳳城 : 궁궐.

해설

두보가 기주(夔州)에 살 때의 작품으로 보인다. 때는 대력(大曆) 원년 서기 766년이요, 그의 나이 55세였다. 두보는 절도사 엄무(嚴武)의 막하(幕下)로 있으면서 그의 도움을 받아 완화초당(浣花草堂)에서 비교적 안정된 생활을 보낼 수 있었던 것이나, 성격이 오만해서 엄무를 모욕한 일도 있고, 동료와의 관계도 원만치만은 않았던 모양이다. 그래서인지 그는 사직하고 여기저기를 전전한 끝에 기주에 살게 된 것이다. 생활도 다시 어려웠을 것이고, 친구도 별로 없이 쓸쓸했으리라. 이 때에 쓴 작품에는 비통한 것이 많다. 두보는 생활의 안정 속에서 평화로운 심정을 그린 시보다, 역시 가난 속에서 침통한 감정을 노래한 쪽에 걸작이 많다. 이백처럼 환상을 지니고 있는 시인은 무사할 때도 정열이 끓어 오를 수 있었겠지만, 두보의 경우는 그렇지 못했는지 모른다. 반면, 현실의 중압이 무거울수록 그는 대시인의 면목을 발휘하여 심각하고 애통한 명편을 보여 준다. 하늘은 가난을 조건으로 하여 그에게 시재(詩才)를 주었던가 보다.

기주에서 보면 수도인 장안은 북쪽이 된다. 밤에 홀로 뜰이라도 거닐며 서울을 생각하고 친구를 생각하고 만감(萬感)이 복받치는 심정을 어쩌지 못한 듯, 어구는 매우 비통하다. 1행에서 '이슬'과 '하늘'과 '가을의 공기'가 층을 이루어 겹쳐 있음을 주의하자. 한 일을 가지고 한 구가 되어 있는 것이 아니라, 가을의 슬픔을 느끼게 하는 세 가지 요소가 겹쳐져서, 점점 그 침통함을 더해가고 있는 것이다. 2행에서도 '空山'과 '獨夜'와 '旅魂'이 어떤 관계를 이루어 무슨 효과

178

를 나타냈는가를 살피면 대가의 솜씨가 다름을 알리라. 다음 3행에서 6행까지는 엄밀한 대(對)를 이루었으나 결코 전시효과에 그치지 않고 시의(詩意)는 일보 일보 슬픔의 도를 더해가고 있다.

　원제는「夜」.

우묘(禹廟)

쓸쓸한 바람 불고
해가 지는데

산 속엔
낡은 한 채의 사당.

뜰에는 귤이
가지 드리우고

집의 전면에
용을 그렸다.

벽에서는
구름이 일고

강물 소리
모래 위를 달린다.

그 옛날, 배며
수레며 타고

천하를 돌아
물을 끌던 임이여!

禹廟空山裏 秋風落日斜 荒庭垂橘柚 古屋畵龍蛇
우묘공산리 추풍니일사 황정수귤유 고옥하용사
雲氣生虛壁 江聲走白沙 早知乘四載 疏鑿控三巴
운기생허벽 강성주백사 조지승사재 소착공삼파

주

禹廟 : 禹王의 사당. 우왕은 治水의 功으로 인해 舜의 뒤를 이어 황제가 되었
다 함.　　橘柚 : 귤과 유자.　　龍蛇 : 용과 뱀. 우왕은 양자강을 治水하면서
용과 뱀을 쫓아냈다 한다.　　虛壁 : 빈 방의 벽.　　四載 : 禹가 治水할 때, 물
에서는 배를 타고, 육지에서는 수레를 타고, 진 땅을 가는 데는 썰매를 타고,
산을 가는 데는 징을 박은 신을 신었다.　　疏鑿 : 땅을 파서 물을 통하게 하
는 것.　　控三巴 : 三巴에서 물을 끌었다. 三巴는 四川省 東北에 있는 지명.

해설

　　귤과 유자 이야기는 『서경(書經)』우공편(禹貢篇)에 나온다. 양주(揚
州)에서 바치는 공물로 우(禹)는 귤과 유자를 지정했다. 용과 뱀의 이

야기는 『맹자(孟子)』 등문공하편(滕文公下篇)에 나온다. 요(堯)가 다스리고 있던 고대(古代)에 물이 거슬러 흘러서 중국이 온통 물바다가 되었다. 이에 우는 땅을 파서 바닷물을 이리로 고이게 하고, 용과 뱀을 풀어 우거진 소택지대(沼澤地帶)로 쫓았다. 물론 이 시에 나오는 귤유(橘柚)와 용사(龍蛇)는 실제로 눈에 띈 것을 그린 것이지만, 이 말은 적어도 이러한 배경을 가진다. 고사를 인용하면서 그것이 고사인 줄 깨닫지 못하게 인용했고, 실경(實景)을 그대로 그리면서 남 모르는 사이에 실경 이상의 것으로 만들었다. 두보의 한 마디 한 마디가 만 근의 무게를 갖는 것이 다 이런 세심한 배려와 뛰어난 기법에서 오는 것이다.

영태(永泰) 6년, 두보는 완화초당(浣花草堂)을 떠나서 충주(忠州)로 온다. 절도사 엄무의 막하로 있는 생활이 마음에 달갑지 않았던 모양이다. 거기서 그는 어느 날 우왕의 사당에 발을 옮겨 잠시 감개에 잠긴다. 말은 눈에 띄는 풍물에 미쳤을 뿐이지만 정이 도리어 어림은 리얼리즘의 극치가 아니고 무엇이랴. 더욱 끝에 가서 "일찍 알았노니, 그대가 네 가지 수레를 바꾸어 타고 다니며, 땅을 뚫어 삼읍(三巴)를 끌었음을!" 한 것은, 천리를 달리던 산맥이 갑자기 절벽을 이루며 끊어지는 것 같아서 무한한 여운을 풍기니, 제왕(帝王)과 장상(將相)을 질타하는 듯한 기개가 있다.

등고(登高)

원숭이 울음
바람을 타고 하늘에 날리는데

흰 사장(沙場) 위를 휘도는
한 마리의 새.

끝없이 끝없이
나무마다 낙엽이 지고

어느 때나 다하랴?
저 푸른 장강(長江)의 흐름.

가을마다 만리 밖
나그네 되어

오늘도 아픈 몸 끌고
대(臺)에 올라라.

괴로움에 귀밑털은
날로 희어 가노니

늙어서 술마저도
끊은 몸이여.

風急天高猿嘯哀	渚淸沙白鳥飛廻	無邊落木蕭蕭下	不盡長江滾滾來
풍 급 천 고 원 소 애	저 청 사 백 조 비 회	무 변 낙 목 소 소 하	부 진 장 강 곤 곤 래
萬里悲秋常作客	百年多病獨登臺	艱難苦恨繁霜鬢	潦倒新停濁酒杯
만 리 비 추 상 작 객	백 년 다 병 독 등 대	간 난 고 한 번 상 빈	요 도 신 정 탁 주 배

주

登高 : 9월 9일에는 높은 산에 올라가 국화주를 마시는 풍습이 있었다.
猿嘯 : 원숭이 울음.　　落木 : 낙엽.　　蕭蕭 : 쓸쓸한 모양.　　滾滾 : 끊이지
않는 모양.　　苦 : 대단히. 매우.　　潦倒 : 老衰한 모양.

해설

　여덟 구 다 대(對)를 쓰고, 지극히 크며 지극히 슬프다. 1, 2구는 구
마다 가을의 슬픔이 9층탑처럼 제 속에 포개지고, 3, 4구는 시야를
천하의 가을로 돌려 기상이 웅혼하다. 전자는 비애의 깊이요, 후자는
그 폭이다. 5구 이하는 제 늙음과 불우를 한하되, 그 한은 만리에 걸

치고 백년을 휘감아 천하를 온통 자기 슬픔으로 채우니, 이 어찌 하늘을 구름이 뒤덮고 바람이 바다를 흔드는 것이 아니겠는가.

이것을 쓸 때에 두보의 나이 55세. 기주(夔州)에 살면서 채소를 가꾸어 생계를 이었다. 오랫동안 앓던 폐병으로 고생했으며, 가을로 접어들면서 귀가 먹었다. 그러나 시는 점점 무게를 더해 갔으니 "서(西)에는 베토벤, 동(東)에는 두보"라고나 해 둘까.

객 (客)

집의 앞뒤가
다 물이라

갈매기는 떼 지어
날마다 와서 논다.

꽃이 길을 묻어도
쓴 적이 없었더니

오늘 뜻밖에도
그대가 오시었다.

시골이라
아무 음식도 없고

그저 집에 남았던
술을 대접한다.

울 너머로
이웃 영감도 불러

같이 마심이
어떤가.

舍南舍北皆春水　但見群鷗日日來　花徑不曾緣客掃　蓬門今始爲君開
사 남 사 북 개 춘 수　단 견 군 구 일 일 래　화 경 부 증 연 객 소　봉 문 금 시 위 군 개

盤飧市遠無兼味　樽酒家貧只舊醅　肯與隣翁相對飮　隔籬呼取盡餘杯
반 손 시 원 무 겸 미　준 주 가 빈 지 구 배　긍 여 인 옹 상 대 음　격 리 호 취 진 여 배

주

群鷗日日來 : 『열자』에 이런 이야기가 나온다. 바닷가에 사는 한 사람이 갈매기를 좋아하여, 늘 바다에 나가 벗이 되어 이와 함께 놀았다. 그가 나타나기만 하면 몇백 마리의 갈매기가 날아오는 것이었다. 어느 날, 그의 아버지가 오늘 나가거든 갈매기를 한 마리 잡아 오라고 했다. 그런데 그 날은 웬 일인지 갈매기가 모두 흩어져 달아나고, 가까이 오지 않았다.　花徑 : 꽃이 핀 길.　緣客 : 손님 때문에.　蓬門 : 다북쑥으로 지붕을 이은 보잘것없는 문.　盤飧 : 소반에 담긴 음식.　無兼味 : 여러 가지 맛이 없다.　樽酒 : 술통의 술.　舊醅 : 오래된 술.　肯 : 승락함.　隔籬 : 울타리를 사이에 두고.　呼取 : 부른다. '取'는 助字. '看取'의 경우와 같음.　餘杯 : 남은 술.

원제는 「客至」. 난리를 피하는 두보가 사천성 성도(成都)에 머물며, 교외 완화계(浣花溪)에 빈 땅를 얻어 집을 지으니, 소위 완화초당(浣花草堂)이다. 몇 년 동안 갖은 고생 다한 그의 생활이 어느 정도 안정되었던 모양이다. 가난 속에서도 한 숨 돌리고 있는 듯한 평화가 이 시에 흘러, 「북정(北征)」 같은 비통은 찾을 수 없다. 『열자』의 고사를 인용하여 갈매기가 매일 놀러옴을 자랑한 것이라든지, 일찍이 길을 쓴 적이 없었다 한 것이라든지, 또 술 마시는 자리에 이웃 늙은이를 울 너머로 부를까 한 점이라든지, 본래의 두보와는 달리, 무슨 도사라도 되는 듯 유한(幽閒)과 풍류조차 보이고 있다.

강촌(江村)

긴 여름의 대낮 —

강물에 안기어
마을은 조는 듯 한가롭다.

제비는 멋대로
처마를 나들고

갈매기는 가까이 가도
날아갈 줄 모른다.

할멈은 종이에
바둑판을 그리고

애놈은 바늘을 두들겨서
낚시를 만들고 있다.

나는 우두커니 앉아
아무 바라는 바 없다.

그저 약이나 좀
먹었으면 할 뿐.

淸江一曲抱村流　長夏江村事事幽　自去自來梁上燕　相親相近水中鷗
청 강 일 곡 포 촌 류　장 하 강 촌 사 사 유　자 거 자 래 양 상 연　상 친 상 근 수 중 구
老妻畫紙爲棊局　稚子敲針作釣鉤　多病所須惟藥物　微軀此外更何求
노 처 화 지 위 기 국　치 자 고 침 작 조 구　다 병 소 수 유 약 물　미 구 차 외 갱 하 구

주

一曲 : 한 굽이.　　幽 : 한가함.　　自去自來 : 마음대로 오고 감.　　梁 : 대들
보.　　相親相近水中鷗 : 해할 마음이 없을 때는 갈매기가 모여들다가, 해칠
마음을 먹자 오지 않더라는 이야기. 『열자』에 보임.　　畫紙 : 종이에 그린다.
棊局 : 바둑판.　　稚子 : 어린애.　　敲針 : 바늘을 두들김.　　釣鉤 : 낚시.
所須 : 바라는 바. 필요로 하는 바.　　微軀 : 미천한 몸.

해설

　한가로운 강촌의 풍경. 우리 시인 이상(李箱) 같으면 이런 수필을
썼으리라.

　"무더운 여름날이 천 년처럼 길다. 강물은 언제 보아야 꼭 같은 코

190

스를 밟아 한 번씩 마을에 들러서 간다. 제비! 저놈도 심심한 모양이다. 일도 별로 없을 텐데 공연히 처마를 들어왔다 나갔다 한다. 나는 어슬렁어슬렁 강으로 가 본다. 어떻게 된 갈매기인지 사람이 가까이 가도 놀라는 시늉도 안한다. 재미가 없다. 발을 돌린다. 집에서는 아내가 초등학교 애들처럼 마루에 엎드려 무엇을 그리고 있다. 아, 바둑판이군. 흥! 아내도 갈매기가 다 돼가는 모양이다. 애는 어디 갔을까. 아 저놈은 저놈대로 울타리 밑에서 무엇을 열심히 두들기고 있다. 아마 송사리라도 낚을 결심인가보다. 보고 있자니 열이 난다. 보나마나 삼십팔도다. 무엇이라더라. 그 신통하다는 미국의 파아스라도 좀 먹었으면."

물론 성실근엄한 두보는 그런 소리를 안 한다. 한가함을 지긋이 즐기고 있다. 성도 완화초당에서 잠시 평화를 누리고 있을 때의 작품이리라.

아우를 생각하고

하남(河南)이 수복돼
우선 기쁘니

딴 곳의 싸움은
묻지를 말자.

그러나, 살아 남은 사람
몇이나 될지?

네 돌아옴을 기다려
삼 년을 접어든다.

옛집에는
봄이라 꽃이 피고

새들도 날며
울고 있는가.

아, 사람의 그림자
끊인 지 오래니

너의 소식
어디 가 찾으랴.

且喜河南定	不問鄴城圍	百戰今誰在	三年望汝歸
차 희 하 남 정	불 문 업 성 위	백 전 금 수 재	삼 년 망 여 귀
故園花自發	春日鳥還飛	斷絶人烟久	東西消息稀
고 원 화 자 발	춘 일 조 환 비	단 절 인 연 구	동 서 소 식 희

주

且 : 잠깐. 우선.　　鄴城 : 지금의 河南省 臨漳縣. 魏의 도읍지였던 곳.

故園 : 고향.

해설

　두보는 따뜻한 인간성을 가진 사람이었다. 가족들에 대해서 취한
행동을 보아도 의무감 이상의 애정을 지니고 있었음을 알 수 있다.
난리 속에서도 언제나 대가족을 끌고 각처를 다니면서 온갖 고생을
다 겪었다. 처자를 버리고 어디론지 사라져 가는 이백과는 딴판이다.

아우나 누이를 생각하는 시도 많이 썼다. 이 시를 보아도 삼 년을 만나지 못한 아우를 걱정하는 심정이 잘 나타나 있다.

'且喜' ― 하남이 평정된 것을 '잠깐 기뻐한다'는 말은, 전쟁에 시달린 두보가 우선 한숨 돌리고 있는 심정을 나타내어 묘하다. 업성이 포위되고 있는 것쯤 잠시 '묻지 않겠다'는 '不問'이, 그 기쁨이 어떠한가를 보충해 준다. 그러나 그것이 불안한 일시적인 기쁨에 그치는 것임도 암시하니, 두보의 수사 솜씨가 대개 이와 같다. 원제는 「憶弟」.

추흥(秋興) 1

찬 이슬 내려
단풍은 물드는데

쓸쓸한 무산(巫山)의
골짜기를 가면

강물결 일어
하늘에 치솟고

변방(邊方)을 어둡게
뒤덮는 구름.

또 국화는 피어
다시 눈물 지우고

배는 매인 채라,
언제 고향 돌아가랴.

— 이제 추위가 오리라.

백제성(白帝城)을 흔드는
다듬이 소리, 다듬이 소리.

玉露凋傷楓樹林　巫山巫峽氣蕭森　江間波浪兼天湧　塞上風雲接地陰
옥 로 조 상 풍 수 림　무 산 무 협 기 소 삼　강 간 파 랑 겸 천 용　새 상 풍 운 접 지 음
叢菊兩開他日淚　孤舟一繫故園心　寒衣處處催刀尺　白帝城高急暮砧
총 국 양 개 타 일 루　고 주 일 계 고 원 심　한 의 처 처 최 도 척　백 제 성 고 급 모 침

주

玉露 : 白露.　　凋傷 : 시들어 상하게 함.　　巫山·巫峽 : 四川省 夔州에 있는
산과 골짜기 이름.　　蕭森 : 조용하고 쓸쓸함.　　塞 : 변방.　　叢菊兩開 : 夔
州에 와서 2년이 되니까, 두 번 국화 피는 것을 만났다고 한 것이다.　　他日
淚 : 과거에 흘렸던 눈물을 다시 흘림. '他日'은 과거.　　故園心 : 고향을 그
리는 마음.　　刀尺 : 가위와 자.　　白帝城 : 夔州에 있는 성.　　砧 : 다듬이.

해설

　　서기 766년, 기주(夔州)의 서각(西閣)에 살고 있을 때의 작품. 여기
에는 무협(巫峽)의 유명한 계곡이 있어서 그 길이 160리, 양쪽에 치솟
은 산 사이로 급류가 흐르니, 정오가 아니면 해를 볼 수 없다는 험한
곳이다.

전반의 4구는 가을의 처절함을 말했다. 파도는 땅에 있는 것이건만 하늘에 닿았으니 그 광경을 알 만하며, 변방 하늘의 풍운(風雲)은 땅에 접했으니 그 처참함이 어떻다 하랴. 천지가 대(對)를 이루면서 가을의 쓸쓸함이 우주를 채웠다. 후반에서는 유랑하는 사람의 애절한 향수를 말했다. 두번째로 보는 국화에 흘리는 것은 슬픈 과거를 지닌 눈물이요, 매어 둔 채인 고주(孤舟)에 실은 것은 향수이거니와, 멀리 들려 오는 다듬이 소리는 이 모든 비애를 절정으로 휘몬다. 솜씨가 지극히 크면서도 가벼이 날리는 데가 없고, 말 하나하나가 천근이나 되는 듯 무기우면서도 시상이 장강처럼 흐르니, 시인 두보의 작품에서도 대표작으로 꼽힐 만하다.

추흥(秋興) 4

바둑판처럼
변하는 서울 소식.

세상 일은
참 알 수가 없어…….

왕후(王侯)의 저택에는
새 주인 들어앉고

벼슬하는 사람도
옛사람들 아니라데.

북녘 구경에서
북 소리 요란하고

서쪽으론 말이
글을 갖고 달려가고.

용은 잠이 들어
가을 강물 차가운데

생각은 멀리
서울을 휘돈다.

聞道長安似奕棋　百年世事不勝悲　王侯第宅皆新主　文武衣冠異昔時
문도장안사혁기　백년세사불승비　왕후제택개신주　문무의관이석시
直北關山金鼓振　征西車馬羽書馳　魚龍寂寞秋江冷　故國平居有所思
직북관산금고진　정서거마우서치　어룡적막추강냉　고국평거유소사

주

聞道 : 듣건대.　　奕棋 : 바둑을 두는 것.　　不勝悲 : 슬픔을 못 이김.　　第宅 :
집. 저택.　　　衣冠 : 衣冠을 한 사람. 즉 高官.　　　金鼓 : 종과 북.　　　羽書 :
새의 깃을 단 軍用文書. 새 날개를 다는 것은 긴급한 표시.　　　魚龍 : 용의 일
종. 魚龍은 가을로 밤을 삼기 때문에 秋分이 되면 못에 들어가 잠을 잔다.
故國 : 고향인 장안.　　平居 : 평생.

해설

　전반은 장안의 변천을 말하여 매우 애절하다. 장안은 서기 756년
에 안녹산에게 점령되었고, 다음해에는 곽자의(郭子儀)가 거느리는
관군이 이를 수복했다. 763년에는 다시 토번(吐蕃)에게 빼앗겼다가

곽자의에 의해서 되찾는 등, 겨우 7년 동안에 네 번이나 주인이 바뀌었다. 현종과 귀족들은 도망치고, 그들의 집에는 새 집권자들이 들어앉았다. 이민족 출신의 장군들과 내시들이 고관이 된 것은 말할 것도 없고 —.

후반은 변경의 전쟁을 말하여 제 감회로 끝을 맺었다. 755년 안녹산은 낙양을 뺏고 이듬해에는 장안을 점령했다. 757년 안녹산은 아들 경서(慶緖)의 손에 죽는다. 그러나 다음해에는 사사명(史思明)이 반란에 가담해 그 세력은 더 커진다. 759년 사사명은 안경서를 죽이고 대연황제(大燕皇帝)가 되니, 소위 이 '안사(安史)의 난'이 평정된 것은 763년 대종(代宗)의 광덕(廣德) 2년이었다. 그러나 이것으로 난리가 끝난 것은 아니었다. 같은 해 9월에 회흘(回紇, 위구르족)이 침입하니 '서를 향해 달리는 군마'는 이를 막기 위함이었고, 이와 거의 때를 같이하여 토번(吐蕃, 티벳족)이 쳐들어오니 '북녘 국경'에서 벌어진 전쟁이 그것이었다. 이런 상황을 바라보며 두보는 자기에게 나라를 구하는 재주와 기회가 없음을 탄식하였다. 가을이 되어, 물 속에서 꼼짝 못하고 있는 어룡(魚龍)과도 같다고.

추흥(秋興) 5

종남산(終南山)과 마주 선
봉래궁(蓬萊宮)에는

이슬 받는 구리 기둥
하늘에 높다.

서왕모(西王母)가 내려온
요지(瑤池)는 서쪽.

푸른 기운 감도는
동녘 함곡관(函谷關).

구름처럼 치미선(雉尾扇)
펼치이는 곳.

용포(龍袍) 자락 번쩍이니
상감이 납시고…….

그 옛날 조회(朝會)에
참석하던 일

늦가을 날, 강가에
누워서 생각노니.

蓬萊宮闕對南山　承露金莖霄漢間　西望瑤池降王母　東來紫氣滿函關
봉 래 궁 궐 대 남 산　승 로 금 경 소 한 간　서 망 요 지 강 왕 모　동 래 자 기 만 함 관
雲移雉尾開宮扇　日繞龍鱗識聖顔　一臥滄江驚歲晚　幾回靑瑣點朝班
운 이 치 미 개 궁 선　일 요 용 린 식 성 안　일 와 창 강 경 세 만　기 회 청 쇄 점 조 반

주

蓬萊宮 : 漢의 대궐 이름. 唐의 것을 직접 말하기 어려우니까.　　南山 : 長安
동남쪽에 있는 終南山.　　承露金莖 : 漢武帝는 銅으로 仙人像을 만들어 세웠
는데, 이 仙人이 들고 있는 그릇에 고인 이슬을 장수하기 위해 먹었다.　　霄
漢 : 하늘.　　西望瑤池降王母 : 선녀 西王母는 곤륜산 瑤池에 살았는데 周의
穆王이 가서 만나 보았다는 이야기가 『열자』에 나온다. 7월 7일에 한무제도
서왕모를 궁중에서 만났다는 말이 있다.　　東來紫氣滿函關 : 函谷關을 지키
는 尹喜가 동쪽에 푸른 기운이 감도는 것을 보고 성인이 나타나리라 여기고
기다렸더니, 노자가 靑牛를 타고 지나갔다. 『道德經』은 이 때에 노자가 써
준 것이라 한다.　　雲移 : 부채가 펼쳐지는 모양.　　雉尾 : 꿩의 꼬리털로 만
든 큰 부채니 곧 宮扇이다. 황제가 나올 때, 이것을 좌우로 펼치게 되어 있
다.　　龍鱗 : 황제의 옷에 수놓은 용의 비늘.　　聖顔 : 황제의 얼굴.　　滄
江 : 양자강을 가리킴.　　靑瑣 : 궁궐 문의 이름. 문짝에 자물쇠 모양을 조각

202

하고, 이것에 푸른 칠을 입혔으므로 이리 부름.   朝班 : 조회 때의 班列.

해설

6구까지는 장안의 화려하던 지난날을 추억한 것. 당(唐)을 대놓고 말할 수 없으니까 한무제의 고사를 많이 빌렸다. 현종은 무제와 같은 정치 역량은 없었으나 선도(仙道)를 좋아한 것이라든지 사치스러웠던 점에서는 닮은 데가 있었으므로, 결과에서는 풍자처럼 된 것도 묘하다 하겠다. 무제니 현종은 다 불로불사(不老不死)하는 선인(仙人)이 되고자 했다. 그들은 마음의 수양에 의해서가 아니고, 물질의 힘으로 이에 도달하고자 했다. 남산과 높이를 다투는 선인의 동상은 이러한 제왕의 의지를 상징하여 장하고도 서글픈 것이라 하겠다. 3행의 서왕모 이야기는 양귀비를 가리킨 것. 본래 황자(皇子) 수왕(壽王)의 비(妃)이던 것을 뺏어들여 온천궁(溫泉宮)에서 처음 만났으니, '瑤池 王母'의 암유(暗喩)가 얼마나 온당하며 적확한가. 또 동쪽 함곡관에 푸른 기운이 가득 찼다는 것은 노자의 고사지만, 그리로 넘어온 것은 이민족의 군대였으니 얼마나 묘한 아이러니인가. 더욱 노자의 숭배자인 황제에게 있어서……. 5, 6구는 이 시뿐 아니라 두보의 전작품을 통해서 본다 해도 아마 수사의 정교 미려함이 비길 데가 없을 것이다. 여기 등장하는 것은 실제로는 치미선과 곤룡포지만, 표현에 있어서는 구름과 꿩의 꼬리가 이어지고, 햇빛과 용의 비늘이 연결되니, 착상의 기발함이 이를 데 없다. 그러면서도 경박하지 않아서 말은 무겁게 가라앉으니 바닷속 산호에나 비교할까. 7, 8구는 조정에 있을 때의 일을 추억하여 이 시를 맺은 것이니, 처절한 기운이 무겁게 흘러서, 앞에 나온 화려한 장안에의 회상이 비로소 '가을'과 연관을 가지게 된다.

추흥(秋興) 7

곤명지(昆明池)는
무제(武帝)가 이룩한 것

배에 나부끼던 깃발들
눈에 보이는 듯.

직녀는 비단을 짜
공연히 밤을 새고

고래의 비늘과 껍질
갈바람에 움직인다.

물에는 줄 열매 떠서
검은 구름 끼인 듯.

이슬이 차서
연밥이 진다.

관문(關門)은 높아
새나 넘어 다니리니

강호(江湖)에서, 나는
고기잡이 늙은이!

昆明池水漢時功　武帝旌旗在眼中　織女機絲虛夜月　石鯨鱗甲動秋風
곤 명 지 수 한 시 공　무 제 정 기 재 안 중　직 녀 기 사 허 야 월　석 경 인 갑 동 추 풍
波漂菰米沈雲黑　露冷蓮房墜粉紅　關塞極天唯鳥道　江湖滿地一漁翁
파 표 고 미 침 운 흑　노 랭 연 방 추 분 홍　관 새 극 천 유 조 도　강 호 만 지 일 어 옹

주

昆明池 : 장안 서남쪽에 한무제가 판 못의 이름. 雲南의 昆明이라는 나라를
치기 위해 水軍을 훈련하고자 한 것.　功 : 토목 공사.　旌旗 : 함선에 단
기.　織女 : 昆明池에는 견우 직녀의 石像을 세웠다.　石鯨 : 昆明池에는
고래의 석상을 세웠는데, 비가 오고 뇌성이 나면 그 꼬리와 껍질이 움직였다
함.　鱗甲 : 비늘과 껍질.　菰米 : 못이나 늪 같은 곳에 나는 '줄'이라는 풀
은 검은 열매가 열려서 흉년에 가난한 사람들은 이것을 먹기도 했다.　沈
雲 : 못물에 비친 구름의 그림자.　蓮房 : 연밥이 들어 있는 송이.　粉 : 꽃
가루.　極天 : 하늘 끝에 닿았음.　江湖 : 물이 많은 지방.　滿地 : 땅에
가득함. 곳곳에 있음.

해설

'한무제는 남방을 정벌하기 위해 장안 교외에 있는 상림원(上林苑)에 주위 40리의 곤명지(昆明池)를 파고 수군을 훈련했으니, 그 위용이 눈에 보이는 듯하다.' 1, 2구는 당(唐)의 국운이 왕성하던 때를 회상하고 그리워한 것이다.

'거기 서 있는 직녀(石像)는 베를 짜며 밤을 새우고 있겠지만, 황제도 찾아 주지 않는 지금, 그것은 헛된 노력이 아니랴. 또 고래의 석상은 우레가 있는 날이면 가을바람에 비늘과 껍질이 움직이겠지만, 누가 있어 그것을 기특하다 하셨는가.' '虛'가 '夜月'을 어떻게 만들었으며, '石鯨'과 '動'이 어울려서 빚어내는 운치가 어떠한가를 살필 것이다.

다시 5, 6구의 묘사는 처참하다. '지금 가을을 맞아 곤명지 물결에는 줄 열매가 떠서 그 모양이 검은 구름이 잠긴 듯하고, 찬 이슬에 연꽃가루도 붉게 뿌려져 있으리라.' 검은 구름은 어두운 운명이요, 떨어진 연꽃가루는 깨어진 꿈인가.

'관문(關門)은 하늘에 닿아 오직 새 다니는 길을 남길 뿐이요, 강호(江湖) 곳곳을 방랑하는 한 어옹(漁翁)인저, 나는.' 하늘에 닿은 것은 한이며, 겨우 남은 새 다니는 길은 한 가닥의 희망이요, 땅에 가득한 것은 강호가 아닌 슬픔이렷! '極天'과 '滿地'는 고조된 감정을 형용한 더할 나위 없는 표현.

비가(悲歌) 1

나그네, 나그네
이름은 자미(子美).

흰 머리 헝클어져
귀까지 뒤덮었다.

원숭이를 따라
도토리를 줍는데

산 속에 날은 차고
해가 기운다.

중원(中原)에서는 소식 없어
가지도 못하고

손발은 온통
얼고 터졌다.

아, 한 곡조 부르니
그 노래 애처론데

슬픈 바람 나를 위해
하늘에서 불어 온다.

有客有客字子美　白頭亂髮垂過耳　歲拾橡栗隨狙公　天寒日暮山谷裏
유 객 유 객 자 자 미　백 두 난 발 수 과 이　세 습 상 율 수 지 공　친 흰 일 모 산 곡 리
中原無書歸不得　手脚凍皴皮肉死　嗚呼一歌兮歌已哀　悲風爲我從天來
중 원 무 서 귀 부 득　수 각 동 준 피 육 사　오 호 일 가 혜 가 이 애　비 풍 위 아 종 천 래

주

客 : 두보 스스로를 가리킴.　字子美 : 字는 정식 이름(名) 외에 친히 부르기
위한 또 하나의 이름. 남의 이름을 함부로 부름을 꺼리는 데서 유래된 것. 甫
는 名이요, 字는 子美.　歲 : 매년.　橡栗 : 도토리.　狙公 : 원숭이를 길
러 재주를 부리게 하는 사람. 譯詩에서는 편의상 원숭이의 뜻으로 다루었다.
中原 : 낙양을 중심으로 한 황하 유역 일대. 여기는 舊중국의 운명이 결정되
는 중요한 지방이었다. 두보의 고향도 거기다.　書 : 편지.　歸不得 : 돌아
가고자 하나 못 돌아감.　凍皴 : 얼어서 가죽이 트는 것.　皮肉死 : 가죽과
살이 무감각해진다.　兮 : 助字. 어조를 조정하기 위해 쓰인다.　從 : …로
부터.

원제는 「乾元中寓居同谷縣作歌七首」. '건원중에 동곡현에 우거하
며 지은 노래 일곱 수'라는 뜻.

건원 원년(758) 좌습유(左拾遺)로 중앙에 있던 두보는, 그 전년(前
年) 재상 방관(房琯)을 변호한 죄로 화주(華州)의 사공참군(司功參軍)으
로 좌천된다. 그 이듬해에는 크게 가뭄이 들어 도저히 가족을 먹여
살릴 수 없었던 모양이다. 그가 벼슬을 버리고 진주(秦州)로 갔다가
동곡으로 옮긴 것은 10월이었다. 동곡은 농사도 잘 되고 산에 먹을
과실도 많다는 소문을 듣고 왔으나, 현실은 어느 곳보다도 비참한 상
태였다. 음력 10월이면 첫겨울이다. 그는 도토리를 줍고, 마를 캐고
하여 겨우 겨우 연명하다가 어쩔 수 없었던지 촉으로 들어간다. 겨우
1개월을 동곡에서 보낸 것이다. 그 때의 고생이 눈으로 보는 듯 이
이 시에 묘사되었다. 하도 절실한 비애이고 보니 무슨 설명이 필요하
지 않으리라.

비가(悲歌) 2

가래야, 가래야.
흰 나무로 자루 하고

네게 의지해
목숨을 이어 간다.

둥글레 싹 안 보이고
눈만 깊은데

짧은 옷은 아무리 끌어도
정강이를 못 가린다.

이리하여 너와 나
빈 손으로 돌아오면

가족들은 굶주리어
앓아 누워 있다.

아, 둘째 곡조를
노래 부르니

이웃들도 나 때문에
측은해 한다.

長鑱長鑱白木柄　我生託子以爲命　黃獨無苗山雪盛　短衣數挽不掩脛
장 참 장 참 백 목 병　아 생 탁 자 이 위 명　황 독 무 묘 산 설 성　단 의 삭 만 불 엄 경
此時與子空歸來　男呻女吟四壁靜　嗚呼二歌兮歌始放　閭里爲我色惆悵
차 시 여 자 공 귀 래　남 신 여 음 사 벽 정　오 호 이 가 혜 가 시 방　여 리 위 아 색 추 창

주

鑱 : 가래.　　柄 : 자루.　　託子 : 너(가래)에게 맡긴다.　　黃獨 : 둥글레. '黃
精'으로 된 책도 있음.　　數 : 자주.　　脛 : 정강이.　　男呻女吟 : 아들과 딸
들이 모두 신음한다.　　四壁靜 : 가난하여 집안이 텅텅 비어 있다는 뜻.　　閭
里 : 시골 마을. 여기서는 거기 사는 사람들.　　色 : 안색.　　惆悵 : 한탄하고
슬퍼하는 모양.

해설

　굶는 것처럼 슬픈 일이 또 있을까. 동곡에서 두보는 산에 올라가
먹을 수 있는 풀뿌리를 캐어다가 연명할 수밖에 없었다. 눈에 덮여
싹이 보이지 않는 언 땅을 여기저기 파헤쳤으리라. 정강이도 못 가리

는 옷을 입은 채……. 그리하여 소득도 없이 집에 돌아오면 거기에 기다리는 것은 굶어서 신음하고 누워 있는 아들 딸! 이 비참한 현실과 부딪히면서 절망하지 않았다는 것은, 두보의 인생관이 건전하고 정신력이 강인했던 때문이리라.

비가(悲歌) 3

아우들, 아우들.
멀리 있어

누가 여위고
누가 튼튼한지?

생이별하여
서로 보지 못하는데

싸움은 아니 멎고
길은 멀구나.

들거위 날고
두루미 날아도

나를 너희 곁에
데려다는 못 준다.

아, 셋째 곡조를
노래 부르노니

고향에 온들 형의 뼈를
어디서 거둘 테냐.

有弟有弟在遠方　三人各瘦何人强　生別展轉不相見　胡塵暗天道路長
유 제 유 제 재 원 방　삼 인 가 수 하 인 강　생 별 전 전 불 상 견　호 진 암 천 도 로 장
東飛駕鵝後鶖鶬　安得送我置汝傍　嗚呼三歌兮歌三發　汝歸何處收兄骨
동 비 가 아 후 추 창　안 득 송 아 치 여 방　오 호 삼 가 혜 가 삼 발　여 귀 하 처 수 형 골

주

各瘦 : 後漢의 趙禮가 굶주리다가 도둑에게 잡힌 것을, 형인 趙孝가 찾아갔
더니, 여윈 아우보다 살찐 형이 낫다고 하였다는 이야기가 있다.　展轉 : 각
지를 떠돌아다니는 것.　胡塵 : 오랑캐의 군대가 일으키는 티끌.　駕鵝 :
들거위(?). 기러기 비슷하다고 함.　鶖鶬 : 두루미 비슷한 새라고 함.　安
得 : 어찌 …일 수 있으랴.　歸 : 고향에 돌아옴. 두보의 고향은 낙양 근처
요, 지금 있는 곳은 동곡.

해설

　두보에게는 네 명의 동생이 있었다. 그 중 막내인 점(占)만은 두보
를 따라 동곡에 함께 있었으나, 영(穎) · 관(觀) · 풍(豊)의 세 사람은

헤어진 채 소식이 묘연했다. 생활에 무능한 두보보다는 동생들이 편안히 잘 지냈는지도 모르지만, 아우들을 걱정하는 우애는 지극한 정에서 나와서 읽는 이를 감동시킨다. 三人各瘦何人强! 누가 여위고 누가 몸 성히 있을까 한 것 같은 표현은, 지극한 애정이 없이는 못할 소리. "시는 뜻을 말함이라(詩言志)"고 하는 말은, 두보의 경우처럼, 깊은 진실에서 우러나오는 글이어야 한다는 의미인가.

비가(悲歌) 4

누이동생, 누이동생.
종리(鍾離)에 살아

남편은 죽고
철 모르는 어린 것들.

용은 날치고
회수(淮水)에 물결 높아

십 년을 못 봤거니
언제나 돌아오리?

배 타고 가려 해도
화살이 가로막고

아득한 남쪽 하늘
군기(軍旗)만이 나부껴…….

아, 넷째 곡조를
노래 부르니

원숭이도 느꺼운지
대낮에 운다.

有妹有妹在鍾離 良人早歿諸孤癡 長淮浪高蛟龍怒 十年不見來何時
유매유매재종리 양인조몰제고치 장회낭고교룡노 십년불견내하시
扁舟欲往箭滿眼 杳杳南國多旌旗 嗚呼四歌兮歌四奏 林猿爲我啼淸晝
편주욕왕전만안 묘묘남국다정기 오호사가혜가사주 임원위아제청주

주

鍾離 : 지금의 安徽省 鳳陽縣.   良人 : 남편.   諸孤 : 여러 遺兒.   癡 : 철
이 없음. '痴'와 같음.   長淮 : 淮水. 鍾離는 회수 남쪽에 있다.   蛟龍 : 비
늘이 있는 용.   箭滿眼 : 화살이 시야에 가득하다. 즉 곳곳에서 싸움이 벌어
지고 있다는 의미.   杳杳 : 먼 모양.   旌旗 : 군기.   淸晝 : 맑게 갠 대낮.

해설

　　두보에게는 위씨(韋氏)에게 시집간 누이동생이 있었다. 일찍 과부
가 되어 어린 조카들을 키우고 사는 것을 생각할 때, 우애에 도타운
두보로서는 종리(鍾離)에 가서 위로도 해 주고 가능한 일이라면 돕고

도 싶었으리라. 그러나 회수(淮水)에는 도둑(蛟龍)들이 날뛰고 있고, 각지에서는 언제 끝날지도 모르는 싸움이 계속되고 있음을 어쩌랴. 두보의 애끊는 노래에 무심할 수 없었던지, 원숭이가 대낮에 운다고 한 시구는, 제 슬픔을 남에게 주어 그를 시켜서 울게 한 것이니, 천지가 모두 비창일색(悲愴一色)이 되어 버렸다.

비가(悲歌) 5

온 산에 바람 일고
물은 급히 흐르는데

찬 비는 내려
마른 가지 적시운다.

다북쑥 우거진 옛 성에는
검은 구름 덮이고

흰 여우는 날뛰고
누런 놈은 일어선다.

이리 궁벽한 산 속에
나는 어찌해 살아야 하나?

밤중에 일어나 앉으면
모여드는 만가지 시름.

아, 다섯째 곡조를
노래 부르노니

혼 없이라도
어서 고향 갔으면.

四山多風溪水急 寒雨颯颯枯樹濕 黃蒿古城雲不開 白狐跳梁黃狐立
사 산 다 풍 계 수 급　한 우 삽 삽 고 수 습　황 호 고 성 운 불 개　백 호 도 량 황 호 립
我生何爲在窮谷 中夜起坐萬感集 嗚呼五歌兮歌正長 魂招不來歸故鄉
아 생 하 위 재 궁 곡　중 야 기 좌 만 감 집　오 호 오 가 혜 가 정 장　혼 초 불 래 귀 고 향

주

四山 : 사방의 산.　颯颯 : 빗소리의 형용.　黃蒿 : 시들어 누렇게 된 쑥.
雲不開 : 구름이 걷히지 않음.　跳梁 : 뛰어오른다.　何爲 : 무슨 까닭에.
窮谷 : 궁벽한 골짜기. 同谷을 말한 것.　中夜 : 밤중.　魂招 : 혼을 부름.
중국인들은 슬픔이나 놀라움이 크면 혼이 흩어져 버린다고 여겼다. 그래서
종이로 기를 만들어서 혼을 다시 부르는 의식을 행했다. 宋玉의 「招魂」이라
는 시는 이것을 다룬 것.　不來 : 초혼 의식을 행해서 나의 혼이 돌아오지
않을지라도.

해설

두보여! 내가 당신 앞에 무릎을 꿇어야 할 때가 온 것 같습니다.

나는 당신의 너무나 어두운 색조가 마음에 달갑지 않았습니다마는, 이쯤 되면 그저 고개를 숙일 수밖에 도리가 없습니다. 바람과 시냇물과 비와 구름으로 어두운 마음의 색조를 표현하는 것은 여전한 당신의 솜씨입니다만, 어쩌면 딴 시인도 할 수 있을지 모릅니다. 하지만 '흰 여우는 뛰어오르고, 누런 여우는 일어서는' 장면에 이르러서야 당신 아니고 누가 흉내나 낼 수 있겠습니까. 불교에서 번뇌를 원숭이에 비한 일이 있거니와, 당신의 비애는 흰 원숭이 되어 뛰어오르고, 누런 원숭이 되어 일어섰구려. 견디려다 견디지 못하여 마침내…… 두보여! 나는 당신이 천고에 독보하는 시인임을 진심으로 인정합니다. 그리고 당신이 누구보다도 불행한 시인이었다는 점도.

비가(悲歌) 6

남에는 늪 속에
용이 살고

고목은 높이 솟아
가지 서로 늘어졌다.

낙엽이 지면
용은 숨고

독사는 나타나
물 위에 도사린다.

내가 가는데
이게 웬 놈이냐고

칼을 빼어 치려다가
그만두고 만다.

아, 여섯째 곡조를
노래 부르노니

골짜기는 나를 위해
봄이라도 보내 오렴.

南有龍兮在山湫　古木巃嵸枝相樛　木葉黃落龍正蟄　蝮蛇東來水上游
남유용혜재산추　고목농종지상규　목엽황락용정칩　복사동래수상유
我行怪此安敢出　拔劍欲斬且復休　嗚呼六歌兮歌思遲　溪壑爲我廻春姿
아 행 괴 차 안 감 출　발 검 욕 참 차 부 휴　오 호 육 가 혜 가 사 지　계 학 위 아 회 춘 자

　　주

山湫 : 산에 있는 늪이나 못.　　巃嵸 : 나무가 높이 솟은 모양.　　樛 : 가지가
늘어짐.　　蟄 : 겨울잠 자는 것. 용은 가을이면 물 속에서 잔다.　　蝮蛇 : 독
사. 살무사.　　溪壑 : 골짜기.　　春姿 : 봄의 양상.

　　해설

　　두보여! 슬픔이 지극해지면 도리어 장한 양상을 띠게 되는 겁니
까. 나는 당신의 이 시를 읽으며 '비장'의 뜻을 생각하게 됩니다. 항
우(項羽)의 노래를 읽고 그것이 영웅의 기개요, 시인이 미칠 바 아니
라 했더니, 당신은 시인이 되어 영웅의 본색을 나타냈구려. 두보여!

당신은 왜 칼을 들어 독사를 베지 않았습니까. 비애란 죽여도 불사조처럼 되살아나는 것임을 안 까닭입니까. 당신이 용으로 황제나 군자를 나타내고, 복사(蝮蛇)로 소인(小人)을 상징한 것인지도 모르긴 합니다. 그러나 그런 의도가 명백히 당신에게 있었다손 치더라도, 그것이 어떤 이미지를 통해서 표현될 때 시로서 평가되어야 할 것은 그이미지일 것입니다. 두보여! 낙엽진 가을 물 위에 도사리는 당신의 비애를 어쩌지 못한 시인이여! '봄'이 오기를 열망하다가 '가을' 속에서 죽어간 사람이여!

비가(悲歌) 7

사나이로 태어나
공명은 못 이룬 채 몸만 늙어

삼 년이나 굶주려
산골을 헤매다니…….

서울의 재상들은
대개가 젊은이들.

부귀는 일찍이
잡아야 하는 건가.

산중의 선비야
진작부터 알아서

그와 옛얘기 하며
마음 상해 할 뿐.

아, 일곱째 곡조를
노래 부르고

하늘을 우러러보니
해는 빠르기도 하다.

男兒生不成名身已老 三年饑走荒山道 長安卿相多少年 富貴應須致身早
남아 생 불 성 명 신 이 로 삼 년 기 주 황 산 도 장 안 경 상 다 소 년 부 귀 응 수 치 신 조
山中儒生舊相識 但話宿昔傷懷抱 嗚呼七歌兮悄終曲 仰視皇天白日速
산 중 유 생 구 상 식 단 화 숙 석 상 회 포 오 호 칠 가 혜 초 종 곡 앙 시 황 천 백 일 속

주

生不成名 : 태어나서 공명을 이루지 못하면.　　荒山 : 황폐한 산.　　卿相 : 大
臣. 宰相.　少年 : 젊은이. 청년.　應須 : 응당 모름지기 …할 것이다. 희망·
기대의 뜻을 나타냄.　　致身 : 임금을 섬기는 것.　　宿昔 : 예전 이야기.　　懷
抱 : 지닌 생각. 마음.　悄 : 소리 없음. 고요함.　皇天 : 하늘.　白日 : 태양.

해설

　공명을 세우기커녕 굶주리어 산골을 헤맨 삼 년의 생활을 회고하
고 신세를 한탄했다. 황제에게는 밉보였고 모처럼 얻은 벼슬은 버렸
고……. 48세의 시인에게는 적잖은 초조가 따랐으리라.

가족 없는 이별

겹치는 난리에
마을은 쑥밭이 되고
백여 호(戶)가
모두 동서로 흩어졌다.

산 사람도 있으련만
소식이 없고
대개는 죽어서 흙 되었으리라.
관군(官軍)이 패하는 바람에
나는 쫓기어 옛마을로 돌아왔다.

오랜만에 걸어보는 황량한 길.
해조차 빛을 잃고
다만 여우와 삵이 털을 치세워
나에게 달려든다.

아무도 사는 사람이란 없이
한두 명 늙은 과부만이 남은 고향.
그러나 새도 잘 때에는
옛 가지 찾아드나니
내 어찌 여기에 안 살랴.

때마침 봄이라 호미를 들고
들에 나가서 밭을 가꾸다간
저녁 때면 채소밭에 물을 주곤 하는데
관가(官家)에서는
내가 와 있음을 재빨리 알아
불러서 북 치기를 익히라고 한다.

고을의 역사(役事)를 보기 위하여
이제 나는 가야 하지만
이별을 아낄 식구 하나 없는 몸!
가까이 가니까 그래도 낫지만
멀리 간다면, 어디서 죽을지
내 마음 자못 뒤숭숭하리라.

다 바서지고 말아
고향도 없는 거와 다름 없으니
멀고 가까움이 같기도 하다.
무엇보다도
마음 아픈 것은 어머님의 일.
긴 병에 돌아가신 지 오 년이건만
아직 분묘(墳墓)에 모시지도 못했나니

나를 낳아 주시고
내 힘을 못 입으시어
나는 어머니를 위해 울고
또 나를 위해 운다.
이별할 가족도 없는 이별보다
더 처참함 인생에 또 있으랴.
무엇으로 사람이로라
낯을 들까.

寂寞天寶後　園廬但蒿藜　我里百餘家　世亂各東西
적 막 천 보 후　원 려 단 호 려　아 리 백 여 가　세 란 각 동 서
存者無消息　死者爲塵泥　賤子因陣敗　歸來尋舊蹊
존 자 무 소 식　사 자 위 진 니　천 자 인 진 패　귀 래 심 구 혜
久行見空巷　日瘦氣慘悽　但對狐與狸　竪毛怒我啼
구 행 견 공 항　일 수 기 참 처　단 대 호 여 리　수 모 노 아 제

四隣何所有　一二老寡妻　宿鳥戀本枝　安辭且窮棲
사 린 하 소 유　일 이 노 과 처　숙 조 연 본 지　안 사 차 궁 서

方春獨荷鋤　日暮還灌畦　縣吏知我至　召令習鼓鞞
방 춘 독 하 서　일 모 환 관 휴　현 리 지 아 지　소 령 습 고 비

雖從本州役　內顧無所携　近行止一身　遠去終轉迷
수 종 본 주 역　내 고 무 소 휴　근 행 지 일 신　원 거 종 전 미

家鄉旣盪盡　遠近理亦齊　永痛長病母　五年委溝谿
가 향 기 탕 진　원 근 이 역 제　영 통 장 병 모　오 년 위 구 계

生我不得力　終身兩酸嘶　人生無家別　何以爲蒸黎
생 아 부 득 력　종 신 양 산 시　인 생 무 가 별　하 이 위 증 려

주

寂寞 : 쓸쓸한 모양.　　天寶後 : 천보 14년 안녹산이 난을 일으킨 후.　　園廬 : 밭과 초막.　　蒿藜 : 뺑대쑥과 명아주. 잡초를 말함.　　賤子 : 천한 사나이. 自稱.　　陣敗 : 싸움에 진 것. 乾元 2년(759) 郭子儀 등 9절도사는 20만 대군으로 安慶緖(녹산의 아들)를 相州에 포위했으나 史思明이 경서를 도왔기 때문에 크게 패하여 낙양으로 도망했다.　　舊蹊 : 예전의 작은 길.　　久行 : 오랫동안 여행함.　　空巷 : 인기척 없는 마을의 작은 길.　　日瘦 : 햇빛이 힘이 없음.　　何所有 : 무엇이 있느냐 하면.　　本枝 : 본래 살고 있던 가지.　　窮棲 : 궁하게 산다.　　方 : 바야흐로.　　灌畦 : 채소밭에 물을 댐.　　鼓鞞 : 전쟁에서 말에 실어 놓고 치는 북.　　本州 : 자기가 속해 있는 고을.　　役 : 역사.　　內顧 : 가정 안을 돌아봄.　　所携 : 거느리는 가족.　　近行 : 가까운 곳에 감.　　止 : 다만.　　轉 : 더욱.　　家鄉 : 고향.　　盪盡 : 다 없어짐.　　委 : 버려둔 채 그대로 있음.　　溝谿 : 도랑이나 골짜기.　　兩酸嘶 : 어머니 일이나 나의 일이나 둘 다 기막힌 상태다.　　無家別 : 가족도 없는 이별.　　蒸黎 : 백성.

위대한 시인이란 독창적이라는 한 면에만 그치는 것일까. 소위 독창이란 무엇이며 어느 정도로 존재할 수 있느냐 하는 것부터가 문제가 되겠지만, 그것을 인정하고 든다 해도 A는 B·C·D·E……가 아니라는 점만으로 어떠한 가치를 가질 수 있을지 의문이다. 그러므로 차라리 폭에, 즉 어느 정도 많은 사람의 생활과 감정을 이해했나 하는 것에 주의를 돌려야 할지 모르겠다. 두보는 항상 객관적인 현실에 관심을 두고 있은 것 같다. 정세의 추이와 함께 고생하는 민중 생활의 이모저모를 끊임없이 다루고 있다.

이 시는 「신혼별(新婚別)」, 「수로별(垂老別)」과 함께 3별(三別)이라 불리는 중요한 작품이다. 「신혼별」은 결혼하자마자 군에 징발되어 가는 모습을, 「수로별」은 거의 노인이 다 된 사람이 싸움에 끌려가는 상황을 읊은 것인 데 대해, 이 작품은 가족도 없는 청년이 소집되어 떠나는 단장(斷腸)의 장면을 노래했다. 언어는 어디까지나 무겁고 텁텁해 멋진 표현 같은 것은 없지만, 하나하나가 적확한 점에서는 아무도 따르기 힘들 것이다. 본래 시어란 시상을 정확히 표현하는 데에 가치가 있을 것이니, 침통한 사실을 다룬 시의 언어가 침통한 것은 도리어 기교를 바로 살린 것이라 할 수 있겠다. 원제는 「無家別」.

석호촌(石壕村)에서

석호촌에서 자다가, 밤에
벼슬아치가 사람 잡아가는 걸 만났다.
영감은 담을 뛰어넘어 도망간 모양이고
할멈이 대문을 열고 벼슬아치를 맞아들였다.
벼슬아치의 목소리는 몹시 성난 듯 우락부락했으며
할멈은 울면서 대단히 괴로운 모양이었다.
할멈은 말했다.
"삼 형제가 다 업성(鄴城) 싸움에 나갔답네다. 한 아들에게서
편지가 왔는뎁쇼. 두 애는 죽었다는군요. 산 사람은 어떻게라
도 우선 산다지만 죽은 놈이야 그만 아닙네까. 집에 사내란 이
제 없고, 있다면 젖먹이 손자놈뿐입죠. 그 애 에미는 아직 안
가고 있기는 하지만, 나들이할래야 치마 하나 성한 게 없답네
다. 이 할멈이 늙었으나 나으리를 따라갔으면 하와요. 급히 하
양(河陽) 역사(役事)하는 데 가면 이래도 밥쯤이야 넉넉히 해냅
죠."
밤이 깊어서야 말 끊어지고
흐느껴 우는 소리 잠결에 들은 듯.

이튿날 아침 길을 떠날 때
할멈은 안 뵈고, 영감하고만 인사를 나누었다.

暮投石壕村	有吏夜捉人	老翁踰墻走	老婦出門看
모투석호촌	유리야착인	노옹유장주	노부출문간
吏呼一何怒	婦啼一何苦	聽婦前致詞	三男鄴城戍
이호일하노	부제일하고	청부전치사	삼남업성수
一男附書至	二男新戰死	存者且偸生	死者長已矣
일남부서지	이남신전사	존자차투생	사자장이의
室中更無人	惟有乳下孫	孫有母未去	出入無完裙
실중갱무인	유유유하손	손유모미거	출입무완군
老嫗力雖衰	請從吏夜歸	急應河陽役	猶得備晨炊
노구역수쇠	청종이야귀	급응하양역	유득비신취
夜久語聲絶	如聞泣幽咽	天明登前途	獨與老翁別
야구어성절	여문읍유열	천명등전도	독여노옹별

주

投 : 투숙한다.   石壕村 : 河南省 섬현(陝縣)의 마을 이름.   看 : 응대함.
밖에 나가 보고 있다고도 注하지만, 다음과의 관계로 보아 무리인 듯.   致
詞 : 말씀을 올린다.   三男 : 세 아들.   鄴城戍 : 鄴城의 싸움. 업성은 相州.
附書至 : 인편에 편지가 왔다.   存者 : 살아 있는 사람. 편지한 아들.   偸
生 : 죽을 목숨이 사는 것. 언제 죽을지 모르나 우선 사는 것.   長已矣 : 영
원히 모든 것이 끝났다.   更無人 : 더 남자는 없다.   完裙 : 완전한 치마.
出入無完裙 : 출입하려 해도 옷이 없어 못 보내겠다는 뜻.   老嫗 : 老婦.
晨炊 : 아침밥을 지음.   如聞 : 들은 것 같다.   泣幽咽 : 흐느껴 우는 것. 영
감과 며느리가…….   獨 : 할멈은 잡혀 갔으니까 영감하고만.

원제는 「石壕吏」.

두보는 어디까지나 냉정하게 현실을 응시하고 있다. 그러나 조용한 화산을 바라보는 느낌이 든다. 깊고 큰 분노가 언제 폭발할지 모르는……. 두보의 리얼리즘은 객관을 관조하는 정도의 것이 아니다. 한 걸음 더 나아가 역사적 현실과 민중의 운명 같은 것에까지 심화되고 있는 듯하다. 두보는 개개의 현실에 충실함으로써 영원한 현실 표현에 이른 것인가. 일천이백여 년 전의 작품이 오늘의 현실로서 문제될 수 있다는 것은, 그의 사실(寫實)이 얼마나 고차원적이었나를 말해 준다.

달 1

천상(天上)에 가을이
가까워지니

인간(人間)에는 달 그림자
맑기도 맑네.

강물에 들어가도
두꺼비는 안 잠기고

약 찧으며 장생(長生)하는
한 마리 토끼.

저로 하여 이 단심(丹心)
괴로움은 느는데

더욱 덧붙여진
나의 흰 머리.

이 세상 싸움으로
뒤덮인 이 때,

서쪽 땅 병영(兵營)일랑
아니 비추길!

天上秋期近 人間月影淸 入河蟾不沒 搗藥兎長生
천 상 추 기 근　인 간 월 영 청　입 하 섬 불 몰　도 약 토 장 생
只益丹心苦 能添白髮明 干戈知滿地 休照國西營
지 익 단 심 고　능 첨 백 발 명　간 과 지 만 지　휴 조 국 서 영

주

人間 : 이 세상. '사람'의 뜻이 아니다.　入河蟾不沒 : 고대의 전설적 명궁인
예(羿)가 서왕모(西王母)로부터 얻어 온 불사약을, 그 아내 항아(姮娥)가 훔쳐
먹고 달에 올라가 두꺼비가 되어 살고 있다고 전해져, 두꺼비는 달의 다른
이름으로 쓰인다. 달은 강물에 들어가도 빠져서 죽거나 떠내려가거나 하는
일이 없다는 것.　搗藥兎長生 : 고대 중국인들은 달의 계수나무 밑에서 토
끼가 약방아를 찧고 있다고 생각했다.　只益丹心苦 : 오직 단심의 괴로움을
더하게 할 뿐임. 가뜩이나 괴로운 일편단심이 달빛 때문에 더해진다는 뜻.
能添白髮明 : 능히 백발의 환함을 덧붙여 줌. 달빛으로 하여 백발이 더 뚜렷
해진다는 뜻.　休照國西營 : 나라의 서쪽에 있는 병영을 비추지 말라. 전쟁
중인 그곳을 비추면, 군인들의 마음이 더욱 산란해질 것이기 때문이다.

초가을의 밝은 달을 노래하되, 달에 얽힌 전설을 교묘히 섞어 가면서 그것을 인간계의 현실과 대조시켰다. 생각해 보라. 하늘에 있는 달이 밝을수록 전란에 시달리는 현실의 비애는 더욱 커질 수밖에 없지 않겠는가. 원제는 「月」.

달 2

사경(四更)이라 그믐달을
산이 토하니

얼마 남지 않은 밤의
물 밝은 다락.

먼지 앉은 갑(匣)을 열고
보던 거울이

갈구리 돼 발(簾)을 타고
올라올 줄야…….

토끼는 제 흰 머리
의아해 하고

두꺼비도 돈피 갖옷
그리우리니,

저 상아(嫦娥) 과부인 줄
모름 아녀도

날씨 찬 이 가을밤
어찌 지내랴.

四更山吐月　殘夜水明樓　塵匣元開鏡　風簾自上鉤
사 경 산 토 월　잔 야 수 명 루　진 갑 원 개 경　풍 렴 자 상 구
兎應疑鶴髮　蟾亦戀貂裘　斟酌嫦娥寡　天寒奈九秋
토 응 의 학 발　섬 역 연 초 구　짐 작 상 아 과　천 한 내 구 추

주

四更 : 새벽 2시 무렵. 이 때에 뜨는 것은 음력 26일이나 27일의 달이다.　　水明
樓 : 달빛으로 하여 물이 환하게 보이는 누각.　　塵匣元開鏡 : 보름달을 형용
한 말. 원래는 갑에 든 거울을 꺼내 놓고 보는 것처럼 둥근 달이었다는 뜻.
風簾自上鉤 : 바람이 잘 통하는 발로 갈구리가 올라오듯, 그믐달이 떠오른다
는 것.　　疑鶴髮 : 달빛 때문에 토끼가 새삼스레 제 백발임에 놀란다는 뜻.
'鶴髮'은 백발.　　戀貂裘 : 날씨가 추우므로 돈피 갖옷을 그리워한다는 것.
嫦娥 : 姮娥라고도 표기되니, 앞 「달 1」에서의 주를 참조.　　奈 : 어찌하랴.
九秋 : 90일 동안의 가을.

앞의 시와 똑같은 제목인데, 연작시는 아니지만 혼동을 막기 위해 번호를 붙여 구분했다.

무엇을 노래하건 현실성이 따르는 것을 이 시인의 특징이라 할 때, 이것은 용케도 그런 것에서 벗어난 서정시로, 대시인이 솜씨를 유감없이 발휘한 아름다운 작품이다.

입춘(立春)

봄이라 소반의
가는 이 생채(生菜).

매화 핀 두 서울
생각이 나네.

고문전(高門殿)을 나오는
소반은 백옥(白玉).

섬섬옥수 건네 주는
푸른 실 같던 그것!

무협(巫峽)의 이 추운 강
어찌 눈으로 보랴.

두릉(杜陵)의 나그네는
그저 슬퍼지기만…….

정착할 곳 모르는
이몸이기에

아이 불러 종이 찾아
시(詩) 써 달란다.

春日春盤細生菜 忽憶兩京梅發時 盤出高門行白玉 菜傳纖手送青絲
춘 일 춘 반 세 생 채　홀 억 양 경 매 발 시　반 출 고 문 행 백 옥　채 전 섬 수 송 청 사
巫峽寒江那對眼 杜陵遠客不勝悲 此身未知歸定處 呼兒覓紙一題詩
무 협 한 강 나 대 안　두 릉 원 객 불 승 비　차 신 미 지 귀 정 처　호 아 멱 지 일 제 시

주

春盤 : 봄날의 소반.　　生菜 : 달래. 입춘에는 달래를 먹는 풍습이 있었다.
兩京 : 장안과 낙양.　　高門 : 漢의 전각 이름. 未央宮 안에 있었다. 이 날에
는 신하들에게 생채를 백옥 소반에 담아 나누어 주었다. 또 '고귀한 집의 문'
으로 보는 해설도 있으니, 그렇게 되면 민간인끼리도 서로 생채를 선물한 것
이 된다.　　行白玉 : 백옥의 소반에 담은 생채를 전하는 일. '行'은 나른다
(運)는 뜻.　　菜傳纖手 : 미인의 손으로 생채가 전해지는 것.　　青絲 : 생채를
형용한 말.　　杜陵遠客 : 두릉에서 멀리 와 있는 나그네. 두릉은 낙양의 교외
에 있는 지명으로, 두보의 고향이다.

전반에서는 입춘에 얽힌 지난날의 추억이 노래되고, 후반에서는 타향에서 입춘을 맞는 쓸쓸한 심경이 토로되었다.

우리 나라에는 입춘이면 시구를 기둥에 써 붙이는 풍속이 있어서, 필자도 어린 나이에 이것을 바라보곤 하던 추억이 있다. 그리고 부엌 가까운 기둥에는 해마다 "盤出高門行白玉, 菜傳纖手送青絲"라는 글이 붙어 있던 것이 잊혀지지 않는데, 그 때는 그것이 두시(杜詩)임도 모르고 바라보았거니와, 늙어서 그것을 직접 번역하게 될 줄이야 어찌 상상이나 했겠는가.

낙화 (落花)

무슨 일 급하기에
이리도 꽃은 지리?

늙은 몸 바라기는
봄 더디 가는 일을…….

애달프니 즐기며
노니는 자리

어딜 가나 젊은 때는
이미 아니어라.

이 마음 달래기야
술이 으뜸이요

흥을 풀 것 시(詩) 위에
다시 없나니,

내 마음을 도잠(陶潛)은
알았으리만,

태어나기 늦었으니
어찌나 하랴.

花飛有底急　老去願春遲　可惜歡娛地　都非少壯時
화 비 유 저 급　노 거 원 춘 지　가 석 환 오 지　도 비 소 장 시
寬心應是酒　遣興莫過詩　此意陶潛解　吾生後汝期
관 심 응 시 주　견 흥 막 과 시　차 의 도 잠 해　오 생 후 여 기

주

有底急 : 무슨 급한 일이 있느냐. 왜 그리 허둥대고 떨어지느냐는 뜻. '底'는
'何'와 같다.　　歡娛地 : 환락의 땅. 즐겁게 놀고 있는 장소.　　都 : 모두.
寬心 : 마음을 너그럽게 함.　　遣興 : 마음에 이는 생각을 푸는 것.　　陶潛 :
도연명.　　後汝期 : 그대가 살고 있던 시기에 뒤짐.

해설

원제는 「可惜」. 성도(成都)의 초당(草堂)에서 쓴 작품이다.

사회에 대한 관심이 남달라 나라의 운명을 늘 걱정한 시인이긴 해
도, 그렇다 하여 한가함을 즐기는 한때가 없을 수야 있겠는가. 지는
꽃잎을 애석해 하는 풍류를 버리기가 어렵다.

낙일(落日)

발(簾)의 갈강쇠에
낙일 걸릴 때,

시냇가에서는
봄 소식 그윽하다.

기슭으로 테 두른 밭
꽃이 풍기는데

여울에 매인 배선
밥 짓는 어부.

같은 가지 다투다가
참새 떨어지고

벌레들 안뜰 가득
날으는 오늘…….

탁주야, 누가 너를
만들었느냐.

한번 마셔 천가지
시름 잊으리.

落日在簾鉤 溪邊春事幽 芳菲緣岸圃 樵爨倚灘舟
낙 일 재 염 구 계 변 춘 사 유 방 비 연 안 포 초 찬 의 탄 주
啅雀爭枝墜 飛蟲滿院遊 濁醪誰造汝 一酌散千愁
탁 작 쟁 지 추 비 충 만 원 유 탁 료 수 조 여 일 작 산 천 수

주

簾鉤 : 발을 걷어서 매어 놓는 갈고랑쇠.   溪邊 : 두보의 초당이 있던 완화
계(浣花溪) 근방.   春事 : 봄 소식.   芳菲 : 화초가 향기를 풍기는 모양.
緣岸圃 : 기슭을 따라 뻗은 밭.   樵爨 : 나무를 꺾어다가 밥을 짓는 일.
啅雀 : 시끄럽게 울어 대는 참새.   院 : 안뜰.   濁醪 : 탁주.   一酌 : 한번
따라서 마심.

해설

　　모처럼 자연을 관조하는 듯싶던 시는 "같은 가지 다투다가 / 참새
떨어지고"에서부터 심상찮은 정경으로 바뀌더니, 마침내 "탁주야, 누
가 너를 / 만들었느냐."에 이르러 화산처럼 폭발하고 말았다. 때로 평

온한 듯 보이는 때라 해도 내심 늘 울화의 불길이 타오르고 있었음을 짐작게 한다. 이것도 초당에서 살 때의 작품이다.

반딧불

썩은 풀에서
요행히 생겼거니

해를 향해서야
어찌 날으리.

책을 비추기에도
미흡한 그 빛

때론 나그네의
옷에 머물어…….

바람 따라 휘장 밖에
흐르던 점(點)이

비에 젖어 숲을 따라
깜빡이기도.

시월 되어 찬 서리
되게 치며는

초라한 몸 어디로
가려 하느냐.

幸因腐草出 敢近太陽飛 未足臨書卷 時能點客衣
행인부초출 감근태양비 미족임서권 시능점객의
隨風隔幔小 帶雨傍林微 十月淸霜重 飄零何處歸
수풍격만소 대우방림미 시월청상중 표령하처귀

주

幸 : 요행히.　　腐草 : 썩은 풀에서 반디벌레가 생긴다고, 중국의 고대인은
생각했다.　　臨書卷 : 책을 비추는 것. 晉의 車胤은 가난하여 기름을 준비하
지 못해, 반딧불을 모아 그 빛으로 책을 읽은 일이 있다.　　幔 : 휘장.　　帶
雨 : 가볍게 비에 젖는 일.　　飄零 : 영락하여 떠도는 뜻.

해설

　진주(秦州)에 있으면서 쓴 작품이다.

　반딧불은 광명을 지녔다고는 해도 본디 햇빛에 견줄 것이 못됨은
고사하고, 책을 비추기에도 부족한 빛이다. 그리하여 바람에 날리고

비에 쫓기곤 하다가 서리치는 가을이 되면 어디론가 스러지고 만다. 그 있는 둥 마는 둥한 존재를 통해서 역사의 물결에 떼밀리고만 있는 자신을 발견했음인지, 미물에 쏟는 포근한 애정이 풍기는 시다. 그리고 소재의 평범함에 비해 표현은 매우 청신(淸新)하고도 온아(溫雅)한데, 건곤을 뒤엎을 두보의 큰 역량이 아니었다면 어찌 근접이나 할 수 있었으랴. 원제는 「螢火」.

한별 (恨別)

낙양(洛陽) 한 번 떠나오니
사천 리(里) 타관(他關)

호군(胡軍)이 날뛰기도
오륙 년인데,

초목도 빛깔 바뀐
검각(劍閣)의 그 밖

싸움으로 길 막히어
강변에 늙어…….

달빛 아래 집 생각
선 채 걸음 못 옮기고

아우 그려 구름 보다
대낮에 잠드는 것.

들자니 하양(河陽)에서
승리했다고.

사도(司徒)여, 유연(幽燕)의 적
어서 깨뜨리라.

洛城一別四千里　胡騎長驅五六年　草木變衰行劍外　兵戈阻絶老江邊
낙 성 일 별 사 천 리　호 기 장 구 오 륙 년　초 목 변 쇠 행 검 외　병 과 조 절 노 강 변
思家步月淸宵立　憶弟看雲白日眠　聞道河陽近乘勝　司徒急爲破幽燕
사 가 보 월 청 소 립　억 제 간 운 백 일 면　문 도 하 양 근 승 승　사 도 급 위 파 유 연

주

洛城 : 낙양. 두보는 그 교외에서 태어났다.　　胡騎 : 오랑캐의 기병. 안녹산
의 군대를 가리킨다.　　長驅 : 먼 곳으로부터 말을 달려 쳐오는 것.　　變
衰 : 草木의 빛이 변하고 시드는 것. 『초사』九辯에 "悲哉秋之爲氣也, 蕭瑟兮
草木搖落而變衰"라 했다.　　劍外 : 劍門 밖의 땅. 蜀을 가리킨다.　　兵戈 :
전쟁.　阻絶 : 길이 막히는 것.　聞道 : 들자니.　司徒 : 三公의 하나. 여
기서는 李光弼을 가리킨다.　　幽燕 : 幽는 지금의 북경 일대, 燕은 河北省의
북부에 해당하는데, 여기는 반군의 본거지였다.

해설

　두보의 율시(律詩) 중에서도 득의(得意)의 작(作)에 속하는 명편! 고향을 그리고 아우를 생각하는 정이 임리(淋漓)하게 문자 밖으로 내풍기니, 가히 절창(絶唱)이라 할 만하다.

춘망(春望)

나라는 깨져도
산하(山河)는 남고

옛성에 봄이 오니
초목 우거져…….

시세(時勢)를 설워하여
꽃에도 눈물짓고

이별이 한스러워
새 소리에도 놀라는 것.

봉화(烽火) 석 달이나
끊이지 않아

만금(萬金)같이 어려운
가족의 글월.

긁자니 또다시
짧아진 머리

이제는 비녀조차
못 꽂을레라.

國破山河在　城春草木深　感時花濺淚　恨別鳥驚心
국 파 산 하 재　성 춘 초 목 심　감 시 화 천 루　한 별 조 경 심
烽火連三月　家書抵萬金　白頭搔更短　渾欲不勝簪
봉 화 연 삼 월　가 서 저 만 금　백 두 소 갱 단　혼 욕 불 승 잠

　주

春望 : 봄날의 眺望.　　　城 : 장안의 성.　　　感時 : 시세의 돌아감을 슬프게
느끼는 것.　　　花濺淚 : 꽃에 눈물을 뿌림. 『杜詩諺解』에서는 '꽃이 눈물을
뿌리게 한다'로 번역했다.　　　恨別 : 가족과의 이별을 한스럽게 여김. 이 때
두보의 가족은 鄜州에 있었다.　　　鳥驚心 : 새 우는 소리도 마음을 놀라게
함.　三月 : 3개월. 3월로 보는 설도 있다.　　　家書 : 가족으로부터의 편지.
抵 : 해당함.　　搔 : 긁는 것.　　不勝簪 : 비녀를 꽂을 수도 없다는 뜻. 당시에
는 남자도 머리를 땋았고, 벼슬하는 사람들은 관 밖으로부터 비녀를 상투에
꽂아서 관을 고정시켰다.

해설

지덕(至德) 2년, 반란군에 점령당한 장안에 있으면서 지은 노래이다. 사마광(司馬光)은 『속시화(續詩話)』에서 "나라는 깨져도 산하는 있다 했으니, 남아 있는 아무것도 없음을 밝힌 것이요, 성에 봄이 오매 초목이 깊었다 했으니, 인적이 끊어졌음을 명백히 한 것이다. 화조(花鳥)는 평소에 우리가 즐기는 대상이건만 이를 보고 울고, 이를 듣고 슬퍼한다 했으니, 시세(時勢)를 알 만하다"고 했다. 표현이 아주 절실하여, 만고에 빛나는 명작임이 틀림없다.

우목(寓目)

어느덧 온 고을
포도 익으니

가을산에 우거진
클로버의 풀.

관문(關門) 높아, 구름 항상
비를 머금고

요새(要塞)를 흐르는 물
강 못 이루어…….

오랑캐 계집들은
봉화(烽火) 심상히 보며

낙타를 잘 다루는
호인(胡人)의 애들!

애달파라, 다 늙은
이 두 눈으로

어지러운 세상 꼴
실컷 보느니!

一縣葡萄熟　秋山苜蓿多　關雲常帶雨　寒水不成河
일현포도숙　추산목숙다　관운상대우　한수불성하
羌女輕烽燧　胡兒製駱駝　自傷遲暮眼　喪亂飽經過
강녀경봉수　호아체락타　자상지모안　상란포경과

해설

　이것도 진주(秦州)에 피난하고 있을 때의 작품. 당시의 감숙성(甘肅
省) 일대는 한족(漢族)과 이민족이 뒤섞여 살고 있던 고장이어서, 중
원(中原) 출신인 두보에게는 신기해 보이는 일이 적지 않았을 것이다.

한의 무제 때 처음으로 중국에 전해진 포도와 클로버가 이 곳에 많아 인상적이었던 모양이고, 높은 지대라 비가 잦고 모래땅이어서 물이 금세 잦아드는 등, 모두가 중원의 풍토와는 사뭇 달랐다. 그리고 그 주민들의 정한(精悍)한 기상! 만일 두보가 한낱 여행자로서 이런 것을 목격했다면 흥미진진했을지도 모르나, 피난민으로서 대하는 것이매, 마음은 사뭇 평온치 못했던 모양이다.

두보 (712~770)

중국의 제일가는 시인이 누구냐는 물음에 대해 두보라고 대답하
는 것이 정답처럼 되어 왔다. 레슬링의 챔피언이라 할지라도 경우에
따라서는 지는 수가 있듯이, 겉으로 명백히 드러나는 스포츠의 세계
에서도 그 역량의 측정이란 간단한 것만은 아닐 것이다. 더욱이 시에
있어서 누가 제일이고 누가 제이이고 제삼이냐 하는 것은 단순히 ○
×로 답하는 수험생을 위해서는 편리할지 모르되 무슨 의의 있는 설
문으로는 여겨지지 않는다. 그러나 이두(李杜)라 하여 이백과 함께
중국을 대표하는 시인으로 지목되어 왔고, 사람에 따라서는 그를 이
백보다 더 높이 평가했다는 것은, 그만치 시인으로서의 그의 존재가
크다는 것을 증명하는 근거가 되기는 할 것이다.

그의 전작품을 일관하는 것은 어디까지나 인생에 성실하고자 하
는 정신이었다. 인간성의 선량함을 믿고 인간의 지혜와 협동에 의해
서 이상적인 사회의 실현이 가능하다고 생각하는 것은, 공자 이래 중
국 유교가 지녀 온 인생관의 특징이 되지만, 두보의 생각도 언제나
이 입장에 서 있었던 것 같다. 그는 이백처럼 달나라에 동경을 보내
지는 않았다. 선인(仙人)의 불로불사(不老不死)를 부러워하지도 않았
다. 왕유같이 사후의 영생을 바란 적도 없다. 그는 어디까지나 현실
의 아들이요, 철두철미한 인간일 따름이었다. 그는 인간답게 인간의
일에 관심을 가졌으며, 어떠한 경우에서도 이 관심을 포기하려 하지
않았다. 그렇다고 해서 그가 무슨 인류 일반 같은 것을 생각하고, 예

수나 니체같이 인류애에 불탔던 것은 아니다. 그가 인간임을 스스로 긍정했다는 것은 중국인임을 스스로 인정했다는 것이 된다. 그는 중국에 태어났으므로 중국의 운명을 걱정했으며, 중국인의 한 사람이었기에 중국 민중을 사랑한 것이었다.

이러한 그의 문학이 리얼리즘을 택하게 된 것은 당연한 귀결이었을 것이다. 왜냐 하면 성실하게 산다는 것은 자기가 처해 있는 구체적 현실에 대하여 충실함을 말하는 것이니까. 또 중국의 운명을 걱정하는 사람이 주관 속에 묻혀 있을 수는 없으며, 중국 민중을 사랑하면서 그들을 외면하고 제 꿈만을 추구한다는 것은 있을 수 없으니까. 주관이 빚어내는 환상이 아무리 아름답다 해도, 그것은 그것으로 그치는 하나의 자의(恣意)로, 두보에게는 보였을 터이다. 두보는 보다 확실하고 구체적인 것을 발판으로 삼으려 했다. 초기의 작품, 이를테면 「등곤주성루(登袞州城樓)」나 「방병조호마(房兵曹胡馬)」 같은 시에도 이미 객관에 충실하고자 하는 태도가 분명히 엿보인다. 그러나 그 객관이 '눈에 보이는 객관'에 머물러 있는 한, 참다운 객관이라고 할 수는 없을 것이다. 주관에 비친 객관은, 아직 '보인 것', '생각된 것'의 범주를 못 벗어난다. 참다운 객관이란 우리가 거기서 나고 죽고 하는 세계여야 하며, 역사가 전개되는 현실이어야 한다. 초기의 두보가 주관적 정서보다도 객관적 사상(事象)을 그대로 받아들이고자 노력한 것은 그것대로 가상한 태도라 하겠으나, 후기에 와서 객관을 심화시켜 역사적 현실로 시세계를 확충한 것은 그의 끊임없는 성실한 탐구가 갈 곳에 간 것이라고 보아야 하겠다. 그리하여 그는 현실을

응시한다기보다는, 현실의 소용돌이 속에 부심하면서 현실을 노래하
게 된다.

> 강물은 흘러서
> 天地 밖으로 사라지고
>
> 아득한 산빛은
> 있는 듯 없는 듯.
>
> 江流天地外 山色有無中

이것은 왕유의 시다.

> 통곡하면 솔바람도
> 소리내 울고
>
> 샘물도 함께
> 흐느끼었다.
>
> 慟哭松聲廻 悲泉共幽咽

　이것은 두보의 대표작 「북정(北征)」에 나오는 한 구절이다. 왕유의
것이 이를 데 없이 아름다운 작품임은 말할 필요가 없다. 그러나 그
것은 아직 관조의 세계를 벗어나지 못했음이 분명하다. 거기에는 현
실이 거세되고 있다. 이에 비해 두보의 시구에 나오는 소나무나 샘물

은 역사적 세계에 놓여 있다. 아니, 차라리 그 일부분을 담당하고 있다고 해야 옳을 것이며, 결코 단순한 자연으로서 다루어져 있지는 않다. 이 「북정」은 그가 잠깐 벼슬살이하던 임시수도 봉상(鳳翔)을 떠나 부주(鄜州)에 있는 가족을 찾아가는 이야기를 쓴 장편 서사시인데, 집에 도착하여 보니, 그림을 뜯어서 애들의 옷을 해 입혔는데, 그림이 거꾸로 되어 있더라는 장면 같은 것은 누구나 애끊는 슬픔 없이 읽을 수 없는 것이지만, 그가 가족에 대해서 어떻게 성실했으며, 얼마나 따뜻한 애정을 가지고 있었는지 짐작되고도 남는다. 또, 멀리 있는 형제에 대하여 걱정하는 시도 많지만, 그는 이러한 가까운 혈연에게만 사랑을 느꼈던 것은 아니다. 약하고 선량한 모든 민중이 겪는 고통을 같이 아파하고 함께 울었다. 삼리(三吏)·삼별(三別)을 비롯한 그의 대부분의 고시(古詩)가 다 그러하거니와, 민중에 대한 깊은 애정과 공감이 그로 하여금 민중을 대변하는 시인이 되게 하였던 것이다.

이러한 민중시 사회시가 하나의 사회비판이요, 역사에 대한 저항이었다는 것도 명백하다. 이를테면 관리가 밤에 사람을 잡아가는 장면이나, 출정하는 군인의 애처로운 이야기가 시로 써진다는 것은 그 자체가 집권층에 대한 항의요, 부정한 세력에 보내는 증오였다고 보아야 할 것이다. 물론 중국어가 가지는 무한한 함축성과 그것을 다룬 사람이 제일급의 시인이었다는 이유로, 그러한 저항 의식이 노골적으로 드러나지는 않는다. 겉으로 보기에는 도리어 황제나 귀족들을 칭송하고 있는 것같이 여겨지기도 하지만, 좀 주의하여 읽는다면 누구나 그 속에 풍자의 날카로운 가시가 숨겨져 있음을 간과하지는 않을 것이다. 이백이 절구(絶句)에 독보하는 데 대해, 두보는 율시의 왕자(王者)로 평가되어 왔다. 물론 그 적확 치밀한 언어가 빚어내는 비장한 정서는 어떤 시인도 따르기 힘들 것이다. 그러나 그것은 짧은 시형 때문에 주관적 감흥을 나타내는 데 이용되었을 뿐이며, 그의 본면목이 나타나는 사회시는 제한을 비교적 덜 받는 고시(詩體의 이름)로서 표현되었던 것이며, 거기에는 안국산의 반란 이래, 중국과 중국 민중들이 겪은 수많은 고난이 파노라마처럼 전개되어, 우리로 하여금 생생한 당시의 사회상을 느끼게 해준다. '시사(詩史)'라고 부르는 까닭이 여기에 있지만, 그의 시는 단순히 그 시대상을 그린 데 그치지 않고, 구체적인 시대상을 통하여 영원에 접근한 곳에 그 위대성이 인정되는 것이며, 우리가 그의 시를 읽으며 그것이 일천이백여 년 전의 외국시임을 잊고, 우리의 오늘의 현실을 노래한 것인 것처럼 느끼는 까닭이 여기에 있을 것이다. 공자의 『춘추(春秋)』는 역사이면서 동시에 비판이요 철학이었다. 두보의 시를 문학이면서 동시에 『춘추』라고 한다면 과언이 될까.

또 그의 시어가 비길 바 없이 적확하고 치밀한 것이었음은 앞에서도 말했지만, 그렇다고 그가 표현에 있어서 무슨 개성적인 것을 추구한 것은 아니다. "語不驚人死不休", "표현이 사람을 놀래지 않으면 죽어도 그만둘 수 없다"고 말한 것같이, 그 자신 개성적 수사에 골몰한 경향이 전연 없다고는 못하겠지만, 보다 많은 것을 선배에게서 배웠으니, 『시경』을 비롯하여 많은 시인들의 장점을 따서 제 것으로 만들었다 하여 '집대성'의 시인으로 불리기도 한다. 현대 시인들이 개성이라는 것을 잘못 해석하여 전통을 부정하고 신기(新奇)를 쫓는 것을 자랑으로 아는 경향이 있는 데 비해, 두보가 전통의 좋은 계승자였다는 것은 다시 생각해 볼 문제가 되는 줄 안다.

이상에서 생각나는 대로 두보 시에 대해 말했지만, 이러한 그의 시가 그의 생애와 분리되어서 이해될 수 없음은 재론의 여지가 없다. 그가 민중의 고통을 대변했다는 것은, 그가 민중 속에 끼어 고생을 같이했다는 말이 된다. 이렇게 고통에 사는 민중의 일원이었던 까닭에, 그들의 비애가 그대로 제 것으로 느껴진 깃이며, 제 감정을 노래하여도 그것이 바로 민중의 소리가 될 수 있었던 것이다.

두보가 태어난 것은 현종이 즉위하는 선천(先天) 원년(712)이었다. 당(唐)이 건국된 지 약 백 년, 국력은 충실하고 문화는 난숙기로 막 접어드는 때였다. 그가 낙양에 가까운 공(鞏)이라는 지방의 관리 가정에 태어났다는 것은 의미가 깊은 일이다. 낙양은 장안과 함께 정치·문화의 중심지였고 그는 고향을 떠나 거기서 성장하였기 때문이다. 진(晉)의 명장(名將) 두여(杜預)가 먼 조상이라고 하나 대체로 신분이 낮은 관리의 집안이었고, 시인 두심언(杜審言)이 조부였다는 점은, 그가 관직을 얻고자 초조하였고 시인으로 일생을 보내게 되는 운명과 관계가 있을 것이다. 그는 여러 번 과거를 보았고 그 때마다 실패하였다. 거대한 유산도 없었을 그로서 살아가는 길이란 관리가 되는 것뿐이었을 것이다. 물론 국가에 봉사한다는 생각도 있었을 것이고, 남아로서 포부를 편다는 야심도 없지 않았을 것이다. 그러나 이 꿈은 실현되지 않았다. 남북을 방랑하며 그는 평생의 고질인 우수를 탓하고 있었던 때문인지 초기 시에서도 청년다운 낭만 대신, 노인 같은 침울한 사실(寫實)을 볼 뿐이다. 그가 장안에 영주하게 되는 것은 천보 5년 35세 때의 일로 짐작된다. 권력자를 찾아다니기도 하고 황제에게 시부(詩賦)를 바치기도 했다. 그러나 아무도 그를 상대하려 하지 않았다. 이리하여 초조하고 우울할 수밖에 없었던 그의 눈에 비친 사회상은 어떤 것이었나? 한 마디로 그것은 안일과 부패였다. 현명하다고 이름이 있던 현종은 등극한 지 35, 36년, 점점 정치에 싫증을 느끼고 있었다. 그리하여 정권은 무능한 대신에게 돌아가고, 황제는 양귀비와 향락만을 일삼았다. 외족(外族)과의 전쟁도 자주 있어서 민중은 차츰 고통 속으로 빠져들었고, 그러한 민중을 외면하고 집권층은 번영을 구가하고 있었다. 이러한 사회의 모순이 두보로 하여금 사회를 비판하는 시를 쓰게 했다고 해서 이상할 것은 없다. 장안에 영주하기 이전을 그의 생애의 1기라 한다면, 10여 년에 걸친 이 시기는 제2기라 할 것으로, 「병거행(兵車行)」 같은 거작에서 보는 바와 같이 대가다운 면목을 발휘하기에 이른다.

안녹산의 난은 여러 의미에서 당(唐)의 역사에 한 획을 그은 사건이지만, 두보의 생애에도 이를 계기로 하여 정말로 두보다운 생활과 두보다운 시가 나타나게 된다. 그의 죽음까지에 걸치는 약 15년의 체험은 비참과 고통에 가득 찬 그것이었다. 처음 안녹산이 반란을 일으키자 장안은 적군의 손에 들어가고 현종은 촉(蜀)으로 도망간다. 그때 두보는 봉선현(奉先縣)에 있었는데, 영무(靈武)에서 새로 즉위한 숙종(肅宗)을 찾아가다가 적군에게 잡혀 고생하기 9개월, 천도한 새임시 수도 봉상(鳳翔)에 닿은 것은 지덕(至德) 2년의 일이다. 난중에 찾아왔다는 공(?)으로 그의 숙원이던 벼슬 길이 트이게 되어 좌습유로 임명된다. 그러나 패군한 재상 방관(房琯)을 변호한 죄로 황제의 노여움을 사게 되어, 화주(華州)의 지방관으로 좌천되고 만다. 그가 부주(鄜州)에 있는 가족을 찾아가며 겪은 바를 노래한 대표작 「북정(北征)」을 쓴 것은 1년 남짓 좌습유로 있을 때의 일이지만, 화주로 간 두보를 기다리고 있는 것은 대기근이었다. 도저히 가족을 부양할 도리가 없음을 안 두보는 벼슬을 버리고 진주(秦州)로 떠난다. 거기서 다시 동곡(同谷)으로, 다시 촉의 성도(成都)로, 다시 기주(夔州)로 대가족을 이끌고 먹을 것을 찾아 헤매는 그의 방랑은 계속된다. 성도의 완화초당(浣花草堂)에 머문 수삼년은 절도사 엄무(嚴武)의 도움을 받아 비교적 편안했으나, 그 밖에는 모두 기막히는 생활의 연속이었다. 겨울에 산에 올라 도토리를 줍고 풀뿌리를 캐어서 연명한 일도 있고, 아들 하나가 굶어 죽기도 하였다. 험준한 촉의 산하와 가혹한 생활과 어지러운 사회상은 그로 하여금 민중의 운명에 깊은 관심을 쏟게 하여, 그의 시가 역사요 비판이 될 수 있는 위치에 오르는 것은 바로 이 시기다. 그가 기주를 떠나 악주(岳州)와 동정호를 거쳐 담주(潭州)에 온 것이 대력(大曆) 5년, 장안에 가려다가 배에서 죽으니 나이 59세였다. 고난에 찬 그의 시는 바로 그의 생애였으며, 그 시대 민중 생활 바로 그것이었다.

대숲 속에 홀로 앉아

왕유(王維)

달

  − 왕유

그윽한 죽림(竹林) 속에
홀로 앉아

거문고 뜯고
다시 휘파람 분다.

아무도 모른다.

이윽고, 달이
빛을 안고 찾아온다.

獨坐幽篁裏 彈琴復長嘯 深林人不知 明月來相照
독 좌 유 황 리　탄 금 부 장 소　심 림 인 부 지　명 월 내 상 조

주

幽篁 : 그윽한 대숲.　彈琴 : 거문고를 타는 것.　嘯 : 휘파람부는 것.　　相

照 : 비추어 준다. '相'은 '서로'의 뜻 외에, 동작이 미치는 대상만 있으면 일방적인 경우에도 쓰인다.

해설

만일 이 시를 그림으로 그린다면 달빛을 받는 울창한 죽림도(竹林圖)가 될 것이며, 거문고를 안고 앉아 있는 사나이 같은 것은 한 개의 대나무 정도로나 다루어질 것이다. 사람들이 모르는(人不知) 정도가 아니라, 인간의 냄새는 전혀 나지 않으며, 있는 것은 자연뿐으로, 사람도 자연의 일부로서 거기에 참가하고 있을 따름이다. 이렇게 자연에 귀의 동화하는 생활을 풍류라 하여, 동양 예술의 중요한 하나의 경향을 이루어 왔다. 자연과 인간을 대립시켜 생각하는 서양에서는 주로 인간에게만 관심을 쏟으며, 그들이 자연에 주목할 경우에는 극복해야 할 대상이라는 전제가 따른다. 그러나 동양에서는 왕유의 이 시에서 보는 바와 같이 자연을 훨씬 친근하게 여기고, 이에 순응 몰입하고자 하는 태도를 취한다. 죽림 속에서 일어나는 거문고 소리! 그것은 자연과 대립하는 것이 아닌, 바람 소리 물 소리와도 같은 자연계의 음향 자체라고 해도 좋으리라.

왕유는 장안 교외에 있는 망천별장(輞川別莊)에서 유유자적의 생활을 즐기며, 벗 배적(裵迪)과 그 근처의 명승(名勝)을 노래하는 시 20수씩을 지었다. 이 시의 원제는 「죽리관(竹里館)」으로, 호수 북쪽에 있는 죽림에 에워싸인 간소한 집을 이른다.

가을 밤

빈 방에 홀로 앉았으면
늙어감이 서러웁다.

이경(二更) —
밖에는 찬 비가 내리고

어디선지
과일이 떨어지는 소리.

……무엇일까?

벌레가 방안에
들어와 운다.

獨坐悲雙鬢 空堂欲二更 雨中山菓落 燈下草蟲鳴(抄)
독 좌 비 쌍 빈 공 당 욕 이 경 우 중 산 과 락 등 하 초 충 명

雙鬢 : 양쪽 귀 근처에 난 머리카락. 여기서는 백발.　空堂 : 빈방.　山菓 : 산 과일.　草蟲 : 『詩經』召南篇에 '喓喓草蟲'이라는 구절이 있고, 그 주에 '蝗屬'이라 했으니 '황충이' 등속을 말할 것이나, 譯詩에서는 '풀벌레'의 뜻으로 다루었다.

해설

원제는 「秋夜獨坐」. 원래는 율시지만 전반부만을 번역했다.

백발을 슬퍼한다고는 하지만, 그 슬픔이 고요한 심경을 휘저어 놓지는 못한다. 도리어 그 슬픔으로 하여 마음의 눈은 더욱 맑아져, 자연의 미묘한 기틀을 하나도 놓치지 않는다. 빈방에 홀로 앉아 빗소리에 가만히 귀 기울이고 있는 노인. 어디선지 들리는 듯 마는 듯 나는 소리가 과일 떨어지는 소리임을 알아차리기 위하여는 얼마나 마음이 맑아져야 하겠는가.

절

대숲 사잇길을
얼마나 올랐던가.

연꽃 같은
봉우리

몇 칸의 절을
떠받들어라.

뉘, 삼초(三楚)를
넓다더뇨.

창 하나로
만리를 비추다.

구강(九江)이야
아득히 발 아래 경지.

더불어 말할 것이
못 되고

봄풀 깔고
정(定)에 들면

솔 소리는
그대로 범패(梵唄)로다.

티끌 하나 날아들지
못하는 이곳.

죽음도 삶도
내 몰라라.

竹逕從初地　蓮峰出化城　窓中三楚盡　林外九江平
죽 경 종 초 지　연 봉 출 화 성　창 중 삼 초 진　임 외 구 강 평
嫩草承趺坐　長松響梵聲　空居法雲外　觀世得無生
눈 초 승 부 좌　장 송 향 범 성　공 거 법 운 외　관 세 득 무 생

竹逕 : 대나무가 있는 작은 길.   初地 : 보살의 수행 단계가 열이 있어 이것을 十地라고 하는데 그 첫단계. 여기서는 산의 초입을 말함.   出 : 現出한다. 나타낸다.   化城 : 신통력으로 나타낸 寶城. 여기서는 절.   三楚 : 楚를 東楚・西楚・南楚로 나눔.   九江 : 동정호. 아홉의 강이 모여드는 까닭에 그리 부름.   趺坐 : 부처처럼 책상다리하고 앉는 것. 여기서는 좌선하는 것.   梵聲 : 독경 소리. 譯에서는 범패(梵唄)로 보았다.   法雲 : 보살 수행의 마지막 단계. 여기서는 산 정상을 말한 것.   觀世 : 세상의 실상을 보는 것.   無生 : 적멸의 이치. 생사와 윤회를 초월한 경지.

해설

원제는 「登辨覺寺」.

보살의 수행에 10단계가 있어서 초지(初地), 이지(二地), … 십지(十地)라 하며, 초지의 이름은 환희천(歡喜天), 십지의 이름은 법운지(法雲地)라고 부른다. 이 시에서는 이것을 교묘히 이용하여 산의 초입을 초지, 정상을 법운이라 하고, 그 밖에도 화성(化城)・부좌(趺坐)・범성(梵聲)・관세(觀世)・무생(無生) 등의 불교어를 적당히 써서, 절을 찾아가는 모양으로부터 자기의 신앙까지를 자연스럽게 노래했다. 전고(典故)를 이렇게 많이 쓰면서 그것이 티가 되지 않은 것은 그의 표현 기술이 뛰어나기 때문이다. "窓中三楚盡 林外九江平"은 웅대한 경치를 얼마나 짧은 몇 마디 속에 나타낸 것이랴.

향적사(香積寺)

몰라라, 향적사는
어디메쯤인지?

몇 리를
구름을 올라갔다.

인적 끊인 심산(深山) —

은은히 울리는
종소리를 듣는다.

냇물은 골이 험해
소리 죽여 우는 듯

솔이 푸르러
햇빛이 차다.

해질녘 고요한
못가에 앉으면

마음 맑아와
어지러움 걷힌다.

不知香積寺　數里入雲峰　古木無人逕　深山何處鐘
부 지 향 적 사　수 리 입 운 봉　고 목 무 인 경　심 산 하 처 종
泉聲咽危石　日色冷靑松　薄暮空潭曲　安禪制毒龍
천 성 열 위 석　일 색 냉 청 송　박 모 공 담 곡　안 선 제 독 룡

주

香積寺 : 장안 終南山에 있음.　　咽 : 물이 바위에 부딪히는 소리를, 소리 죽여 우는 것에 비유한 것.　　薄暮 : 해가 거의 질 때.　　空潭 : 인기척 없는 고요한 못.　　曲 : 굽이. 구석.　　安禪 : 좌선하여 마음을 편안하게 가짐. 毒龍 : 번뇌의 비유.

해설

원제는 「過香積寺」. 왕유는 철저한 불교 신자였다. 무슨 오도(悟道)의 경지에 이른 것은 아니지만, 적어도 확고한 신앙을 가지고 있었던 것은 마지막 2구에서도 엿볼 수 있다. 그러나 이 시의 좋은 점은 역

시 자연 관조에 있으니, 구름 낀 봉우리와 고목이 늘어선 인적 끊인 산길과, 어디선지 들려 오는 종소리. 물은 험한 바위에 부딪혀 소리 내고, 차가운 햇빛 받아 파아란 소나무의 빛깔. 이것만으로도 얼마나 아름다운 한 폭의 그림인가? 왕유는 화가로서 남화(南畵)의 조상으로 지목되는 사람이지만, "시 속에 그림이 있다"는 소동파의 평이 결코 과찬이 아닐 것이다.

한거 (閑居)

늙게 가서
고요함만 즐겨

세상 일에
마음을 쓰시 않는다.

스스로 별수가
없을 것을 알아

고향 산중으로
돌아왔다.

그리하여, 솔바람 속에
띠를 끄르고

달빛 아래
거문고를 뜯기도 한다.

삶이란
무엇이냐고?

어부의 저 노래에
귀를 기울여 보라.

晚年惟好靜　萬事不關心　自顧無長策　空知返舊林
만년유호정　만사불관심　자고무장책　공지반구림
松風吹解帶　山月照彈琴　君問窮通理　漁歌入浦深
송풍취해대　산월조탄금　군문궁통리　어가입포심

주

長策 : 좋은 방책.　　舊林 : 옛날 살던 숲. 즉 고향.　　解帶 : 띠를 늦추고 유
유한 기분이 되는 것.　　窮通 : 궁한 것과 통달하는 것. 빈궁과 영달.　　漁
歌 : 『楚辭』「漁父辭」에 나오는 滄浪歌. "滄浪의 물이 맑으면 관끈을 씻고,
흐리면 발을 씻을 것이라"는 어부의 노래이니, 세상과 함께 변하여 살면서
자기를 고집하지 않는다는 처세법을 말한 것.

해설

원제는 「酬張少府」. 소부(少府), 즉 현위(縣尉)인 장씨(張氏)가 보내
온 시에 답한 것.

고요하고 평화로운 심경 속에서 여전히 자연미에 파묻혀 있다. 특

히 '松風吹解帶'는 날카롭기도 하고 멋도 있는 표현!

　　내 홀로 밤 깊어 뜰에 내리면
　　먼 곳에 여인의 옷 벗는 소리.

　이것은 김광균 씨의 「설야(雪夜)」에서 함부로 두 구절을 절단해 온
것이지만, 왕유와 시상이 비슷한 점이 재미있다. 왕유는 솔바람 속에
스스로 띠를 끌렀고, 김광균 씨는 눈 오는 뜰에 서서 어느 여인의 옷
벗는 소리를 들었다. 두 시인의 감각의 세련됨이 이만저만이 아니다.

별장(別莊)

중년(中年)부터
도(道)를 좋아하여

늦게는 남산에
별장을 장만했다.

마음 내키면
언제나 혼자 가

그 아름다움을
독차지한다.

개울 물 끝나는 데
이르러

이는 흰 구름
대하고 앉으면

때로는 나무하는 늙은이

만나게 되어

돌아오는 것도 잊고

이야기하고 만다.

中歲頗好道　晩家南山陲　興來每獨往　勝事空自知
중 세 파 호 도　만 가 남 산 수　흥 래 매 독 왕　승 사 공 자 지

行到水窮處　坐看雲起時　偶然値林叟　談笑無還期
행 도 수 궁 처　좌 간 운 기 시　우 연 치 임 수　담 소 무 환 기

주

中歲 : 중년.　　晩 : 만년.　　南山 : 장안에 있는 終南山.　　勝事 : 아름다운
경치.　　空自知 : 자기밖에 아는 이가 없음.　　林叟 : 나무하는 늙은이.　　還
期 : 돌아가는 때.

해설

원제는 「終南別業」.

왕유는 만년에 장안 교외인 종남산 밑에 별장(別業)을 마련하니 소
위 망천별장(輞川別莊)이 이것이다. 열렬한 불교 신자인 왕유는 30세
쯤에 상처(喪妻)한 후, 다시 장가들지 않고 염불삼매(念佛三昧)의 나날

을 보냈다. 물론 줄곧 관직에 있었지만 틈만 나면 별장에 가서 자연을 즐겼으리라. 이 시에서 보는 바와 같이 그의 불교 신앙은 결코 그를 어둡고 슬프게는 하지 않았다. 도리어 자연을 마음껏 즐길 수 있게 하는 원동력이 되고 있다.

가을

비 개고 난 다음
산중에는

가을빛
나날이 짙어가

소나무 사이로
달빛 비치고

맑은 샘물
돌 위를 흐른다.

대숲이 버석이더니
빨래꾼 돌아오고

고깃배 지날 적
흔들리는 연잎!

꽃은

질 테면 져라.

임은

나와 함께 계시리니.

空山新雨後　天氣晚來秋　明月松間照　淸泉石上流
공 산 신 우 후　천 기 만 래 추　명 월 송 간 조　청 천 석 상 류
竹喧歸浣女　蓮動下漁舟　隨意春芳歇　王孫自可留
죽 훤 귀 완 녀　연 동 하 어 주　수 의 춘 방 헐　왕 손 자 가 류

주

空山 : 인기척 없는 산.　晚來 : 저녁 때. '來'는 助字.　喧 : 시끄러움.　浣
女 : 빨래하는 여자.　隨意 : 뜻대로 하라.　春芳 : 봄꽃.　歇 : 떨어져 없
어짐.　王孫自可留 : "봄풀은 해마다 푸르러도 王孫은 돌아오지 않는다"는
옛 시가 있으므로 하는 말. '王孫'은 왕의 자손이라는 뜻 외에, 단순히 상대
를 높여 부르는 의미를 가졌다. '自可留'는 스스로 머물러 있다, 가지 않는다
는 뜻.

해설

　　원제는 「山居秋暝」. —산가(山家)의 가을 저녁 때—. 이백의 분방
한 정열이나 두보가 갖는 웅혼한 기력 같은 것은 없지만, 자연 관조

도 이쯤 되면 본격적이다. 특히 5구와 6구의 감각에는 선적인 섬세함과 날카로움이 느껴져, "江流天地外 山色有無中"이라는 시구와 함께 내가 가장 애송해 마지 않는 바임을 말해 둔다. 사고의 우로(迂路)를 거치지 않고, 실재를 구체적으로 파악하는 구실을 하는 선(禪)의 직관이, 그로 하여금 자연의 기미에 눈뜨게 했으리라. 대조선사(大照禪師)에 사사(師事)한 것으로도 알 수 있듯, 왕유는 좌선 공부도 꽤 했던 모양이다.

낚시질은 할 만하니

한 채의
초가집.

앞은
종남산(終南山).

언제나 찾는 이 없어
문은 잠근 채

한가한 속에
하루가 간다.

그러나 술 마시고
낚시질은 할 만하니

그대는 가끔
찾아와 보게나.

終南有茅屋 前對終南山 終年無客長閉關 終日無心長自閑
종 남 유 모 옥 전 대 종 남 산 종 년 무 객 장 폐 관 종 일 무 심 장 자 한
不坊飲酒復垂釣 君但能來相往還
불 방 음 주 부 수 조 군 단 능 래 상 왕 환

주

終南 : 장안 남쪽에 있는 산.   茅屋 : 초가. 여기서는 왕유의 망천별장.   終
年 : 일년중.   閉關 : 문을 닫아 둔다.   不坊 : 지장이 없다.   君但能來 :
그대가 올 수만 있다면.   相往還 : 왕래해 달라는 뜻. '相'은 작용이 미치는
대상만 있으면 일방적인 경우에도 씀.

해설

원제는 「答張五弟」. 왕유를 형으로 섬기던 장인(張諲)이 보낸 시에
답한 것. '오(五)'는 중국의 대가족 제도에서, 형제의 순위를 표시하
는 배항(排行)이다.

이것은 오언 칠언을 병용한 고시다. 고시라는 시체(詩體)는 절구나
율같이 까다로운 제한을 받지 않는다. 대신 바람이 천리를 휩쓸듯,
큰 기개가 한 붓으로 내려가야 한다. 終南有茅屋 前對終南山! 마치
천군만마(千軍萬馬)가 갑자기 눈 앞에 나타난 듯 홀연히 시는 시작되
어, 절구나 율에서처럼 정서가 정지하고 우회함이 없이 순식간에 끝
까지 흘러가고 만다. 게다가 전6구 중 5구를 자기 집의 한가한 모양
을 그리는 데 소비하여 그 뜻으로 시가 끝날 것 같더니, 마지막 1구
에서 "그대는 가끔 오게나" 하여, 비로소 제 본심이자 이 시의 주안

이 되는 생각을 드러내니, 마치 천인(千仞)의 단애(斷崖)를 이루며 산맥이 갑자기 멈춘 것 같아서 읽는 이를 아연케 한다. 홀연히 일어난 감정의 물결이 천리를 휩쓸 듯한 기세를 보이다가 문득 조용히 가라앉아 버리니, 이것을 하나의 교향곡에 비긴다면 어느 대가만 못하지 않은 솜씨리라.

친구를 보내며

사공은 배를 저어 임을 싣고 떠나는데
봄빛 같은 나의 정은 아무도 끊지 못해…….
어디나 가시는 거기 뒤따를 줄 아소서.

楊柳渡頭行客稀　罟師盪槳向臨圻　惟有相思似春色　江南江北送君歸
양 류 도 두 행 객 희　고 사 탕 장 향 임 기　유 유 상 사 사 춘 색　강 남 강 북 송 군 귀

주

楊柳 : 중국에서는 이별할 때 버들을 꺾어 주는 습관이 있었다.　渡頭 : 배가
떠나는 나룻가.　罟師 : 사공.　盪槳 : 노를 저음.　臨圻 : 南京 근처에 있는
지명.

해설

　원제는 「送沈子福歸江東」. 심자복(沈子福)이 강동(江東)으로 돌아
감을 전송하는 시.
　앞의 2구는 이별의 광경이요, 후반의 2행은 보내는 이의 정서다.

역시(譯詩)를 통해서도 짐작할 줄 믿지만, 보내는 마음을 봄빛에 비유하여 어디든 따라가겠다 한 것은, 비유의 아름다움도 아름다움이려니와, 그 끝없는 여운의 묘미를 어떻다 하랴.

송별(送別)

말에서 내려
술을 권하며

묻기를, 그대는
어디로 가려는고?

세상 일 모두가
뜻 같지 않아

남산에 돌아가
누우련다고.

그러면 말 말고
어서 가 보게.

거기는 흰 구름
언제나 일리니…….

下馬飲君酒 問君何所之 君言不得意 歸臥南山陲
하 마 음 군 주　문 군 하 소 지　군 언 부 득 의　귀 와 남 산 수
但去莫復問 白雲無盡時
단 거 막 부 문　백 운 무 진 시

주

飲君酒 : 그대에게 술을 마시게 한다. 권한다.　　何所之 : 어디로 가느냐.
'之'는 가다.

해설

　송별시이면서 받을 사람의 이름이 없다는 점과, 가는 사람의 대답
에 '남산에 가서 누우련다'고 한 것으로 미루어 볼 때, 자문자답한
시라고 보는 것이 타당할 줄 안다. 즉 송별에 뜻을 빌려 자기가 남산
망천장(輞川莊)에 숨은 심경을 말한 것인 듯하다.

　관직을 중국인같이 동경하는 민족도 드물겠지만, 그들처럼 또 이
것을 경멸하고 자연의 품으로 돌아가고자 하는 욕구를 강하게 지니
고 있는 예도 드물 것이다. 사람에 따라서 그 어느 한쪽으로 기우는
수도 있지만, 대부분의 중국 인텔리들은 마음 속에 이 두 가지 모순
된 욕구를 그대로 지니고 있었다고 보는 편이 사실에 가까울지 모른
다. 은자(隱者)의 대표처럼 되어 있는 도연명도 미관말직이 차례오지
않고 부귀가 뜻 같았다고 가정한다면 어떤 태도를 취했을지 모른다.
사실 그의 시는 표면적으로 초탈한 양 하면서도 꽤 강한 불평을 내

포하고 있는 것이다. 더욱이 일생을 벼슬에서 떠나 본 적이 없던 왕유로서 이 시에 나타난 대로 행동했다고 생각한다면 더 큰 과오가 없을 것이다. 다만 불교의 영향도 있었고 선천적으로 지니고 있는 자연취미도 어지간해서, 이러한 생각을 항상 마음 한 구석에 가지고 있었던 것은 짐작할 수 있다.

　마지막 1구는 풍기는 여운도 여운이려니와, 그 이전의 표현들을 살리고 뜻 있게 한 것이니, 이 한 편의 생명이 이 한 행에 걸려 있다 해도 좋으리라.

9월 9일

또다시 명절 되니 형제 더욱 그립구나.
손에 손을 잡고 높은 곳 올라가서
머리에 수유(茱萸)를 꽂고 내 생각들 하리라.

獨在異鄕爲異客 每逢佳節倍思親 遙知兄弟登高處 偏揷茱萸少一人
독 재 이 향 위 이 객 매 봉 가 절 배 사 친 요 지 형 제 등 고 처 편 삽 수 유 소 일 인

주
異鄕 : 타향.　　異客 : 나그네.　　親 : 가족. 육친.　　茱萸 : 풀 이름.

해설
　9월 9일이 되면, 높은 데 올라가서 머리에 수유를 꽂고 국화주를
마시어 액을 물리치는 습속이 있었다. 이 풍습의 기원에 대해서『속
제해기(續齊諧記)』에 다음과 같은 이야기가 나온다. 환경(桓景)이라는
사람은 이인(異人) 비장방(費長房)을 스승으로 섬겼는데, 비씨(費氏)에
게서 이런 말을 들었다. 9월 9일에 집안에 큰 재앙이 닥쳐 올 텐데,

그것을 막으려면 붉은 주머니에 수유를 가득 넣어 팔에 걸고 산에 올라가 국화주를 마셔야 한다는. 그는 가족을 모두 이끌고 이대로 실행하였다. 저녁에 집에 돌아오니 개·닭·소·양이 모두 죽어 있었다. 비장방(費長房)은 가축이 대신 화를 당한 것이라고 말했다. 그 유래야 어디 있든, 그런 습속이 있고 보면, 타향에 있는 왕유가 형제를 그리워할 만도 하다. 이 때에 왕유의 나이 열 일곱, 장안에 유학하고 있었던 모양이다. 每逢佳節倍思親! 명절 때 고향집 생각이 더욱 간절한 것은 집을 떠나 공부하는 학생이면 누구나 경험하는 일이다. 머리에 수유를 꽂고 산에 올라 있을 형제를 속에 사기가 빠져 있을 깃을 생각하는 대목 같은 것은 소년다운 상상이라 할 것이니, '少一人'이란 말이 천금으로도 바꿀 수 없는 지극한 정을 나타내어 사람을 감동시킨다.

원제는 「九月九日憶山東兄弟」.

보내고 나서

그대를 보내고
홀로 돌아와

사립문 닫노니
해가 기운다.

봄 오면, 풀이야
해마다 푸르리만

한 번 간 그대
돌아올지 어떨지.

山中相送罷　日暮掩柴扉　春草年年綠　王孫歸不歸
산 중 상 송 파　일 모 엄 시 비　춘 초 연 년 록　왕 손 귀 불 귀

相送罷 : 보내고 나서. '相'은 '서로'의 뜻이 아님.   掩 : 닫다.   春草·王
孫 : 『楚辭』에 "왕손(王孫)은 떠나서 돌아오지 않고, 봄풀은 나서 우거졌다"
는 구가 있는데 그것을 따서 쓴 것. '王孫'은 상대에 대한 존칭이니, 표모(漂
母)가 한신(韓信)을 왕손이라 부른 예가 『史記』에 나온다.   歸不歸 : 의문형.
돌아올 것인가, 돌아오지 않을 것인가.

해설

원제는 '送別」.

벗을 보내고 해질녘 홀로 돌아와 대문을 닫는 쓸쓸한 마음! 이제
막 벗과 헤어졌건만 그의 마음에는 약속대로 돌아올 것인지 걱정하
는 불안이 감돈다. 이 또한 이별의 심리의 일단일 듯.

인정 (人情)

친구야.
술이나 좀 들려무나.

인정은 물결같이
뒤집히는 것.

늙도록 사귄 벗도
칼을 겨누고

귀인(貴人)도 후배의
전정(前程)을 막나니

보라, 비에 젖어
잡풀은 우거져도

봄바람 차가워
꽃은 못 핀다.

뜬구름 같은 세상 일
말해 무엇 하랴.

누워서 배나 쓸며
지냄이 좋으리.

酌酒與君君自寬	人情翻覆似波瀾	白首相知猶按劍	朱門先達笑彈冠
작 주 여 군 군 자 관	인 정 번 복 사 파 란	백 수 상 지 유 안 검	주 문 선 달 소 탄 관
艸色全經細雨濕	花枝欲動春風寒	世事浮雲何足問	不如高臥且加餐
초 색 전 경 세 우 습	화 지 욕 동 춘 풍 한	세 사 부 운 하 족 문	불 여 고 와 차 가 찬

주

酌酒 : 술을 따름.　與君 : 그대에게 줌.　自寬 : 스스로 마음을 너그럽게 가짐.　翻覆 : 뒤집힘. 빈부귀천을 따라 인정이 뒤바뀌는 것을 이름.　白首相知 : 백발이 되도록 사귄 벗.　按劍 : 칼에 손을 댐.　朱門先達 : 앞서 출세하여 부귀를 누리는 선배.　彈冠 : 관의 먼지를 털고 벼슬하기를 기다리는 것.　艸 : 小人의 비유.　花 : 훌륭한 인물의 비유.　加餐 : 맛있는 음식을 더 많이 취하는 것.

해설

　원제는 「酌酒與裵迪」. 불우한 친구 배적(裵迪)에게 술을 권하며 위로한 시.

술이나 들면서 마음을 너그럽게 가지라고 친구에게 권하면서, 인정의 믿을 것이 못됨을 말했다. 백수(白首)가 되도록 오래 사귄 친구도 이해를 따라 적이 되고, 영달한 선배도 신진(新進)의 길을 막는 세상! 관계(官界)에서 일생을 보낸 왕유는 그러한 내막을 누구보다도 잘 알고 있었을 것이다. 마치 잡초는 잘 자라도 꽃은 그렇지 못한 것처럼, 소인은 출세하고 군자는 불우한 것이 통례라고 한, 5, 6구의 비유는 적절하고도 통렬하다. 사회가 다르고 시대가 바뀌었으나 우리 또한 차가운 인정의 파도 속에서 허덕이고 있으니, 이 시가 나의 문제로 느껴지는 것도 이상할 것이 없다.

왕유 (699~762)

자(字)를 마힐(摩詰)이라 하며, 태원(太原)에서 태어났다. 저급관리의 아들이었으나 조숙한 재사(才士)의 면목을 보여, 19세에 과거에 급제하고 일찍부터 벼슬길에 올랐다. 죽기까지 40여 년에 걸친 그의 관리 생활은 비교적 평온하였다. 예외가 있었다면 안녹산의 난 때 장안에 남았다가 포로가 된 시기일 것이다. 그 때 협박에 못 이겨 안녹산을 뜻은 아니지만 섬겼기 때문에, 후일 난처한 입장에 빠졌던 것이지만, 적중(賊中)에 있으면서 읊은 시에 충성의 뜻이 보인다 하여, 여럿의 주선으로 죽음을 면하고 강등만 당했다. 그리하여 죽을 때에는 요즘의 총무처 장관에 해당하는 상서우승(尙書右丞)의 지위에 있었다.

왕유는 열렬한 불교 신자였다. 장안 종남산 밑에 망천장이라는 별장을 마련하고 자연의 미에 탐닉하기도 했으나, 수도(修道)에도 그 집이 이용되었던 모양이다. 북종선(北宗禪)의 명승(名僧) 대조선사(大照禪師)에 사사(師事)하기도 하고, 염불도 했던 모양이지만 그가 받아들인 불교란 어느 일종일파(一宗一派)에 치우친 것이 아니고, 제 생을 지탱해 주는 근거 정도의 뜻을 가졌던 듯하다. 그러기에 그에게는 염세적이라든가 사색적인 색채는 안 보인다. 도리어 명랑하며 자연과 인생을 마음껏 즐기고 있는 경향이 짙다.

30 전후에 상처(喪妻)하고 일생을 독신으로 보낸 점으로 미루어 보아도 짐작이 가듯, 부모 형제에 대한 애정도 각별했고, 우인들에게도 정의(情誼)가 도타웠다. 성격적으로 보아 뼈대는 약하나 원만무난한

사람이었을 것이다.

거기에 재주도 어지간해서 시 외에, 음악에 정통하고, 화가로서는 남화(南畵)의 원조로 존경받을 정도였다. 수재! 서울대학에 일등으로 합격할 수 있는 수재를 생각하면 왕유를 이해한 것이 될지 모르겠다.

이런 재사(才士)가 쓰는 시가 흠잡을 데 없이 아름다웠던 것은 물론이지만, 천고에 독보하는 정도의 대시인이 아니었음도 쉽게 짐작할 수 있는 일이다. 이를테면 이백·두보처럼 천하를 뒤흔들 기개나 심각성은 그에게 없었다. 생활 면에서 그들보다 행복했던 것과는 반대로 시인으로서의 그릇은 그들보다 작았던 것이 사실이다. 그러나 동양 역대를 통한 최대 시인 이백이나 두보보다 못하다는 것이 왕유의 불명예가 될 수는 없는 것이 아니겠는가.

왕유의 시의 가장 두드러진 특징은 그 아름다운 자연 관조에서 구해야 할 것이다. 선천적인 것도 있겠고, 선(禪)을 통해서 직관력이 길러진 점도 있을지 모르지만, 자연의 미묘한 움직임 속에서 그처럼 미를 포착한 시인도 드물 것이다. 도연명의 관조가 좀 침울한 것이었음에 비해, 그의 것은 훨씬 명랑하다. 그는 자연을 마음껏 즐기고 있다. 자연을 신뢰하고 그것에 순응하는 태도를 풍류라고 한다면, 그야말로 대표적인 풍류시인이라 불러야 하리라. 반항적인 이단자적 기질이 조금도 없는 그는, 육조 이래의 화려하고 섬약(纖弱)한 시의 전통에 대해서도 부정적인 태도를 취하지 않았다. 도리어 이것을 그대로 계승함으로써 자기를 건설해 간 것이라고 보여진다.

향로봉 내린 눈은

백거이(白居易)

벗에게
— 백거이

화롯불을 헤치고
술을 따끈히 데워 놓았네.
눈이라도 내릴 것 같은 이 밤
와서
한 잔 안 하려는가.

綠蟻新醅酒 紅泥小火爐 晚來天欲雪 能飲一杯無
녹 의 신 배 주 홍 니 소 화 로 만 래 천 욕 설 능 음 일 배 무

주

綠蟻 : 술 이름.　　新醅酒 : 醅는 거르지 않은 술이지만, 여기서는 새로 거른
술이라는 뜻이리라.　　紅泥 : 붉은 빛의 질그릇.　　晚來 : 저녁에. 來는 助
字.　　無 : '否'와 같음. 이 말이 어구 끝에 오면 앞의 것도 의문을 만들어 양
자택일을 요구하는 뜻으로 된다. '능히 한 잔을 마시겠는가, 안 마시겠는가.'

해설

원제는 「問劉十九」. 십구(十九)는 배항(排行).

이런 엽서라도 한 장 날아들면, 당신은 어찌 하겠습니까. 나 같으면 만사를 제쳐놓고 달려가겠습니다. 얼마나 솔직하며 은근한 우정입니까.

친구에게

그대와 만나니 꿈인가 생시인가.
잔을 주고 받아 즐겁기야 즐거워도
멀잖아 이것도 또한 꿈이 될까 서러워…….

久別偶相逢　俱疑是夢中　卽今歡樂事　放醆又成空
구 별 우 상 봉　구 의 시 몽 중　즉 금 환 락 사　방 잔 우 성 공

주

偶 : 우연히.　　歡樂事 : 벗과 술을 마시며 즐기는 일.　　放醆 : 술잔을 놓으면.
成空 : 헛된 것이 된다. 꿈이 된다.

해설

　우연히 만난 것이 꿈 같다면, 술잔을 놓고 헤어지는 순간, 지금의
즐거움도 한바탕 꿈이 되고 말리라. 만난 즐거움과 겹쳐서 헤어질
것을 미리 걱정하는 마음! 무슨 세상을 놀라게 할 시상도 아니고, 표
현도 담담하기만 하지만, 그런대로 버릴 수 없는 것은, 그것이 인생
의 한 양상을 확실히 건드리고 있는 때문일 것이다. 원제는 「逢舊」.

자은사 (慈恩寺)에서

절에 와서, 오늘
문득 그대 생각하노니
꽃 꺾어 수 놓으며
아 취하던 일, 즐겁던 일.
지금쯤은 양주(梁州) 어느 마을 길을
외로이 가고 있을 벗이여!

花時同醉破春愁 醉折花枝作酒籌 忽憶故人天際去 計程今日到梁州
화 시 동 취 파 춘 수 취 절 화 지 작 주 주 홀 억 고 인 천 제 거 계 정 금 일 도 양 주

주

酒籌 : 마시는 술잔을 셈하는 것.   天際 : 하늘 끝. 먼 곳.   計程 : 어디쯤
갔을지 헤아림.

해설

원제는 「慈恩寺」. 친우인 원진(元稹)이 지방관으로 좌천되어 떠나

간 지 10여 일이 지난 어느 날, 백거이는 아우와 함께 자은사에 갔다가 벗을 생각한 것이다. 시상이 평범하고 수사가 쉬운 것은 그의 지론대로이지만, 손을 꼽아 보고 지금쯤은 양주(梁州)를 가고 있으려니 하고 생각하는 결구는 진정 없이는 못할 소리다. 우연이겠지만 원진도 같은 날 양주에서 백거이를 그리워하는 시를 썼다. 천리를 사이에 두고 마음과 마음이 서로 통했던 것일까.

망진령 (望秦嶺)

내키지 않는 걸음 막막한 내 길이여!
산마루 올라서서 고향 쪽 바라보니
쌀쌀한 가을바람만 흰 수염을 날린다.

草草辭家憂後事 遲遲去國問前途 望秦嶺上廻頭立 無限秋風吹白鬚
초 초 사 가 우 후 사 지 지 거 국 문 전 도 망 진 령 상 회 두 립 무 한 추 풍 취 백 수

주

草草 : 바쁜 모양. 서두르는 모양.　　辭家 : 집을 떠남.　　後事 : 뒷일. 집에
남은 가족들의 일.　　遲遲 : 발걸음이 더딘 모양.　　去國 : 서울을 떠남.
問前途 : 장차 가야 할 길에 대해 물음.　　望秦嶺 : 장안 남쪽에 있는 고개.
여기를 넘으면 장안이 안 보이는 까닭에, 나그네들은 이 고개에 오면 秦(장
안 지방)을 돌아본다.　　白鬚 : 흰 수염.

해설

　기승(起承)은 엄밀한 대구를 이루고 있다. 황망히 집을 떠나매 '草
草'라 했고, 내키지 않는 걸음이매 '遲遲'라 했다. 망진령! 이 고개를

넘으면 장안은 다시 보이지 않는다. 거기서 머리를 돌려 바라보는 시인의 흰 수염에 불어와 부딪히는 것은 무한한 가을바람! 가을바람을 '무한(無限)'하다고 한 것은, 그것이 동시에 작자의 우수였기 때문.

원화(元和) 10년(815), 정쟁(政爭)의 희생이 되어 무원형(武元衡)이라는 재상이 암살됐다. 백거이는 그것을 철저히 수사 처벌할 것을 주장하다가 도리어 강주사마(江州司馬)로 좌천되었다. 이 시는 강주로 부임하는 도중에 감회를 말한 것이다.

원제는 「初貶官過望秦嶺」. 처음으로 벼슬이 강등되어 망진령을 지나며 읊었다는 뜻.

동지 (冬至)

무릎을 깍지 끼고
등불 앞에 앉으면

그림자만 외롭구나
오늘은 동짓날 밤.

집에선 내 얘기 하며
모여 앉아 새우리.

邯鄲驛裏逢冬至　抱膝燈前影伴身　想得家中夜深坐　還應說着遠行人
한 단 역 리 봉 동 지 　포 슬 등 전 영 반 신 　상 득 가 중 야 심 좌 　환 응 설 착 원 행 인

　주

邯鄲 : 지명. 趙의 서울이던 곳.　　想得 : 생각한다. 得은 助字.　　說着 : 이야
기함. '着'은 뜻없는 助字.

　원제는 「邯鄲冬至夜思家」. ―한단에서 동짓날 밤, 집을 생각하고―.

　동지가 되면 팥죽을 먹는 습속이 우리 나라에 있지만, 이름 붙은 날이면 집 생각이 더욱 간절한 것은 나그네의 상정(常情). 백거이는 타향에서 밤을 새우며, 집에서 자기 이야기를 하고 있을 처자를 생각한 것. 따뜻한 인간미가 흐르는 작품이다.

유애사 (遺愛寺)

수석(水石)이 좋아
시냇가에 앉았다가

꽃을 찾아
절을 돌아 걸으면

새 울음
때때로 들리고

샘물 소리
곳곳에 나더군.

弄石臨溪坐 尋花遶寺行 時時聞鳥語 處處是泉聲
농 석 임 계 좌   심 화 요 사 행   시 시 문 조 어   처 처 시 천 성

弄石 : 돌을 즐김.　　遶 : 돌다.

해설

현대시를 이해하기 어렵다는 말을 자주 듣는다. 거기에 대한 시인 측의 변명도 구구하지만, 이대로 나가는 것이 좋다고만은 아무도 단안을 내리지 못할 것이다. 그러면 어떻게 할 것인가. 대중이 이해하는 시를 써야 할 것인가. 이럴 경우 우리가 궁극적으로 도착할 지점이 어디인지 백거이의 이 시는 시사하는 바 크다. 이 시에 나타난 정서나 수사는 분명히 대중적이다. 그러나 이러한 것을 시라고 칠 수 있을까 의문이 일어난다. 지나친 개성화의 노정이 시인과 독자의 관계를 단절했다면, 대중과의 접근을 꾀하는 나머지 백거이처럼 몰개성화되는 경우도 시에서는 하나의 커다란 적신호가 되는 것 같다.

초당 (草堂)

몇 칸 안 되는
새로 지은 초당은

돌 계단 계수 기둥
대로 엮은 울타리.

남쪽 처마는 햇빛 받아
겨울에도 따뜻하고

북쪽 문은 바람 맞아
여름밤 서늘하다.

샘물은 섬돌에 떨어져
물방울을 튀기고

창에선 대나무 그림자
어지러이 흔들린다.

내년 봄 되면
동쪽 채 지붕을 잇고

도배하고 발 드리워
아내를 있게 하리.

五架三間新草堂　石階桂柱竹編牆　南簷納日冬天暖　北戶迎風夏月涼
오 가 삼 간 신 초 당　석 계 계 주 죽 편 장　남 첨 납 일 동 천 난　북 호 영 풍 하 월 량

灑砌飛泉纔有點　拂窓斜竹不成行　來春更葺東廂屋　紙閣蘆簾著孟光
쇄 체 비 천 재 유 점　불 창 사 죽 불 성 항　내 춘 갱 즙 동 상 옥　지 각 노 렴 착 맹 광

주

五架：세로로 다섯 칸.　三間：가로로 세 칸.　牆：울타리.　簷：처마.
灑砌：섬돌에 쏟아짐.　纔：겨우.　有點：점이 있다. 즉 물방울을 튀긴다.
不成行：바른 줄을 이루지 않는다. 즉 어지러이 흔들린다. '줄'의 뜻으로 쓰
일 때는 음이 '항'.　東廂：동쪽 곁채.　紙閣：종이로 방문을 바른 집.
蘆簾：갈대로 만든 발.　著：둔다. 있게 한다.　孟光：漢의 隱士 梁鴻의
아내 이름. 여기서는 자기 처를 말함.

해설

　　원제는 「香爐峯下新卜山居草堂初成偶題東壁」. 즉 향로봉 밑에 새
로 산가(山家)를 마련하여 초당이 처음으로 이루어진지라, 마침 동쪽

벽에 시를 쓴다는 것.

이것은 강주사마(江州司馬)로 좌천되어 있을 때의 작품. 보통 사람 같으면 원망하고 분해할 처지이건만, 낙관론자인 그는 주어진 현실 속에 만족하여 버린다. 대여섯 칸의 초가집에도 자연의 혜택은 풍성하다고 고맙게 여기고, 기껏 바란다는 것이 내년 봄이 되면 곁채에 지붕을 마저 잇고 아내를 있게 하겠다는 것이니, 이런 사나이를 불행하게 할 약은 아무 데도 없으리라.

초당 (草堂)에서

해가 높이 떠도
일어나기 귀찮고

이불 겹쳐 덮으니
추위도 모르겠다.

유애사(遺愛寺)의 종 울리면
베개 괴어 귀 기울이고

향로봉(香爐峯) 내린 눈은
발을 젖히고 바라본다.

이곳 여산(廬山)은
이름 피해 살 만한 곳

사마(司馬) 벼슬, 늙을 녘을
보내기 안 족하랴.

마음과 몸 편하면
내 살 곳이니

어찌 고향이
장안(長安)뿐이랴.

日高睡足猶慵起　小閣重衾不怕寒　遺愛寺鐘欹枕聽　香爐峯雪撥簾看
일 고 수 족 유 용 기　소 각 중 금 불 파 한　유 애 시 종 의 침 청　향 로 봉 설 발 렴 간
匡廬便是逃名地　司馬仍爲送老官　心泰身寧是歸處　故鄕何獨在長安
광 려 편 시 도 명 지　사 마 잉 위 송 로 관　심 태 신 녕 시 귀 처　고 향 하 독 재 장 안

주

慵起 : 일어나기 귀찮음.　　小閣 : 조그마한 2층.　　怕 : 두려워함.　　遺愛
寺 : 香爐峯 북쪽에 있는 절.　　欹枕 : 잘 듣기 위해 베개를 세우고 누움.　　撥
簾 : 발을 젖힘.　　匡廬 : 廬山.　　逃名地 : 名利를 피해 숨어 살 만한 곳.
送老官 : 늙은 나이를 보내는 데 적당한 한가한 벼슬.　　歸處 : 안주할 곳.

해설

「중제(重題)」라는 제목인 것을 보면, 앞의 시와 같이 쓴 것임을 짐
작할 수 있다. 내용도 앞의 작품과 비슷하다.

백거이 (772~846)

　백거이의 시가 가지는 특징은 대중성에 있다. 그가 칭찬을 받는다
해도 이 점 때문이고, 멸시를 당해도 이 때문일 것이다. 이백이나 두
보 같은 강한 개성이 없었다는 것도 사실이겠지만, 그는 어느 정도
의식적으로 대중에의 길을 택했던 것이다.
　백거이가 하남(河南) 신정현(新鄭縣)에 태어난 것은 이백이 죽은
지 10년, 두보가 간 지 2년이 되는 해였다. 이것은 그가, 중국 시의
전성기가 끝나려 할 때에 태어난 것을 의미한다. 육조(六朝)에서 수
사가 다듬어졌다면, 성당(盛唐)의 시인들에 의해서는 내용과 형식이
둘이 아닌, 참다운 생명 있는 시가 씌어졌다고 할 수 있다. 그 중에
서도 이백의 분방한 정열이나 두보의 침통한 역사 비판 같은 것은
시의 정점을 이루는 것이며, 뒤에 오는 시인들에게 하나의 무거운
압력이 되지 않았을까. 만일 백거이나 한유가 이 위대한 선배를 따
랐다면, 그들은 아류시인임을 면치 못했을 것이다. 여기에 그들이 몸
부림치며 새 길을 모색한 까닭이 있는 것이다. 그 결과, 한유는 다소
기괴하고 장대한 미를 창조하기 위하여 난삽한 상징의 숲 속으로 빨
려 들어갔다. 이런 길을 걷고 있는 시인은 현재의 우리 시단에도 있
는 것이지만. 한편 백거이는 원진(元稹)과 함께 대중의 호흡과 언어
에 접근함으로써 시의 평이화를 이루어 보려 하였다. 시의 예술성이
란 언어의 일상성을 극복하는 곳에 이루어진다. 이 말은 고도에 달
한 시일수록 대중(독자)과의 격리를 가져올 위험성을 내포하고 있다

는 뜻도 된다. 이러한 시의 이율배반은 현재의 우리에게 더욱 문제가 되는 것이기에 백거이의 동기만은 충분히 이해가 간다. 문제는 그러한 노력이 무엇을 가져왔느냐 하는 점이다. 물론 백거이가 대중적인 정서와 평이한 표현으로 시를 민중에 접근시킨 것은 사실일 것이다. 그러나 이러한 대중화가 시의 평가절하 없이 이루어질 수 있었던가. 그의 시는 대체로 평면적이며 긴밀한 짜임새를 가지지 못하고 있다. 언어는 평범하여 정채(精彩)를 잃고 있어서 우리 신문소설에 나오는 말과도 같다. 그가 기교 면에서 가장 성공한 작품인 「장한가(長恨歌)」를 놓고 보아노, 이러한 득색은 그대로 나타나고 있다. 그 구성이 산만하고 평면적임은 말할 것도 없지만, 언어가 몹시 화려하면서도 발랄한 생명력을 결여하고 있음은 쉽게 느낄 수 있는 점이다.

그렇다고 그의 존재 가치가 없어지는 것은 결코 아니다. 이 경우, 그를 구해 주는 것도 그의 시가 갖는 대중성이다. 누가 무어라 해도 소월이 우리 나라 대중에게 애독되듯, 그는 중국 민중의 영원한 벗인 것이며, 민중의 보편적인 정서를 민중의 언어로 노래한 시인으로서 여전히 위대한 존재인 것이다.

그는 신분이 얕은 관리의 집안에 태어나서 일찍 과거에 급제하여 벼슬길에 올랐다. 낙관론자요 현실주의자인 그는 무리한 부귀를 바라지도 않았으나, 착실하게 관로(官路)를 걸어 71세에 퇴직할 때에는 지금의 법무부 장관에 해당하는 형부상서(刑部尙書)가 되어 있었다. 큰 재산은 없었지만 생활할 만한 저축은 있었고, 과한 것을 바라지 않는 그는 현실에 만족하여 그 생을 즐겼다. 그가 어떻게 체념이 빨랐는지는, 거느리고 있던 기생첩을 집에서 내보낸 것으로도 짐작할 수가 있다. 이유는 자기 나이가 늙어서 필요가 없어졌다는 것이다. 이러한 상식적이요 둥글둥글한 성격이 그의 대중적인 시를 나왔던 것이다. 그는 불교 신자였지만 그 신앙이 어느 한계를 벗어나지 않았음은 물론이다. 또 그는 두보를 본받아 많은 사회시를 악부 형식을 빌려 쓰고 있다. 그러나 두보의 것처럼 강한 감동을 주지 못하는 것은 절실한 체험의 뒷받침이 없었던 때문이다.

백발된 꿈을 꾸고

이하(李賀)

가을의 무덤 속

- 이하

오동에 바람 이니
벌써 가을인가.
꺼져 가는 등불 밑에 귀뚜라미
눈물을 짜개질하는 밤.
누군가? 나의 서러운 한 권의 시집을
소중히 읽어 벌레 먹지 않게 할 이.
삶은 애처로워 창자 곧추서는데
차운 비 타고 찾아오는
어여쁜 혼아!
가을의 무덤 속, 나는 죽어
포조(鮑照)의 시(詩)를 외고
피도 한스러워 천년을 푸르리라.

桐風驚心壯士苦　衰燈絡緯啼寒素　誰看靑簡一編書　不遣花蟲粉空蠹
동 풍 경 심 장 사 고　쇠 등 낙 위 제 한 소　수 간 청 간 일 편 서　불 견 화 충 분 공 두
思牽今夜腸應直　雨冷香魂弔書客　秋墳鬼唱鮑家詩　恨血千年土中碧
사 견 금 야 장 응 직　우 랭 향 혼 조 서 객　추 분 귀 창 포 가 시　한 혈 천 년 토 중 벽

絡緯 : 귀뚜라미.　　寒素 : 차가운 비단. 귀뚜라미 울음을 비단 짜는 소리에
견준 것.　　靑簡 : 대 조각. 종이가 발명되기 전에는 대를 쪼개어 글을 썼다.
花蟲 : 책을 갉아먹는 비단벌레?　　蠹 : 좀먹는다.　　香魂 : 여인의 혼.　　書
客 : 書生, 자기를 말함.　　鮑家詩 : 포조의 시. 그에게는 「代蒿里行」「代挽
歌」등, 죽은 사람의 감회를 노래한 시가 있다.　　恨血土中碧 : 옛날에 萇弘
이 죄도 없이 사형을 당했는데, 그 피는 3년 후에 碧玉(에메랄드)이 되어 있
었다. 『呂氏春秋』에 나오는 이 이야기에서 힌트를 얻은 것이리라.

해설

　이하의 시에는 곧잘 귀신이 등장한다. 미녀의 혼이 찾아오는 정도
를 넘어, 자기가 죽어서 귀신이 되어 있다. 그가 현실에 살고 있었을
때, 그는 동시에 저승 사람이기도 하였던 것이다. 누구라도 죽음을
등에 걸머지고 있는 것은 사실이지만, 그의 경우는 살아 있음과 함
께 죽어 있었던 것이니, 무서운 일이 아닐 수 없다. 보들레르가 가져
왔다는 공포도 이에 비하면 무색할지 모른다. 「악의 꽃」이 아무리
퇴폐적 악마적이라 해도, 그것을 뒤집어 놓으면 그대로 천국이 될
수 있는 역리(逆理)를 지니고 있다. 그 암흑은 어떻게 깊다 해도 광명
으로 통하는 암흑이니까 참다운 암흑은 아니다. 하지만 이하의 어둠
에 대해서 같은 말을 할 수 있을까. 「악의 꽃」을 보들레르적 신곡이
라 부르는 것과 같이는, 이하의 시집을 이하적 신곡이라고 볼 수는
없을 것이다. 그는 무신론의 나라의 시인이며, 그에게 신이 있다면
죽은 사람의 망령, 즉 귀신이 있을 뿐이다. 공자는 귀신을 멀리하는

것이 현명하다고 하였지만, 이하는 귀신과 가까운 사이며, 때로는 그
자신이 귀신으로 되어 버린다.

이렇게 이중성을 지니는 그가 쓴 작품이 논리적이 아니라고 해서
탓할 수 있겠는가. 자기의 뼈저린 슬픔을 노래하던 시인은, 6행에서
시세계를 현실로부터 귀신의 세계로 옮기어, 꽃다운 여귀(女鬼)의 방
문을 받는다. 그러나 이에 그치지 않고 다음 구에서는 자기가 귀신
이 되어 무덤 속에 누워 있다. 눈이 아찔해지는 이런 전환이 아무리
독자에게는 당돌하게 보인다 해도, 작자에 있어서는 도리어 자연스
러운 표현이었을지도 모른다. 그는 이승과 저승의 이중국적자였으니
까.

수사에 있어서도 이하는 어디까지나 이단적이다. 오동잎에 바람
이 부는 것을 '桐風'이라 해 놓고 시치미를 떼고 있다. 보통 같으면
'風吹桐葉'이라고나 말할 것을 무리하게 압축하여 말이 거북살스러
워 보인다. '啼寒素'는 귀뚜라미가 비단 짜듯 운다는 뜻인 모양인데,
문자대로 해설하면 '찬 비단에 운다'가 되어 커튼 그늘에서 울고 있
는 것이 아닌가 하는 느낌이 든다. 이것은 말을 뜻이 끝나기도 전에
끊어 버린 데서 오는 결과일 것이다. 또 '花蟲'이란 말은 딴 곳에서
용례를 찾을 수 없는 이상한 말이어서 서정주 씨의 「화사(花蛇)」라는
조어(造語)를 연상시키는 바가 있다. '思牽'이 특이한 것은 말할 것도
없지만, '腸欲斷' — 밸이 끊어질 듯하다고 하는 것이 관례인 것을,
'腸應直' — 창자가 빳빳이 펴질 것 같다고 표현하고 있는 그다. 또
여인의 넋을 '香魂'이라 부른 것은 좋다고 해 두자. 책을 좀먹는다는

뜻으로 쓰인 '粉空蠹'의 '粉'은 무엇인가. 모처럼 심혈을 기울인 저서가 무(無)로 돌아가는 헛됨을 형용한 말인가. 이상에 대강 훑어보았듯이 그는 용례 없는 말을 많이 쓰며, 그 말들에는 확실히 무리가 있으면서도, 도리어 묘하게 이하적인 분위기를 자아내고 있음은 주목해야 하겠다.

　원제는 「秋來」.

나는 성성이 입술을 먹고

제 집은 횡당(橫塘)이구요. 창에는
계수 향이 풍기는 붉은 사(紗)가 쳐 있지요.
푸른 구름을 시켜 머리를 틀어 올리게 하고
둥근 달이 내 귀고리 된답니다.

연꽃에 바람 일어
강은 봄인데
긴 둑 여기에
내사 임 못 놓겠어요.

당신은 잉어의 꼬리를 잡수세요.
나는 성성이 입술을 먹고
이렁성 여기서 지내시되
아예, 양양(襄陽)에 갈 생각은 마세요.
다시 돌아오기 어려우니까.

보세요, 오늘 창포꽃이 향기롭지만
내일이면 단풍이 벌써 시들어버릴 걸요.

妾家住橫塘 紅紗滿桂香 靑雲敎綰頭上髻 明月與作耳邊璫
첩 가 주 횡 당　홍 사 만 계 향　청 운 교 관 두 상 계　명 월 여 작 이 변 당
蓮風起 江畔春 大堤上 留北人 郞食鯉魚尾 妾食猩猩脣
연 풍 기　강 반 춘　대 제 상　유 북 인　낭 식 이 어 미　첩 식 성 성 순
莫指襄陽道 綠浦歸帆少 今日菖蒲花 明朝楓樹老
막 지 양 양 도　녹 포 귀 범 소　금 일 창 포 화　명 조 풍 수 로

주

妾 : 여자의 自稱.　　橫塘 : 南京 부근에 있던 지명.　　紅紗 : 붉은 커튼. 紗는
얇은 비단.　　靑雲 : 여인의 머리를 형용한 것.　　敎綰 : 틀어 올리게 함.
髻 : 상투.　　與作 : …을 위해서 …이 된다.　　明月 : 밝은 달과 明月珠 둘
을 다 의미하는 말.　　璫 : 귀고리　　大堤 : 襄陽 근방에 있던 色鄕. 譯詩에서
는 긴 둑으로 취급했다.　　北人 : 북에서 온 사람.　　郞 : 젊은 남자를 부르는
말.　　鯉魚 : 잉어.　　猩猩脣 : 성성이의 입술.　　綠浦 : 푸른 물가.

해설

원제는 「大堤曲」.

대제(大堤)라는 색향(色鄕)에 사는 창녀가 정부(情夫)의 떠남을 만
류하는 말인데, 그렇다면 남경 부근에 있는 또 하나의 색향인 횡당
(橫塘)에 자기 집이 있다고 한 첫구는 이상한 것처럼도 느껴진다. 그

래서 어느 일본학자는 대제 부근에도 횡당이라는 곳이 있었는가 하고 의문을 제시하였다. 그러나 이것은 시간과 공간의 질서쯤 무시하기를 꺼리지 않는 이하의 수법을 모르는 데서 나오는 오해다. 오균(吳筠)의 시에 "妾家橫塘北"이라 했고, 최호(崔顥)도 "妾住在橫塘"이라고 한 예가 있다. 둘이 다 창녀의 정을 노래한 「장간행(長干行)」이란 제목이었음을 생각할 때, 땅의 거리 같은 것을 무시하고 이 말로 시를 시작한 이하를 이해할 수 있는 문제다.

병적인 감각을 지닌 이하는 건전한 것에서보다도 창녀 같은 병든 영혼에 더 많이 인력(引力)을 느꼈던가. 짙고 염염한 말들이 동원되어 분냄새 나는 그녀들의 살결을 느끼게 해주고 있다. 특히 "그대는 잉어의 꼬리를 잡수세요. 나는 성성이 입술을 먹으리니"는 참으로 기막히는 솜씨! 郎食鯉魚尾. 가는 사람을 잡고 못 가도록 달래는 말로서 얼마나 은근한가. 하필 꼬리를 먹으라고 한 것은 또 얼마나 묘한가. 다시 妾食猩猩脣이라 하니, 그녀는 왜 징그러운 성성이에 식욕을 느끼는 것일까. 더욱 그 입술에……. 얼마나 창녀다운 짙고 염염하고 육감적인 감정인가. 뱀이 여인으로 변해서 남자의 피를 빨아먹어 뼈와 가죽만 남게 한다는 전설이 있거니와, 화 있을진저, 그녀에게 걸리는 남성은 막말로 뼈도 못추릴 것 같다. 나는 이 농염(濃艶)한 말을 사랑한다. 수채화처럼 담담한 동양의 시들 가운데서, 이것을 발견했을 때의 기분이란 발로 땅을 구르고라도 싶었다.

또 '紅紗'의 '紅'이 얼마나 창녀다운 색채인가. '靑雲'과 '明月'을 이중의 의미로 사용한 것이라든지, 떠나는 임을 붙잡는 장면에 이르러 감정의 호흡이 가빠지자 5언 7언으로부터 3언으로 옮기는 솜씨 같은 것이, 다 그가 어느 정도에 이른 언어의 마술사인가를 보여 주고 있는 것이라 하겠다.

장안(長安)의 이 가을밤을

남산에는 차운 비 내리고
― 이런 비는 귀신들 좋아하리 ―
장안(長安)의 이 가을밤을, 바람 앞에 꺼져가는 촛불인 양
흔들리는 아 흔들리는 목숨들.

길은 황혼이라 어둡고
길은 굴참나무 바람에 흔들리고
달은 높아 나무에 그림자 없고
온 산 훤히 새벽을 맞으면

무덤은 입을 벌려 또 새사람 맞나니
옻빛인 듯 반딧불빛인 듯 어지러운 도깨비불아!

南山何其悲　鬼雨灑空草　長安夜半秋　風前幾人老
남산하기비　귀우쇄공초　장안야반추　풍전기인로
低迷黃昏逕　裊裊青櫟道　月午樹無影　一山唯白曉
저미황혼경　요뇨청력도　월오수무영　일산유백효
漆炬迎新人　幽壙螢擾擾
칠거영신인　유광형요요

南山 : 종남산.　　其 : 일종의 감동을 나타내는 말.　　鬼雨 : 귀신이라도 나올 듯이 음산한 비.　　灑 : 뿌린다.　　空草 : 인기척이 없는 곳에 난 풀.　　低迷 : 사물의 구분이 확실하지 않은 모양. 몽롱함.　　迳 : 작은 길.　　裊裊 : 바람에 나무가 간들거리는 모양.　　櫟 : 굴참나무.　　月午 : 달이 하늘 한가운데 있는 밤중.　　一山 : 산 전체.　　漆炬 : 옻처럼 빛나는 횃불. 도깨비불을 말하는 것.　　新人 : 신부.　　幽壙 : 깊숙한 무덤 속.　　擾擾 : 많은 것이 뒤섞여 시끄러운 모양.

해설

비가 오는 밤인가 하면, 바로 달밤이기도 하고, 이어서 장면은 스크린처럼 바뀌어 새벽이 된다. 아니, 밤에 계속해서 황혼에 싸인 길도 나왔었다. 시간의 질서가 이렇게까지 무시된 시를 동서고금의 어디에서 또 찾을 수 있겠는가. 그러면서도 우리는 이루 말할 수 없는 절박감을 가지고 이 시를 받아들일 뿐. 그러한 지리멸렬한 시간 같은 것을 탓하려고도 안하는 것은, 그의 숨가쁜 시의 호흡이 그러한 모순된 요소들을 휘몰아 끌고 가고 있기 때문이다. 뒤집힐 듯이 흔들리는 바다를 끌고 달리는 5만 톤 급의 군함만치나 확실히 그의 정열은 숨가쁘다.

비를 '鬼雨'라고 느끼고, 이 밤에 몇 사람이나 늙어가고 있을까 한탄하며, 운명을 '바람'에 비긴 사람! 그는 시간과 공간을 넘어뛰어, 무덤이 입을 열고 새사람을 맞아들이는 이미지를 본다. 그의 색채 감각도 범인이 상상할 바가 아니다. 어두운 황혼 길에, 굴참나무 잎

사귀는 푸른 빛으로 흔들리고, 백색인 새벽녘을 도깨비불은 옻빛으로 타오른다. 그가 지금 살아 있어 화가가 되었다면 유화를 그렸을 것이고, 그 유화란 것이 짙은 원색이 뒤범벅되어 물형(物形)은 알아볼 수 없으나 이상한 분위기를 자아내서 보는 사람을 소름끼치게 했을 것이다.

　원제는 「感諷」.

백발된 꿈을 꾸고

누군가, 쓸쓸히 홀몸으로
장안(長安)의 가을을 아 지긋이 느껴워함은?
젊은 나이로 떠도는 나그네 되어
백발된 꿈을 꾸고 꿈에도 울었나니,

여윈 말 끌어 내어 시든 풀 뜯기우면
찬 빗방울 도랑가에 뿌리고
어둠 저 쪽 남궁(南宮)에서리.
촉촉히 젖어 들려 오는 때 알리는 종소리.

고향은 천리거니 구름 드리운
동녘 하늘 끝간 데를 헛되이 더듬다가
시름에 지쳐 칼상자 베고 누워
아 제후(諸侯) 되는 꿈을 꾸고 웃었도다.

落莫誰家子　來感長安秋　壯年抱覊恨　夢泣生白頭
낙 막 수 가 자　내 감 장 안 추　장 년 포 기 한　몽 읍 생 백 두

瘦馬秣敗草　雨沫飄寒溝　南宮古簾暗　濕景傳籤籌
수 마 말 패 초　우 말 표 한 구　남 궁 고 렴 암　습 경 전 첨 주

家山遠千里　雲脚天東頭　憂眠枕劍匣　客帳夢封侯
가 산 원 천 리　운 각 천 동 두　우 면 침 검 갑　객 장 몽 봉 후

주

落莫 : 쓸쓸함. 落寞과 같음.　　誰 : '誰'가 문장 앞에 오면 뒤가 의문형이 된다. 여기서는 다음 구의 '秋'까지를 의문으로 만들었다.　　壯年 : 젊은 나이. 요즘의 '靑年'과 비슷함.　　覊恨 : 나그네의 시름.　　白頭 : 백발.　　秣 : 말에게 풀을 먹이는 것.　　敗草 : 시든 풀.　　雨沫 : 비에서 튀기는 물방울.　　溝 : 도랑.　　南宮 : 尙書省의 別名.　　濕景 : 비에 젖은 日氣? 景은 햇빛.　　籤籌 : 물시계에 의하여 때를 알리는 것. 여기서는 그 소리.　　家山 : 집이 있는 산. 고향.　　雲脚 : 구름이 드리워 있는 모양.　　東頭 : 동쪽. '頭'는 의미 없는 助字. 마음을 心頭라고 하는 것과 같은 용법.　　枕 : 베개를 벤다는 뜻의 동사.　　劍匣 : 칼을 넣어 두는 상자.　　客帳 : 나그네가 자는 방에 쳐 있는 장막.　　夢 : 꿈꾸다.　　封侯 : 제후로 봉함을 받는 것.

해설

　원제는 「崇義里滯雨」. 숭의리(崇義里)는 이하가 머물던 장안의 마을 이름. 체우(滯雨)는 장마비.

　여기서도 시간과 공간의 질서는 극히 혼란을 일으키고 있다. 처음 4행은 꿈에서 깨어 누워 있는 상태인데, 어느덧 다음 4구에서는 빗속에 말을 먹이고 있다. 그 때에, 그는 숭의리 자기 집 뜰에라도 서

있었겠는데, 무대는 모르는 사이에 상서성(尚書省)으로 옮겨 간다. 시각을 알리는 소리가 들리기에 상서성을 상상한 것으로 여겨질지 모르나, 상서성과 숭의리의 거리로 보아 시보(詩報) 소리가 들릴 수 없다고 한다. 시 번역에는 종이 때를 알리는 것으로 해 놓았지만, 시각마다 인경을 울렸으리라고 추측할 수도 없다. '古簾暗'이란 말로 보아 분명히 밤인 듯한데, 다음 구의 '濕景'이란 말은 낮 같은 인상을 준다. 이 말은 선례가 없는 것 같고 '景'이라고 하면 일광의 뜻이 되니 말이다. 그렇지 않으면 습기 있는 날씨란 정도의 의미인가. 끝의 4구에서, 구름이 하늘에 드리워 있는 것을 보기 위해서는 대낮이라야 되겠는데, 잠잔다는 표현이 이에 계속되고 있다.

그러나 이하의 영이 살아 있다면, 이런 것을 구질구질하게 따지는 것을 비웃을 것이 틀림없다. 타인의 것은 모르되, 적어도 그에게 있어서만은 이런 혼란쯤 문제삼아서는 안 되는지 모른다. 그런 잡다한 요소들을 시의 질서에까지 끌어 올리고 있는 감정의 흐름을 따라가는 것으로 만족해야 하리라.

유랑하는 한 때문인가. 꿈 속에서 머리가 희어져 울음을 터뜨린 사람! 누가 알랴, 그는 아직 20대의 청년인 것이다. 그렇다면 그는 나면서부터 늙었던 사람인가. 1, 2행의 처절한 가락은 두보의 「동곡가(同谷歌)」와도 비슷하더니, 여기에 오면 유령의 울음같이 요기를 띠는구나. 아닌게아니라, 그 다음부터 나오는 정경은 오싹 차가운 기운이 몸을 엄습하는, 소위 귀기(鬼氣)를 띠고 있다. 밤중에 여윈 말을 끌어내어 놓고, 시든 풀을 먹이고 있는 것이 반드시 사람이란 보증

이 어디 있겠는가. 더욱 비는 차가운 도랑물에 뿌리고 있는 것이다. 어두운 남궁(南宮)과, 거기서 들리는 시각을 알리는 딱따기 소리(?). 다 음산하고 머리가 쭈뼛 일어나는 정경이다. 또 마지막에 가서, 검 갑(劍匣)을 베고 누워 제후가 되는 꿈을 꾼다는 표현이, 겉으로는 장부다운 기개같이도 보이지만, 실은 어쩔 수 없는 무력과 불우를 탓하는 한숨 소리임을 간과하지 말자.

신현곡 (神絃曲)

해가 지고
어둠이 깔리면

귀신들이 온다. 바람에 불려
말을 타고 구름을 차면서.

땅에서는 풍악이 일고.
우는 듯 흐느끼는 듯 비파 소리, 닐리리 피리 소리.

무당은 사르르 치마를 땅에 끌어
춤을 춘다, 가을을 밟고.

계수나무 잎사귀 바람에 떨며
계수나무 열매는 떨어지고

살쾡이는 피를 토하여 울고
여우는 겁에 질려 죽는다.

벽에 그린 용을 타고, 금빛
꼬리를 뒤트는 규룡(虯龍) 휘몰고

비의 신(雨神)은
못 속으로 들어가고

백살 먹은 올빼미는 도깨비가 된다.
고목에 살기 고목도깨비.

웃음 소리, 푸른 불빛
둥우리에 사위롭다.

西山日沒東山昏　旋風吹馬馬踏雲　畫絃素管聲淺繁　花裙萃蔡步秋塵
서산일몰동산혼　선풍취마마답운　화현소관성천번　화군취채보추진
桂葉刷風桂墜子　靑狸哭血寒狐死　古壁彩虯金帖尾　雨工騎入秋潭水
계엽쇄풍계추자　청리곡혈한호사　고벽채규금첩미　우공기입추담수
百年老鴞成木魅　笑聲碧火巢中起
백년노효성목매　소성벽화소중기

　주

神絃曲 : 육조 시대의 민요 제목. 제사 때 쓰던 노래로, 이하는 이 제목을 빌
려 귀신들의 괴기한 이야기를 노래했다.　　昏 : 어두움.　　畫絃 : 아름다운
장식이 있는 현악기.　　素管 : 장식이 없는 관악기.　　花裙 : 아름다운 무늬

가 있는 치마.　萃蔡 : 옷이 끌리는 소리.　刷風 : 바람에 쓸림.　墜子 : 떨어지는 열매.　狸 : 살쾡이　彩虯 : 벽에 그려진 색깔 있는 虯龍. 규룡은 뿔 있는 새끼 용.　帖 : 붙이다.　雨工 : 비를 관장하는 귀신.　騎入 : 타고 들어간다.　鵩 : 올빼미.　魅 : 도깨비.　碧火 : 푸른 불. 즉 도깨비불.

해설

　이하는 얼마나 불행한 사람이었던가.　유령의 세계를 이렇게 생생하게 그릴 수 있었음은 그가 그들과 몹시 가까운 위치에 있지 않고는 안 될 일! 그는 일상 생활에서, 또 일반 시어로서 별로 쓰이지 않는, 약간 어색할 정도로 이상한 어감을 준다든가, 비정상적인 시각적 효과를 가져올 수 있는 언어를 애써 골랐음이 명백하다. 淺繁·萃蔡·刷風·金帖尾 등! 이 시를 눈으로 주의 깊게 쫓으면서 소리 내어 몇 번만 읽어 보라. 자형(字形)들이 주는 괴기한 인상과, 음조에서 느껴지는 끈적끈적 달라붙어 발이 잘 떨어지지 않는 듯한 지둔(遲鈍)한 운율을 느끼게 될 것이다. 그것이야말로 이 시인이 갖는 감정의 밀도이며 농도인 것이다. 그것만 느낄 수 있다면, 의미야 약간 모르는 것이 있다 하더라도, 이하의 호흡을 느낀 폭이 될 것이다.

　이 시는 인간의 입장에서 귀신을 노래한 것이 아니다. 유령의 세계에 끌려 들어간 사람이, 유령의 처지에서 노래하는, 요기(妖氣)에 찬 찬가인 것이다.

유리잔에 가득히

유리잔에 가득히
호박(琥珀)빛 액체를 따르라.
진주같이 붉은 것 술통에서 철철철 넘쳐 흐르고
용(龍)을 삶고 봉황(鳳凰)을 구우면 기름이 우는데
병풍 치고 장막 드리우니 우리들 마실 자리.
용 울음처럼 피리를 불고
악어 가죽 북을 치자. 둥둥두둥둥.
계집은 흰 이빨 드러내어 노래하고
계집은 가는 허리 하늘하늘 춤을 추라.
봄도 어느덧 기울려 하느니
보라, 붉은 비처럼 붉은 빗방울처럼 지는 복사꽃!
종일토록 마시고 마시고 취하자.
유령(劉伶)에겐들 죽은 다음에야 누가 술을 권하리.

琉璃鍾 琥珀濃 小槽酒滴眞珠紅 烹龍炮鳳玉脂泣 羅屛繡幕圍香風
유리종 호박농 소조주적진주홍 팽룡포봉옥지읍 나병수막위향풍
吹龍笛 擊鼉鼓 皓齒歌 細腰舞 況是靑春日將暮 桃花亂落如紅雨
취용적 격타고 호치가 세요무 황시청춘일장모 도화난락여홍우

346

勸君終日酩酊醉 酒不到劉伶墳上土
권 군 종 일 명 정 취　주 부 도 유 령 분 상 토

琥珀 : 술빛이 붉은 것을 형용한 말. 호박은 일종의 보석으로, 붉은 것도 있
다.　槽 : 술통.　眞珠紅 : 붉게 물들인 진주 같은 술빛. 당시에는 포도주
가 있었다.　烹龍炮鳳 : 용을 삶고 봉황을 굽는 것.　羅屛 : 얇은 비단으로
만든 병풍.　龍笛 : 용의 울음 같은 피리 소리.　鼉鼓 : 자라 가죽으로 만
든 북. 자라가 아니고 악어의 일종이라고도 한다.　皓齒 : 흰 이.　酩酊 :
몸을 가눌 수 없도록 몹시 취함.　劉伶 : 晉의 문인. 죽림칠현의 한 사람. 술
을 좋아하여 일화가 많으며, 술을 찬미한「酒德頌」이라는 글을 썼다.

해설

　원제는「將進酒」. 술 마시는 즐거움을 악부의 형식을 빌려 노래
한 것.

　그에게는 확실히 유미주의적인 면이 있는 것 같다. 이 한 편 속에
담긴 말들은 별이라도 몇 되 퍼다 놓은 것모양 찬란한 광채를 발산
하고 있다. 琉璃·琥珀·眞珠 등의 보석을 비롯해서 龍·鳳·鼉와
같은 진귀한 동물과, 玉·羅·繡·香 같은 수식어들. 몹시 호사스러
우면서 진한 색감을 풍기는 말들이 동원되며, 이런 글자의 자획(字
劃)은 복잡 괴기한 것이 그 특징이다. 이 시를 소리내어 읽어 보면
진주라도 쏟는 듯한 음향과 함께 석쇠에서 고기가 지글지글 타는 냄
새와, 짙은 여인의 체취가 풍겨 온다. 이백의「장진주(將進酒)」가 음

주의 정신적인 즐거움을 나타낸 것이라면, 이것은 육체가 느끼는 향락의 노래다. 濃·紅·泣 같은 말들이 나타내는 것도 다 그러한 향락의 농도다.

신현 (神絃)

무당이 술을 따라 땅에 부으면
먹구름 삽시간에 하늘을 뒤덮고

숯불은 화로에서 꽃처럼 피어 올라
향 타는 내음새 코를 찌른다.

바닷귀신 산귀신
모두모두 모여서

지전(紙錢)을 파닥이며
싸늘한 회오리바람.

금빛 난새(鸞鳥) 춤추는
상사나무 비파 안고

눈썹 찡그리며 외우는 주문(呪文)
타는 한 곡조!

별들도 오라, 귀신도 오라.
술과 떡 지천인데

산도깨비 흠향할 젠
소름이 오싹!

─ 종남산에 지는 해는
서서히 빛을 거둔다.

신은 언제나 있는 것,
이승과 저승 사이.

그 기색 살피어
웃고 울며 사는 무당.

일만 귀졸(鬼卒) 옹위받고, 신은
서서히 사라진다.

女巫澆酒雲滿空　玉爐炭火香鼕鼕　海神山鬼來座中　紙錢窸窣鳴飈風
여 무 요 주 운 만 공　옥 로 탄 화 향 동 동　해 신 산 귀 내 좌 중　지 전 실 솔 명 선 풍
相思木帖金舞鸞　攢蛾一睫重一彈　呼星召鬼歆杯盤　山魅食時人森寒
상 사 목 첩 금 무 란　찬 아 일 삽 중 일 탄　호 성 소 귀 흠 배 반　산 매 식 시 인 삼 한

350

終南日色低平灣　神兮長在有無間　神嗔神喜更師顔　送神萬騎還靑山
종 남 일 색 저 평 만　신 혜 장 재 유 무 간　신 진 신 희 경 사 안　송 신 만 기 환 청 산

주

澆 : 붓는 것.　鼕鼕 : 북소리를 형용한 말. 그러나 여기서는 향이 피어 오르
는 모양인 듯.　紙錢 : 종이로 돈 모양을 만든 것. 귀신을 제사지낼 때 씀.
飇風 : 회오리바람. 旋風.　相思木 : 상사나무로 만든 비파.　帖 : 붙이다.
金舞鸞 : 금빛으로 그린, 鸞의 춤추는 그림.　攢蛾 : 눈썹을 찡그림.　一唼 :
한번 입을 우물거림.　歆 : 흠향. 신이 제물을 받는 것.　山魅 : 산도깨비.
森寒 : 오싹 추운 기운이 드는 것.　終南 : 종남산. 장안에 있음.　平灣 : 산
능선의 완만한 곡선?　兮 : 어조를 맞추기 위해 쓰는 助字.　長 : 항상.
嗔 : 노함.　師顔 : 무당의 얼굴.

해설

　「신현곡(神絃曲)」과 비슷한 내용의 시다. 요즘 시인들이 현대적 감
각을 나타낼 수 있는 새 말을 찾듯, 이하는 자기 세계를 표현하기 위
하여 괴기한 언어를 채굴한다. 글자 모양만 해도 흔히 보지 않던 것,
괴상한 것이 많다. 旋風 또는 飇風이라 하면 될 것을 飇風으로 고집
하는 것만 보아도 알 수 있다. 窸窣·攢蛾·一唼! 그는 이런 말을 비
상한 정열을 가지고 사랑했었나 보다. 음조가 미끈하지 않고 지둔(遲
鈍)한 점도 여전한 그의 수법이라 하겠다. 거기에다 의미를 정확하게
잡을 수 없는 데가 있다. '平灣'도 나로서는 처음 부딪치는 단어이지
만, '香鼕鼕'이란 대체 무엇인가. 어떤 일본 학자는 "향이 피어 오르

고, 북이 울리는 것"이라고 해석했지만, 그것은 무리다. 아무리 그가 괴기한 표현을 좋아했다 하더라도 이렇게 감나무에 대를 접(椄)하는 우거(愚擧)를 범하지는 않았을 것이다. 물론 '鼕鼕'이란 말은 북소리의 형용으로 쓰이는 문자이지만, 여기서는 향 냄새를 말한 것이라고 보아야 할 것이다. 그 당시 속어에라도 있었던 것인지도 모른다. 그는 얼른 보아서는 전연 관계가 없어 보이는 형용을 좋아하여 비파 소리를 '棖棖'이라고 한 예도 있다.

싸움터를 지나다가

옻처럼 검은 점, 흰 것은 뼛가루.
거기에 아 단사(丹沙)같이 붉은 빛.

흥건히 흐른 피, 옛날의 피가
이것은 쇳조각에 그려 놓은 꽃?

깃도 전죽(箭竹)도 세월에 삼키우고
오직 남은 살촉이여, 늑대의 이빨 같은.

말을 몰아 가노라면
싸움터에 비는 내리고

역을 끼고 동으로 벗어나니
잡초의 돌밭.

바람 일고 해는 져 별도 드문데
검은 깃발이뇨, 먹구름 하늘을 덮네.

여기저기 백골들
울음 슬프니

구르는 것 깨어진 사기 조각에
양(羊)이라도 구워 놓고 달래어 볼까.

벌레도 기러기도 소리 죽이고
갈대 이파리도 붉게 타는 이 한밤.

회오리바람 도깨비불
나를 휘모네.

울면서 주운 살촉
옛날의 살촉

부러진 이 끝으로 어느 병사가
그 누구의 가슴을 찔렀으리라.

성(城)에 오니, 말 타고
지나던 젊은이는

광우리하고라도
바꾸어 버리라고.

漆灰骨末丹水沙	淒淒古血生銅花	白翎金簳雨中盡	直餘三脊殘狼牙
칠회골말단수사	처처고혈생동화	백령금간우중진	직여삼척잔랑아
我尋平原乘雨馬	驛東石田蒿塢下	風長日短星蕭蕭	黑旗雲濕懸空夜
아심평원승우마	역동석전호오하	풍장일단성소소	흑기운습현공야
左魂右魄啼肌瘦	酪瓶倒盡將羊炙	蟲棲雁病蘆筍紅	廻風送客吹陰火
좌혼우백제기수	낙병도진장양자	충서안병노순홍	회풍송객취음화
訪古汍瀾收斷鏃	折鋒赤璺曾刲肉	南陌東城馬上兒	勸我將金換簝竹
방고환란수단촉	절봉적문증규육	남맥동성마상아	권아장금환요죽

주

漆灰 : 옻의 검은 재.　骨末 : 백골 가루.　丹水沙 : 丹沙. 광물 이름.　淒淒 : 피가 흐르는 모양.　銅花 : 동으로 된 살촉이 얼룩덜룩해진 것.　白翎 : 새의 흰 깃.　金簳 : 쇠처럼 강한 화살의 대.　三脊 : 三角錐 모양의 화살촉.　狼牙 : 늑대 이빨. 무기의 날카로움을 형용한 것.　雨馬 : 빗속을 타고 가는 말.　驛東 : 長平驛의 동쪽.　蒿塢 : 쑥이 우거진 언덕.　蕭蕭 : 쓸쓸한 모양.　左魂右魄 : 좌우에 웅성대는 혼백들.　啼肌瘦 : 白骨에서 운다.　酪瓶 : 젓을 담은 병.　將 : 권함.　羊炙 : 양을 구운 것.　蘆筍 : 갈대 싹.　廻風 : 회오리바람.　陰火 : 도깨비불.　汍瀾 : 눈물이 흐르는 모양.　斷鏃 : 잘린 살촉.　折鋒 : 화살촉의 부러진 끝.　赤璺 : 붉은 금.　刲 : 찌른다. 벤다.　簝竹 : 未詳. 대로 엮은 광주리? 簝는 제사 때, 고기를 담는 대그릇.

해설

원제는 「長平箭頭歌」. 장평(長平)은 진(秦)의 장군 백기(白起)가 조군(趙軍) 40만을 묻어 죽인 싸움터다. 지금의 산서성(山西省) 고평현(高平縣)인 이곳을 이하가 지나간 것은 원화(元和) 9년(814)이라고 한다. '전두(箭頭)'란 화살촉이니 그곳을 가다가 우연히 주웠던 모양이다. 그 쇠붙이는 녹슬어서 검은 빛, 흰 빛, 붉은 빛이 어둡게 엉기어 있어서, 아마도 옛날의 어느 병사가 흘린 피나 아닐까 하는 생각을 가지게 했던 것이다 그 화살촉의 짙고 어두운 색채처럼, 시도 암담하고 빽빽하다. 숨 돌릴 여유를 안 준다. 이것은 유동하는 슬픔이 아니라, 응고해 버린 비애다. 이런 짙은 감정을 나타내기 위해, 어떻게 언어를 다루었는지는 앞에서도 누차 언급했으므로 다시 말하지 않겠다. 다만, 그가 고의로 표현만을 기괴하게 한 것이 아니라는 것, 그의 시상을 나타내기 위해서는 그런 언어가 필요했다는 점만은 확실히 해 두어야겠다. 한유(韓愈)가 평범한 감각의 소유자이면서 표현만을 괴상하게 하려고 든 것과는 달리, 이것은 이하의 내심에서 우러나온 것이며, 그의 심리 세계의 어둡고 괴기한 상황을 그대로 반영하는 성질의 말인 것이다.

이하 (791~817)

어느 시인보다도 먼저 소개하고 싶은 것이 이하다. 그는 병적인
시인이다. 그러나 우리도 또한 건전하지는 못한 것이다. 그는 나이
스물에 마음은 이미 늙어 있었고(二十心已朽), 제 머리가 온통 희어진
꿈을 꾸고 꿈 속에서도 울었었다(夢泣生白頭). 그는 현실과 환각을 같
이 보았으며, 인간계의 주민이자 저승의 국적도 가지고 있었다. 그의
노래는 깊이 모르는 어둠에서 들려 온다. 그의 노래는 요기(妖氣)가
후광을 이룬다. 그의 노래는 어둠을 태우는 귀화(鬼火)와도 같다. 따
라서 그의 노래는 이 세상의 법칙을 무시한다. 거기에는 시간의 개
념이 없다. 아침인가 하면 달밤이었고, 밤중인가 하면 대낮이기도 하
다. 과거가 현재 다음에 오고, 미래가 과거보다 멀리 지나가 버린다.
살아 있으면서, 동시에 죽어 있어서, 그는 무덤 속에 누워 포조(鮑照)
의 시를 읊는다.

거기에는 공간의 질서가 없다. 방안이 그대로 뜰이 되고, 그것이
어느덧 무덤이 된다. 횡당(橫塘)이 대제(大堤)가 된다고 무엇이 이상
하랴. 이승이 바로 저승이기도 한 것을.

"나이 마흔이면 귀신을 보는 나이"라고 서정주 씨가 노래했지만,
이하는 스물 일곱에 죽을 때까지 언제나 유령과 같이 살았다. 그에
게는 신(神)이 없었다. 미남이며 냉엄하며 독재적인 신이 ─. 그리하
여 그는 귀신이나 도깨비하고 벗할 수밖에 없었다. 그들과 같지 않
고 어찌 그들의 벗일 수 있으랴. 그러므로 그는 귀신 자체였다. 적어

도 어느 정도는.

그리하여 그의 시에는 귀기가 서리게 되었다. 그리하여 그는 시간과 공간의 체계를 파괴하였다. 앞에서 말한 것처럼.

그의 언어는 천길 분화구 속에서 캐낸 광석이다. 그것은 어둡고 짙고 차갑고, 독특하게 아름답다. 망치로 치면 쩽(!) 하고 금속성 소리가 난다. 그는 그 광석을 거북살스럽게 깨기도 하고, 무리하게 포개어 놓고 두들겨 맞추기도 한다. 그의 언어의 계열은 탑을 이룬다. 하나하나의 돌은 비명을 지르고 있지만 전체적으로는 어엿한 탑이다. 그의 시는 바다도 닮았다. 보고 있느라면 늘 제자리에 있는 것 같으면서 사실은 무서운 속도로 흐르고 있다.

각설(却說). 그가 유령을 인정했다는 것은 이 세상을 지배하는 악의의 존재를 믿었다는 말이 되지나 않을까. 운명의 악한 의지가 우리를 괴롭히고 들볶고 있다는 뜻이 안 될까. 이를테면 그의 아버지의 이름이 이진숙(李晉肅)이었다는 우연이, 얼마나 그에게 타격을 주었던가. 그 이름에 낀 '진(晉)'이 진사(進士)의 '진(進)'과 음이 같으니까 그는 진사(進士)가 될 수 없다는 궤변으로…… 한유가 항의해 보았으나 소용이 없었다. 임금이나 아버지의 휘(諱)를 꺼리어 부르지 않던 미속(美俗)은 그의 벼슬길을 영영 막아 놓았다. 봉예랑(奉禮郎)이라는 말직을 얻었던 적도 있기는 했으나, 얼마 안 가 스스로 물러났다. 그리하여 비애와 실의 속에 짧은 생애를 마쳤다. 그가 우연에게서 치명적인 상처를 입었던 만큼 그는 우연에게 복수해야 했다. 악의의 눈초리를 그에게서 떼지 않는 우연에 대하여…….

그리하여 그는 그 원수를 사랑하기로 했다. 그 괴물, 그 유령, 그 악의를! "원수를 사랑하라." 그렇다. 원수에게 복수하는 방법으로 이보다 나은 것이 어디 있겠는가. 우연에 의하여 병이 든 사람들, 운명에 의하여 악의 구렁에 빠진 사람들은 다 그의 형제가 되었다. 그가 창녀를 노래할 때 얼마나 정열을 다했으며, 얼마나 육감적인 언어를 동원하는 데 열중했던가를 보라.

이하! 동양의 밤하늘에 나타났던 혜성. 귀화(鬼火)처럼 요기를 발했고, 동물처럼 괴로워했던 사람. 악에 복수하려다가 악에 의해 복수당한 희생자. 일천백년 전에 남긴 그의 광망(光芒)은 지금도 선혈이 임리(淋漓)하구나!

사랑이 싹틀 때

이상은(李商隱)

사랑이 싹틀 때

　　　　　　　－ 이상은

여덟 살 때.
거울을 몰래 들여다보고
눈썹을 길게 그렸지요.

열 살 때.
나물 캐러 다니는 게 좋았어요.
연꽃 수놓은 치마를 입고.

열두 살 때.
거문고를 배웠어요.
은갑(銀甲)을 손에서 빼지 않았죠.

열네 살 때.
곧잘 부모 뒤에 숨었어요.
남자들이 왜 그런지 부끄러워서.

열다섯 살 때.

봄이 까닭없이 슬펐어요.

그래서 그넷줄 잡은 채 얼굴 돌려 울었지요.

八歲偸照鏡 長眉已能畵 十歲去踏靑 芙蓉作裙衩 十二學彈箏
팔세투조경　장미이능화　십세거답청　부용작군차　십이학탄쟁
銀甲不曾卸 十四藏六親 懸知猶未嫁 十五泣春風 背面鞦韆下
은갑부증사　십사장육친　현지유미가　십오읍춘풍　배면추천하

주

偸 : 몰래.　　長眉 : 눈썹을 길게 그리는 것.　　踏靑 : 나물을 뜯는 것.　　芙
蓉 : 蓮의 다른 이름.　　裙衩 : 치마.　　彈箏 : 箏을 타는 것. 箏은 絃이 열셋
인 악기. 시 번역에는 거문고로 해 두었다.　　銀甲 : 거문고를 뜯을 때 손가
락에 끼는 골무. 사슴뼈로 되어 있다.　　曾卸 : 손에서 빼는 것.　　藏六親 :
가족 뒤에 숨은 것. 六親은 부모 형제 처자를 말하는데, 여기서는 가까운 친
척을 가리킨 것.　　懸知 : 남이 꼭 알고 있을 듯하다.　　背面 : 얼굴을 돌림.
鞦韆 : 그네.

해설

　원제는 「無題」. 이상은은 대부분의 애정시에 '無題'라는 제목을
붙이는 버릇이 있다.

　나이 차례로 시를 써가는 수법은 전례가 없는 바 아니나, 이상은

은 이것을 교묘하게 써서 염염(艶艶)한 정서를 나타내는 데에 성공했다. 중국의 모든 정형(定型)이 다 입체적인 구성을 요구하고 있는데, 이렇게 나열하고 보면 평면적이 안 되려고 해도 안 될 수 없을 것이다. 그럼에도 불구하고 이 시가 허술해 보이지 않는 것은 나이 차례로 늘어놓았다고는 해도 소녀다운 정서가 자꾸 겹치고 있기 때문이 아닐지? 그렇다면 이 시는 평면적인 것같으면서도, 더 높은 차원에서 긴밀한 짜임새를 이루고 있다고도 할 수 있을 것이다. 언어에서 照鏡·長眉…와 같이 여성과 관계 깊은 말로 전편이 채워져 있는 점노 이 시를 성공시키는 데 큰 역힐을 하고 있옴이 명백하다. 이 시가 얼마나 현대와 가까운가 하는 점을 살피기 위해, 프랑스의 슈느비에르(Georges Chennevière, 1884~1927)의 작품을 읽어 보자. 다음은 박남수(朴南樹) 씨가 옮긴 「판박이」의 일부.

비가 온다. 또 비가.
장작 좀 지펴요, 난로에.
대관절 몇 시나 됐소?
한시.

아무도 안 올 테지,
햇빛조차도.
몇 시라구요?
두시.

계단에 발자국 소리,
우린 층계를 올라간다.
벽장시계가 친다.
세시.

핸들 오르간 소리가
제법 마음을 뒤흔드는군.
아아 '아름답고 푸른 다뉴브강'
네시.

눈물

눈물은 궁중에 갇힌
사랑 잃은 나인(內人)에 의해 뿌려지고

눈물은 강가에서
임 실은 배를 보낸 여인(女人)에 의해 뿌려지고

눈물은 상강(湘江)에서
임을 잃은 아황(娥皇)에 의해 대(竹)에 뿌려지고

눈물은 현수비(峴首碑) 앞에서
어진 백성들에 의해 뿌려지고.

눈물은 사막으로 끌려 간
가인(佳人)에 의해 뿌려지고

눈물은 싸움 패한 장막(帳幕)에서
영웅에 의해 뿌려지고

그러나, 오늘 아침
다릿가에 귀인(貴人) 보내고

홀로 처진 서생(書生)의 눈물
그만은 못하리.

永巷長年怨綺羅 離情終日思風波 湘江竹上痕無限 峴首碑前灑幾多
영항장년원기라 이정종일사풍파 상강죽상흔무한 현수비전쇄기다
人去紫臺秋入塞 兵殘楚帳夜聞歌 朝來灞水橋邊問 未抵靑袍送玉珂
인거자대추입새 병잔초장야문가 조래파수교변문 미저청포송옥가

주

永巷 : 죄 있는 궁녀를 가두는, 후궁에 있는 유치장.　綺羅 : 무늬 있는 비단
과 얇은 비단. 아름다운 의상.　湘江竹 : 娥皇·女英은 堯의 딸이요 舜의 왕
비인데, 舜이 남쪽을 순시할 때, 그의 뒤를 따라 湘江에 와서, 이미 舜이 蒼
梧에서 죽었다는 말을 듣고 눈물을 흘리니 斑竹의 얼룩이는 그 눈물 흔적이
라고 한다. 그 둘은 湘江에 투신하여 죽어서, 湘君·湘夫人이라 불린다.
峴首碑 : 西晉의 羊祜(양호)는 襄陽을 다스려 깊이 民心을 얻었다. 그가 죽자
백성들은 峴山에 비석을 세웠는데, 그 비석을 바라보고 눈물을 흘리지 않는
사람이 없었으므로 杜豫가 이름지어 墮淚碑라 하였다.　人去紫臺 : 漢의 元
帝 때 흉노가 공주와 통혼하기를 요구했다. 漢에서는 궁녀의 초상화를 심사
하여 王昭君을 보내기로 했다. 막상 떠날 때 보니 절세의 미인인지라 황제는
후회하였으나 어쩔 수 없었다. 뇌물을 안 주는 것을 원망하여, 화가가 그녀
의 초상을 밉게 그렸기 때문에 뽑힌 것이었다. '紫臺'는 漢의 궁전.　夜聞

366

歌 : 垓下(해하)에서 劉邦과 싸워 패한 項羽는 자다가 사방에서 楚歌(자기 고향의 민요)가 들리므로 놀랐다. 그의 부하가 다 적에 투항하여 그 편이 된 것이었다.　　朝來 : 아침에. '來'는 助字.　　灞水 : 長安을 거쳐 渭水로 들어가는 물.　　未抵 : 미치지 못한다.　　青袍 : 서생이나 하급관리의 옷.　　玉珂 : 말 굴레에 다는 옥으로 만든 장식. 귀인을 말함.

해설

　원제는 「淚」. 이 세상 눈물의 양상을 가지가지 열거하고, 그러한 눈물들이 돌보아 주던 귀인과 작별한 자기의 눈물만큼은 절실한 것이 못 된다고 하였다. 이것 역시 전통적인 시법(詩法)을 의식적으로 깨뜨린 것으로, 처음 6행이 기(起) · 승(承)의 구실을 하고, 마지막 2행이 전(轉) · 결(結)을 이룬 것이라고 할 수 있을 것이다. 행마다 한 가지 고사를 다루었으되 어색함이 없는 것은 그의 수사가 풍성하고 아름답기 때문이다.

달 같은 부채로도

얇기도 얇은지고.
임께 받은 봉미라(鳳尾羅)로

벽문원정(碧文圓頂)을
밤 새워 기웠거니

달 같은 부채로도
여윈 얼굴 못 가리리.

뇌성인 양 수레 몰아
오셔야 할 임이여!

촛불 꺼지고 외로움에 울던 일
한두 번 아니어니

누구 위해 석류(石榴)처럼 붉은
이 치마 빛깔이뇨.

수양버들에 매어 둔
얼룩말 타고

어디 계시뇨, 서남풍 되어
임을 따르리.

鳳尾香羅薄幾重	碧文圓頂夜深縫	扇裁月魄羞難掩	車走雷聲語未通
봉미향라박기중	벽문원정야심봉	선재월백수난엄	거주뇌성어미통
曾是寂寥金燼暗	斷無消息石榴紅	斑騅只繫垂楊岸	何處西南待好風
증시적료금신암	단무소식석류홍	반추지계수양안	하처서남대호풍

주

鳳尾羅 : 봉황 무늬가 있는 엷은 비단.   碧文圓頂 : 결혼식에 쓰는 텐트. 그
속에서 交拜의 儀式을 올렸다.   扇裁月魄 : 부채를 달 모양으로 만드는 것.
漢 成帝의 궁녀 班婕妤(반첩여)가 사랑을 잃고 지은 노래에 「合爲合歡扇 團
團似明月」이라는 것이 있다. 月魄은 달의 그늘지는 부분.   羞難掩 : 여읜
얼굴을 가릴 수 없음이 부끄럽다. 東晉의 가요에 비슷한 표현이 있다. 중국
에서는 혼례 때 侍童이 부채로 색시의 얼굴을 가린다.   雷聲 : 수레가 가는
소리를 형용한 것.   語未通 : 수레가 소리를 내고 지나가지만, 임이 오시는
소리는 아니라는 뜻.   金燼 : 화려한 초가 타다 남은 그루터기.   石榴 : 술
의 이름으로도 볼 수 있으나 치마 빛깔로 다루었다. 石榴는 柘榴와 같음.   斑
騅 : 얼룩말.   西南風 : 曹植의 시에 "서남풍이 되어 임의 품에 들어가겠다"
는 것이 있다.   待好風 : 좋은 소식 오기를 기다림.

원제는 「無題」.

결혼 준비를 해놓고 소식 없는 임을 초조하게 기다리는 여성의 심리. 자기의 불우함을 이에 의탁한 것이라는 설도 있으나, 설사 그렇다 하더라도 표현된 것은 여성의 원정(怨情)이니까 그것을 감상하면 될 것이다. 여성의 세계를 그리는 그의 언어가 얼마나 염염(艶艶)하고 다채로운가를 보라. 鳳尾香羅·碧文圓頂·扇裁月魄·金燼暗·石榴紅! 마치 신부의 방에서 느끼는 것과 같은 여성의 체취를 풍기는 말들이다. 거기다가 한 마디 한 마디가 다 고사의 배경을 갖는 간접적인 표현이어서, 전체가 달빛에 싸인 듯 몽롱한 분위기를 자아낸다.

홀로 새우는 밤

오겠다 하시더니
소식 끊이고

다락에 달 기울어
오경(五更) 종소리.

꿈에야 울면서
부르지도 못하는 것

재촉받아 편지 써도
먹물 녹아야…….

촛불은 비취 장막
반쯤 비치고

사향 내음 풍기니
홀로 덮는 부용금(芙蓉衾).

봉래(蓬萊)처럼 먼
우리라 하시더니

만 개 봉래나
겹친 듯싶구려.

來是空言去絶蹤	月斜樓上五更鐘	夢爲遠別啼難喚	書被催成墨未濃
내 시 공 언 거 절 종	월 사 누 상 오 경 종	몽 위 원 별 제 난 환	서 피 최 성 묵 미 농
蠟照半籠金翡翠	麝熏微度繡芙蓉	劉郎已恨蓬山遠	更隔蓬山一萬重
납 조 반 롱 금 비 취	사 훈 미 도 수 부 용	유 랑 이 한 봉 산 원	갱 격 봉 산 일 만 중

주

空言 : 거짓말.　　絶蹤 : 자취를 끊는다. 오지 않는다.　　喚 : 소리내어 부른다.　　書被催成 : 편지 쓸 것을 재촉받아서.　　墨未濃 : 먹물이 얼어붙어서 아직 녹지 않았음을 이름. 새벽 종소리와 함께 떠나는 사람이 있어서 그 편에 보내려고 편지를 쓰고자 하는 것. 梁의 劉孝威의 「冬曉」라는 시를 인용한 것인 듯하다. "妾家洛陽邊 慣知曉鐘聲 鐘聲猶未盡 漢使應報行 天寒硯水凍 心悲書不成"(나는 낙양 근처에 살아서 새벽 종소리를 익히 안다. 종소리 끊이지도 않아서 使者는 떠난다고 말한다. 날씨가 추워 벼룻물 얼었으매 편지를 속히 쓸 수 없어 슬프다.)　　蠟 : 촛불.　　半籠 : 반쯤 채운다.　　金翡翠 : 금칠한 비취 무늬 있는 장막.　　麝熏 : 사향노루의 香囊을 말려 만든 향료의 냄새. 繡芙蓉 : 연꽃을 수놓은 이불.　　劉郎 : 漢武帝를 이하가 '茂陵劉郎秋風客'이라 한 데서 나온 말. 情夫를 말함.　　蓬山 : 三神山의 하나인 蓬萊山. 武帝는 신선이 되고자 했다. 여기서는 애인 사이의 거리.

원제는 「無題」

안 오는 애인을 생각하며 홀로 밤을 새우는 여인의 육감적인 한숨 소리가 들리는 듯하다. 마치 유화와도 같이 짙고 몽롱한 언어. 언어의 기능을 배가(倍加)하고자 하는 표현주의가 우리에게 보여 주는 상징의 숲 속에서, 그것이 미로임을 시인에게 항의해야 할 것이가. 그가 박식을 짓이겨 시를 쓰는 딜레탕티슴에 서 있던 것도 사실이고, 거기서 의식적인 몽롱이 빚어지기도 하려니와, 원색에 가까운 짙은 색채감이 나는 말을 즐겨 쓴 깃은 육김적인 김징을 실리는 데 큰 구실을 하고 있는 듯하다. 墨·濃·蠟·籠·翡翠·麝熏·繡芙蓉 등. 이런 언어를 그는 선배 시인 이하에게서 배웠던가.

곡강 (曲江)

연(輦) 타고 납심을
다시는 못 보고

밤중이면 귀신들 울음 소리
애를 끊나니

어여쁜 이 실은 덩은
돌아오지 않고

전각(殿閣)을 안고 출렁이는
곡강(曲江)의 흐름이여.

화정(華亭)의 학 울음을 그리워하며
아, 죽어 간 이들!

나랏일 근심하여
몇 사람이 동타(銅駝)에 울었노.

이리 하늘땅 무너져 내려
마음 아파도

가신 임 슬퍼하는 정에야
어이 비기리.

望斷平時翠輦過 空聞子夜鬼悲歌 金輿不返傾城色 玉殿猶分下苑波
망 단 평 시 취 련 과　공 문 자 야 귀 비 가　금 여 불 반 경 성 색　옥 전 유 분 하 원 파
死憶華亭聞唳鶴 老憂王室泣銅駝 天荒地變心雖折 若比傷春意未多
사 억 화 정 문 여 학　노 우 왕 실 읍 동 타　천 황 지 변 심 수 절　약 비 상 춘 의 미 다

주

曲江 : 長安 남쪽 교외에 있는 유원지. 玄宗·文宗은 각각 楊貴妃·楊賢妃를
데리고 자주 여기서 놀았다.　　望斷 : 볼 수 없게 됐다.　　翠輦 : 황제나 황
후가 타는 수레. '翠'는 수식어.　　子夜 : 밤중이라는 뜻 외에, 「子夜歌」를 의
미할 수도 있는데, 여기서는 이 두 뜻을 겸하고 있는 듯하다. 남북조 시대에
吳의 子夜라는 여인이 노래를 지었는데 대단히 애절했다. 후세에 그의 亡靈
이 나타나 이 노래를 부른 적이 있었다.　　金輿 : 황제가 타는 수레.　　傾城
色 : 絶色. 傾國之色. 이백의 「청평조사」 참조.　　下苑 : 『漢書』 元帝紀에 이
말이 나오는데, 顔師古의 주에 의하면 곡강을 가리킨다고 한다.　　華亭唳
鶴 : 陸機는 吳가 망한 후, 華亭이라는 계곡에 은거하고 있었는데, 晉의 부름
을 받아 장군이 되었다가 남의 중상으로 죽음을 당했다. 죽을 때, "華亭의 학
울음 소리를 다시 못 듣겠구나." 하고 탄식하였다.　　泣銅駝 : 西晉 索靖의
이야기. 낙양 왕궁 앞 십자로에 청동으로 만든 낙타의 상이 마주 대하여 세

워져 있었다. 索靖은 세상의 혼란을 미리 짐작하고 "얼마 안 있어서 너를 폐허 속에 보게 되리라." 했다. 아닌게아니라 五胡의 침입이 있어서 낙양은 폐허가 되었다. 앞의 華亭唳鶴과 이것은 다 개인과 얽힌 고사지만, 번역에서 복수로 한 것은 그것이 비슷한 운명을 지녔던 여러 사람을 대표하는 것이라고고 생각했기 때문이다.   傷春 : 楊賢妃의 죽음을 슬퍼함.

해설

당(唐)의 문종(文宗)은 양현비(楊賢妃)를 데리고 자주 곡강(曲江)에 와서 놀았다. 그러나 감로지변(甘露之變, 835)이 일어난 후론 행차가 끊어졌고, 더욱 그가 죽자 양현비도 죽음을 당하여 곡강 옆에 묻혔다. 처음 4행은 이것을 나열식 수법으로 노래한 것이리라. 보통 이렇게 되면 그와 같은 내용이 계속되는 것이 상례이건만, 육기(陸機)와 색정(索靖)의 고사로 다음 2구를 채워 버렸다. 이런 점으로 보면 그가 재래(在來)의 시형(詩型)에 대한 반역이었음이 명백하다. 끝 구에 오면 더욱 우리는 뜻밖의 것에 부딪히게 된다. 천지가 뒤집힌다 해도 양현비 같은 미인의 죽음을 슬퍼하는 정에는 못 미친다는. 여기에는 확실히 가치의식의 전도가 행해지고 있다. 국가의 운명보다 한 미녀의 그것이 더 무겁다는 생각은 그 때까지 유교 국가인 중국에서 아무도 가져 보지 못했을 것이다. 그것을 이상은은 명확한 의식 밑에 단호히 선언한 것이다.

대체로 한 문화가 완성되면 반동이 온다. 당이 건국된 지도 어느덧 200년, 중국 시가 정점에 도달한 것도 한 세기 전의 일이다. 문화

는 난숙에서 퇴폐에의 길을 걷고 있었으며, 이상은은 세기말의 지식
인답게 기성가치에 대하여 저항하고 싶었을 것이다. 선배들이 금기
시하던 남녀의 애정에 최고의 의의를 부여하며 우리 시인은 득의만
면했으리라. 서구의 인텔리들이 니체 이래 기독교적 전통을 부정하
는 데 얼마나 용기를 발휘하고 있는가 생각하면, 이상은의 태도에도
약간은 이해가 갈 것이다.

사랑은 꿈같이

남기고 간 금슬(錦瑟)은
줄도 많아 오십 현(五十絃)

한 현(絃) 한 과(棵)에 얽힌
지난날이여!

장주(莊周)는 나비 되어
꿈을 헤매고

망제(望帝)의 한(恨)을 우는
두견새 울음.

달 밝은 바닷가에서
진주(眞珠), 눈물 흘리고

남전(藍田)의 어느 따스한 날
구슬은 연기 되어 흩어지다.

꿈처럼 잡을 수 없는 이 마음
오늘 일 아니니

이미 그 당시에도
꿈인가 여겼도다.

錦瑟無端五十絃 一絃一柱思華年 莊生曉夢迷蝴蝶 望帝春心托杜鵑
금 슬 무 단 오 십 현　일 현 일 주 사 화 년　장 생 효 몽 미 호 접　망 제 춘 심 탁 두 견

滄海月明珠有淚 藍田日暖玉生烟 此情可待成追憶 只是當時已惘然
창 해 월 명 주 유 루　남 전 일 난 옥 생 연　차 정 가 대 성 추 억　지 시 당 시 이 망 연

　주

錦瑟 : 비단 같은 무늬가 있는 瑟. 瑟은 비파 비슷한 악기.　　無端 : 까닭도
없이.　　五十絃 : 瑟은 23현이나 25현이 원칙이다. 옛날 복희씨가 素女라는
궁녀로 하여금 뜯게 할 때에는 50현이 있었다. 복희씨는 그 소리가 너무 슬
프다 하여 반으로 쪼개서 현재같이 만들었다는 이야기가 『사기』, 『한서』에
나온다.　　柱 : 현이 걸려 있는 기둥 같은 막대기. 楪.　　華年 : 청춘. 사랑에
불타던 좋은 시절.　　莊生 : 장자. 이름은 周.　　迷蝴蝶 : 『장자』 齊物篇에 나
오는 우화. 장자는 나비가 되어 날아다니는 꿈을 꾸었는데, 깨어 보니 장자
였다. 장자가 나비를 꿈꾼 것인가, 나비가 장자를 꿈꾸고 있는 것인가 모르
겠다는 이야기. 蝴蝶夢이라고도 한다.　　望帝·杜鵑 : 蜀의 전설 시대의 왕.
왕위에서 쫓겨나 西山에 살다가 죽자, 전에 보지 못하던 새가 나타나 슬피
우는지라, 그 새 즉 두견을 望帝의 혼의 화신이라고 사람들은 여겼다.　　月
明珠有淚 : 달이 차면 진주가 온전해지고, 달이 기울면 진주도 이지러진다는

말이 있어, 달과 진주는 인연이 깊다. 또 어떤 사람이 인어의 궁전에 갔다가 寶玉을 얻어 가지고 왔는데, 그 보옥은 인어의 눈물이 結晶한 것이라는 이야기가 六朝의 소설 「別國洞冥記」에 나온다.　　藍田 : 선녀 서왕모가 살던 玉山이라고도 부르는 가공의 산. 섬서성 藍田縣에 藍田山이 있어서 美玉이 나기도 한다. 여기서는 양쪽에 걸쳐서 쓴 말일 것이다.　　玉生烟 : 吳王 夫差의 공주 紫玉은 侍僕인 韓重을 사랑했으나 父王은 그들의 결혼을 허락하지 않았다. 紫玉이 애태우다 죽은 뒤 어느 날, 왕은 머리를 빗다가 뜰에 紫玉이 광채를 발하는 것을 발견했다. 왕비가 달려가 안았더니, 구슬은 연기가 되어 흩어졌다. 이것은 「錄異傳」에 나오는 이야기다.　　可待 : 기다릴 것이랴. '可'는 反語 처음에 오는 助詞.　　惘然 : 茫然自失. 걷잡을 수 없음. 어찌할 바를 모름.

해설

　원제는 「錦瑟」. 죽은 아내의 유물(遺物)인 금(瑟)을 보고, 찬란하고도 슬픈 추억을 되새긴 것이리라. 그대로 '瑟'이라 하지 않고 '錦瑟'을 고집한 데는 무슨 까닭이 있었으리라. 사이좋은 부부를 금슬(琴瑟)이라 하니까, 사랑이 반조각났다는 것, 한쪽만이 남아서 지난날을 그리워한다는 뜻을 이 말로 암시하고 싶던 것인가.

　어느 구나 고사로 묻혀 있어서 달밤에 보는 꽃같이도 몽롱하다. '五十絃'이라는 말조차 그렇다. 현실적으로는 23현 25현일 텐데 그리 말한 데는 까닭이 있을지도 모른다. 주에서 설명했듯, 복희씨가 50현의 슬이 연주하는 소리가 너무 슬픈 것을 듣고, 반으로 쪼개 버렸다는 전설이 있고 보니, 자기의 깨어진 사랑을 은근히 상징한 것은 아닐지? 장주의 꿈은 인생의 일면을 나타내고 있는 것이니까 작자의 심경과 관련된다고 치자. 망제(望帝)의 한을 두견새가 울어 준다는 것은 무슨 뜻일까. 그 새의 울음을 들으며 애태우고 있는 것인가. 죽은 아내의 한을 두견새가 울고 있다는 말인가. 아내의 한을 자기가 두견새처럼 운다는 것인가. 그렇지 않으면 죽은 아내가 그녀의 한을 슬에 의탁해 놓았다는 뜻인가. 이 밖에도 무수한 해석을 예상할 수 있다. 이처럼 몽롱하게 표현할 수밖에 없었다는 것은, 그의 의식 자체가 몽롱한 상황 속에 있었다는 말은 되지 않을까. 합리주의 속에 산 성당(盛唐)의 시인과는 날리, 그는 세기말의 시인답게 비합리적인 심리 속에 살았던 것인가. 끝 구에서 말했듯, 이 감정이 현재에 비롯한 것이 아니고, 서로 사랑하고 있던 그 당시에도 이미 걷잡을 수 없었고, 애매했고, 명확지 못했다고 하면, 그는 확실히 복잡한 정신의 소유자라 해야 되겠다. 사랑하는 사람을 분명히 옆에 놓고도, 또 서로 사랑하고 있음이 확실하면서도, 그 사랑을 불안의 눈으로밖에 바라보지 못했다면, 그의 마음 깊은 밑바닥에는 허무의 심연이 입을 벌리고 있는 것인지도 모른다.

누에는 죽기까지

어렵게 만난 사이
헤어지고 또 애태우노니

시들어 떨어지는 꽃이야
아, 봄바람인들 어이하리.

누에는 죽기까지
실을 뽑고

재 되어서야 마르는
초(燭)의 눈물이여!

아침이면 거울 앞에
머리 빗으며 한숨 쉬시는가.

잠 못 이루어 시 읊으며 거닐면
달빛이 차리.

봉래산은 여기서
멀지도 않거니

파랑새야, 나를 위해
가 보고 오라.

相見時難別亦難 東風無力百花殘 春蠶到死絲方盡 蠟炬成灰淚始乾
상 견 시 난 별 역 난 동 풍 무 력 백 화 잔 춘 잠 도 사 사 방 진 납 거 성 회 누 시 간
曉鏡但愁雲鬢改 夜吟應覺月光寒 蓬山此去無多路 靑鳥殷勤爲探看
효 경 단 수 운 빈 개 야 음 응 각 월 광 한 봉 산 차 거 무 다 로 청 조 은 근 위 탐 간

　주

東風 : 봄바람.　殘 : 시들어 떨어짐.　方 : 그 때에야 처음으로.　蠟炬 : 초.
乾 : '마른다'는 뜻일 때의 音은 '간'.　雲鬢 : 미인의 검은 머리.　蓬山 :
신선이 사는 봉래산.　多路 : 길이 먼 것.　靑鳥 : 仙界와 연락을 하는 새.
漢武帝가 칠월 칠일에 궁중에서 목욕을 하고 있는데 파랑새가 서쪽에서 날
아왔다. 박식한 문인 동방삭에게 물으니, 그것은 선녀 서왕모의 사자라고 했
다. 아닌게아니라 조금 있으니까 서왕모가 나타났다. 「漢武故事」와 「漢武帝
內傳」에 나오는 이야기.　探看 : 잘 찾아 보는 것.

　해설

　원제는 「無題」. 남자 입장에서 이루어지지 않는 사랑을 노래한

것.

이상은의 시에는 일관성이 없다. 과거와 미래가 뒤섞인다든가, 주관적으로 나가다가 객관적으로 번복한다든가……. 이 시의 첫 줄에서는, 헤어져 있기도 어렵구나 해 놓고, 다음에 계속해서 등장하는 것은 시들어 떨어지는 꽃이다. 물론 이 풍경을 통해서 그가 무엇을 말하고자 했는지 이해는 간다. 그러나 거기에 시상(詩想)의 돌연한 단절과 예기하지 않은 비약이 있음은 부정할 수 없다.

우리는 논리화한 것, 합리화된 것을 요구하는 버릇이 있다. 주관과 객관을 나누고 과거, 현재, 미래를 따지려 든다. 하지만 우리의 의식 자체가 반드시 이렇게 합리적으로 되어 있지는 않을 것이다. 길에서 지나치는 미지의 타인에게 돌연한 애정이나 증오를 느낄 수 있는 것이 우리 아닌가. 의식은 도리어 걷잡을 수 없는 혼돈한 것인지도 모른다. 적어도 그러한 일면이 분명히 존재하고 있을 것이다. 이상은의 시가 갖는 의식적인 무질서를 그가 자기의식에 충실했던 까닭이라고 본다면 지나친 억측이 될까.

3·4구의 암유(暗喩)는 지극히 아름답다. 누에니까 '絲'라고 했지만, 이 '絲'가 '思'와 통함에 주의해야 하며, 녹아 떨어지는 촛물을 눈물에 비유함은 중국뿐 아니라 우리에게도 예가 있다.

이상은 (812~888)

'세기말의 시인'으로 불리기에 가장 어울리는 사람이 이상은일 것
이다. 문화 창조에 있어서 공전의 업적을 쌓아 올린 당(唐)이 붕괴기
에 발을 들여 놓았을 때 태어난 이 시인에게는 자기의 의식만이 시
세계가 된다. 그는 기성 가치를 믿으려 안 한다. 유, 불, 도가 다 시
들하게 보이며, 그 점에서 그는 이 세 개의 기성도덕을 똑같이 대우
한다. 국가나 사회에 대한 적극적인 관심도 없다. 자연에 순응하고자
하는 풍류도 안 보인다. 그는 외부적인 모든 것이 가지는 권위를 인
정할 수 없는 것이다. 의지할 오직 하나의 근거는 자기의 의식세계!
이런 점에서 그는 실존주의 작가의 계열에 끼어도 좋은 사람이다.

의식에 의존하는 까닭에 그의 시에는 질서가 없다. 과거와 현재,
미래가 뒤범벅이 되고 현실과 환상이 교차한다. 주관적으로 나가던
시상이 갑자기 중단되면서 객관적인 세계로 비약하기도 한다. 또는
구성을 무시하고 평면적으로 시상을 나열하기를 좋아한다. 그러나
그것이 외부적으로는 아무리 무질서해 보일 값에 본인은 질서가 있
다고 생각했을 것이다. 그는 전통에는 충실하지 않았지만 자기의 의
식에는 충실했으니까. 그것이 도리어 혼돈한 자기의식을 표현하는
길이었으니까.

또 외부 세계와 단절된 의식 속에 사는 그는, 예술적으로는 유미
주의의 입장에 선다. 따라서 국가의 흥망보다는 이별한 여인의 슬픔
에 더 많은 가치를 부여한다. 사회의 문제보다도 그의 흥미를 끄는

것은 남녀의 애정의 세계다. 거기에만이 인간 본래의 면목이 있으며 미가 있다고 여긴다. 그러나 그의 시가 저속과 무기력을 면하는 것은 그의 언어에 대한 정열 때문이다. 그는 퇴폐기의 인텔리답게 서재 냄새가 나는 시를 쓴다. 만권의 서적에 묻혀 살면서 거기에서 시어를 찾는다. 따라서 그의 시의 어느 한 구절 한 마디의 말이 고사의 배경을 갖지 않는 일은 드물다. 그는 이렇게 고사의 인용으로 시상을 전개시키는 까닭에, 무질서한 구성으로 어려워진 시를 더욱 애매모호하게 만든다. 또 이런 태도는 짧은 구절 속에 될 수 있는 한, 많은 시상을 표현하고자 하는 의도의 반영이기도 했을 것이다. 다시 그는 언어 하나하나에 몇 가지의 의미를 부여하려고 노력하는 까닭에, 그의 시는 대단한 탄력을 가지고 있어서, 금세 폭발할 것 같은 인상을 준다. 표현주의의 정상을 걸어간 이 시인에 대해서는 구체적인 작품을 통해서도 많은 말을 한 바 있기 때문에 그의 시와 표리의 관계를 갖는, 그의 생애를 간단히 더듬고 넘어가려 한다.

그의 자는 의산(義山), 회주(懷州) 하내(河內)에서 태어났다. 영호초 부자(令狐楚父子)의 사랑을 받아 진사과에 급제하였으나, 영호씨(令狐氏)의 적인 왕무원(王茂元)의 사위가 되었기 때문에 옛날 은인의 미움을 사서 끝내 출세를 못하고, 지방 절도사들의 막료로서 대부분의 세월을 보냈다. 재사(才士)였으나 당쟁의 틈에 묘하게 끼여들어 손해를 본 것이다.

당신이 가신 후론

당신이 가신 후론

— 장구령

보름달이 나날이
이지러지듯

삭아가는 나의 꿈이
애처로워서

당신이 가신 후로는
베도 안 짜고.

自君之出矣 不復理殘機 思君如滿月 夜夜減淸輝
자 군 지 출 의 불 부 이 잔 기 사 군 여 만 월 야 야 감 청 휘

　　주
自 : …로부터.　　出矣 : 집을 나감.　　理 : 다스림. 여기서는 짠다는 뜻.
殘機 : 짜다 만 베틀.

388

원제는 「自君之出矣」. 이것은 남편과 헤어진 여인의 원망을 노래
한 것으로, 서간(徐幹)의 규정시(閨情詩) 첫구로 제목을 삼고, 다시 첫
구로 삼은 것이다.

이 첫구는 남의 시에서 따 온 것이라고는 하나 전체와 어울려 티
가 없을 뿐 아니라, 다음의 정서를 불러일으키는 데 큰 구실을 다하
고 있다. 대개 '自'는 어떤 기간의 처음을 말하는 글자이니, 무슨 광
고나 공고문이 아닌 시가 이 말로 시작될 줄 누가 꿈에나 생각할 수
있으랴. 그것이 종결사인 '矣'와 어울려 기위(奇偉)함이 더욱 말할 수
없으니, 「북정(北征)」에서 두보가 "皇帝二載秋 閏八月初吉"로 시작한
것과 좋은 짝이 된다 할 것이다. 그 가장 비시적(非詩的)인 점이 도리
어 더할 수 없는 멋이 된 것으로, 마치 고목(古木) 같은 이 어구를 받
는 것은 "베도 안 짜고" 하는, 부드럽고 토라진 여성적인 말. 이 승
구(承句)가 있으므로 기구(起句)의 길굴(佶倔)한 말이 시가 될 수 있었
으며, 처음의 기어(奇語)를 받았기에 승구(承句)는 한층 광채를 발하
게 되는 것이다. 다시 전구(轉句)에 오면, 직접 자기의 생각을 토로하
는데 "임을 그림이 만월 같다" 하여, 그 돌연한 단정에 놀라게 되지
만, 사실은 그것이 아니고, 말은 결구(結句)에 그대로 이어져서, "임
을 생각하여, 마치 만월이 나날이 빛을 잃어가는 듯 파리해가는 이
몸이여!"의 뜻이 된다. 즉 '如'는 전구(轉句)에서 끊어지는 듯하면서
끊어지지 않고, 결구(結句)에까지 작용을 미치고 있는 것이다. 이 한
편은 베를 안 짜는 행동과 달처럼 파리해가는 생각이 앞뒤로 어울려

천고에 빛나는 명작을 이루었다.

장구령 (678~740)

자는 자수(子壽), 소주(韶州) 곡강(曲江) 사람. 현종 때 재상이 되어 대정(大政)에 관여했으나, 이임보(李林甫)의 중상으로 물러나 문장을 즐기다가 죽었다. 성격이 경직(硬直)하여, 안녹산은 후환이 있을 것이니 쓰지 말라고 간한 적이 있는데, 훗날 이 말을 생각하고 현종도 뉘우침이 있었다고 한다.

후회 (後悔)

　　　　- 왕창령

신부는 나이 어려
슬픔을 아직 몰라
봄날에 단장하고
나락에 올랐더니
길가에 수양버들
휘늘어져서
가슴이 썰렁해
후회하기를
공연히 벼슬 찾아
임을 가게 하였구나.

閨中少婦不知愁　春日凝粧上翠樓　忽見陌頭楊柳色　悔敎夫婿覓封侯
규 중 소 부 부 지 수　춘 일 응 장 상 취 루　홀 견 맥 두 양 류 색　회 교 부 서 멱 봉 후

주

凝粧:화장함.　　翠樓:푸른 칠을 한 다락. 靑·翠·紅 등은 여성과 관계되는 수식으로 흔히 쓰인다.　　陌頭:거리의 길. 頭는 助字.　　教:사동. …하게 함.　　夫婿:남편.　　覓:찾는다. 구한다.　　封侯:功으로 제후로 봉해짐.

해설

원제는 「閨怨」.

옛날에는 조혼(早婚)했으니까 이 소부(少婦)는 아마 17, 18세쯤이나 되었을까. 아직 비애가 무엇인지 몰라서 화장을 하고 유쾌한 마음으로 다락에 올랐던 것이다. 그러나 버들빛을 보자 마음은 갑자기 걷잡을 수 없는 파동을 일으킨다. 그것은 마치 잔잔하던 물결이 별안간 풍파를 일으키는 것과 같아서, '忽見' 두 자는 얼마나 이러한 심리적 전환을 잘 나타낸 것이랴. 다시 이 '忽見'은 기구(起句)의 '不知'와 대응하며, 결구(結句)의 '悔'를 가져오는 계기임을 알아야 한다.

중국에서는 싸움터에 있는 남편을 그리워하는 규원시가 많지만, 이처럼 부녀(婦女)의 정을 생생하게 전해 주는 작품은 드문 것 같다.

원망

부채로 얼굴 가려 가만히 쉬는 한숨
끊는다 하면서도 못 끊는 것 정일레라.
공연히 달을 걸어 놓고 임 오기만 기다려…….

却恨含情掩秋扇　空懸明月待君王 (抄)
각 한 함 정 엄 추 선　공 현 명 월 대 군 왕

주

却 : 도리어.　秋扇 : 부채는 가을이 되면 찾지 않는다. 총애를 잃은 몸과 비
슷하니까 쓴 것임. 班婕妤의「怨歌行」에서 나온 것.

해설

　원제는「西宮秋怨」. 여기에는 그 전결(轉結)만을 옮겼다. 한(漢)의
성제(成帝)가 비연(飛燕)을 사랑하게 되자 반첩여(班婕妤)는 서궁(西宮 :
長信宮)에 물러나 원망 속에 일생을 마쳤다. 이 얘기를 다룬 악부가
있었기에, 후인이 이것을 테마로 하여 많은 시를 썼다.

이 시에서 추선(秋扇)으로 얼굴을 가린다는 말은 반첩여의 「원가행(怨歌行)」에서 나온 말. 가을 부채와도 같이 버림받은 몸임을 원망하는 뜻이 숨어 있다. 또 '空懸明月'은 달을 마치 거울이나 되는 듯 '걸어 놓고' 한 점에 묘미가 있기도 하지만, 사랑을 잃은 아교(阿嬌)를 대신하여 사마상여(司馬相如)가 쓴 「장문부(長門賦)」에서 "懸明月以自照"라는 문구가 있어 이를 인용한 것이다. 이 작품은 그대로 읽어도 그 수사의 묘함에 탄복하게 되지만, 그것이 가지는 전고(典故)를 알면 고사의 원용이면서도 그 티가 없이 자연스러움에 놀라게 된다.

왕창령(698~755)

왕창령은 '칠언절구의 성(聖)'이라는 말을 들을 만큼 그 장르에 많은 걸작을 남겼다.

특히 여성의 세계를 노래하는 면에서 비상한 성공을 거두었고, 또 변경의 풍물을 다룬 좋은 작품도 적지 않다. 기교(표현 능력) 면에서는 아마도 일급의 시인일 것이다.

그는 장안 출신으로 진사과에 급제하여 벼슬길에 올랐으나 게으른 성격 때문에 출세하지 못했고, 만년에는 용표현위(龍標縣尉)라는 자리에 있었다. 안녹산의 난으로 고향으로 돌아왔다가, 자사(刺史) 여구효(閭丘曉)에게 죽음을 당했다.

봄시름

— 가지

따스한 바람 불고 버들잎 푸른 봄날
기러기 북으로 날고 들려 오는 피리 소리.
내 시름 그 곡조 따라 동정호에 퍼진다.

日長風暖柳靑靑 北雁歸飛入窅冥 岳陽城上聞吹笛 能使春心滿洞庭
일 장 풍 난 유 청 청   북 안 귀 비 입 요 명   악 양 성 상 문 취 적   능 사 춘 심 만 동 정

주

北雁 : 봄이 되어 북으로 날아가는 기러기.   窅冥 : 멀고 그윽한 하늘. 『老
子』에 '窈兮冥兮'라는 말이 나온다. 窈는 窅.   岳陽城 : 악양루.   春心 :
봄이 되어 느끼는 나그네의 시름.

해설

원제는 「西亭春望」.

기승(起承)에서는 봄 풍경을 말하면서, 고향을 그리워하는 마음을

북으로 가는 기러기를 빌려 암시했다. 후반에서는 피리 소리가 나그네의 시름을 동정호에 가득히 퍼지게 한다고 노래하여 여운을 일게 하니, 이백의 「여사랑중흠청황학루상취적(與史郞中欽聽黃鶴樓上吹笛)」을 모방한 것 같다.

봄

봄이 오기를
은근히 기다렸어요.

봄바람이 내 시름
불어가 줄싸 하고.

그러나, 봄날은
길기만 해서

나의 한(恨)은 더더욱
끝간 데 모릅니다.

春風不爲吹愁去 春日偏能惹恨長 (抄)
춘 풍 불 위 취 수 거   춘 일 편 능 야 한 장

春風 : 봄바람.   不爲吹愁去 : 나를 위해 근심을 불어가지 않음.   偏能 : 사
람의 마음도 몰라 주고.   惹恨 : 恨을 끄는 것.

해설

원제는 「春思二首」. 이것은 그 첫째 작품의 전결(轉結)의 부분.

봄바람은 시름을 불어가 주지 않고, 봄날은 길기만 해서 시름도
따라 길다고 하니, 봄이란 하나하나가 시름을 자아내는 것뿐이라는
뜻.

가지 (718~772)

자는 유린(幼隣), 낙양 사람. 현종 때 기거사인(起居舍人)·지제고
(知制誥)가 되고, 뒤에 중서사인(中書舍人)이 되었다. 죽자 예부상서(禮
部尙書)의 증직(贈職)과 '정(定)'이라는 시호를 받았다. 이백과도 친하
여 동정호에 같이 배를 띄우고 시를 지은 적이 있다.

고궁

> — 이익

올해도 기러기
울고 가는데

달이 밝아, 풀 우거진
고궁에, 달이 밝아

江上三千雁 年年過故宮 可憐江上月 偏照斷根蓬
강 상 삼 천 안 연 년 과 고 궁 가 련 강 상 월 편 조 단 근 봉

주

江 : 양자강.   故宮 : 古宮.   偏 : 한쪽으로 치우치는 모양이니, 여기서는
다북쑥을 비칠 '뿐'이라는 뜻.   斷根蓬 : 뿌리가 뽑힌 다북쑥.

해설

원제는 「揚州早雁」.

양주(揚州)는 수(隋)의 도읍지. 잡초 우거진 고궁에 기러기 울어예고 달은 밝고……. 아희야, 고국 흥망을 물어 무엇 하리오.

변하곡(汴河曲)

봄은 돌아와도 궁궐은 한 줌 티끌!
나그네야, 둑에 올라 아예 바라보지 마라.
버들꽃 바람에 흩날릴 제 그 시름을 어이리.

汴水東流無限春 隋家宮闕已成塵 行人莫上長堤望 風起楊花愁殺人
변 수 동 류 무 한 춘 수 가 궁 궐 이 성 진 행 인 막 상 장 제 망 풍 기 양 화 수 쇄 인

주

汴水: 汴河를 말함. 安徽省의 泗縣을 거쳐 淮水로 들어간다.   隋家: 隋의
나라.   愁殺: 근심함. 殺는 助字.

해설

　기구(起句)의 '無限春'은 변수(汴水)가 끝없이 흐르니까 한 말이지
만, 동시에 한의 무한함도 나타낸 것으로 치렁치렁한 정서가 느껴
오지 않는가. 전구(轉句)에서 "나그네야, 둑에 올라 아예 바라보지 마
라" 한 것은 가장 깊은 감개가 있다. 변수는 양제(煬帝)가 판 운하니,

기슭에는 버들을 심고 40여의 이궁(離宮)을 두었었다. 그 버들꽃이기
에 보는 이를 더욱 수쇄(愁殺)케 하는 것이다.

이익 (748~827)

자는 군우(君虞), 농서(隴西) 고장(古臧) 사람. 대력(大曆) 5년(770)
진사과에 올라 헌종(憲宗) 때 비서소감(秘書少監) 예부상서(禮部尙書)
를 역임했다. 칠언절구를 잘하여 작품이 나올 때마다, 궁인들이 다투
어 노래의 가사로 삼았다 한다.

끊어진 사랑

　　　　　　　　－ 영호초

꾀꼬리 노래는 이미 끊이고

봄 가고 장문전(長門殿)엔 나비가 난다.

그러나 임은 한 번도 찾아 주지 않으셔…….

小苑鶯歌歇　長門蝶舞多　眼看春又去　翠輦不曾過
소 원 앵 가 헐　장 문 접 무 다　안 간 춘 우 거　취 련 부 증 과

주

小苑 : 장안 곡강에 있는 芙蓉園이니 황제의 유원지.　　歇 : 끝나다. 중단되
다.　　長門 : 阿嬌가 총애를 잃고 물러나 살던 長門宮.　　眼看 : 보고 있는
사이에.　　翠輦 : 비취로 장식한 수레. 輦은 황제가 타는 수레.

해설

　원제는 「思君恩」. 악부의 제목으로 총애를 잃은 궁녀의 한을 노래
한 것.

기승(起承)에 있는 '小苑'과 '長門'은 사랑 잃은 궁녀가 있는 곳을 말한 것뿐, 별개의 장소라고 생각할 필요는 없다. 이 2구는 어느덧 봄이 또 가려 하고 있음을 표현한 것이다. '수레는 한 번도 오는 일이 없다'는 결구는, 직접 원망을 말하지 않은 점에서 도리어 여운을 일게 했다.

영호초 (766~837)

자는 곡사(穀士), 의주(宜州) 화원(華原) 사람. 진사과에 급제하여 덕종(德宗) 때에는 중서시랑동평장사(中書侍郎同平章事)로 정계 한쪽의 영수였다. 뒤에 산남서도절도사(山南西道節度使)로 있다가 죽으니, 시호는 '문(文)'이다. 문학에 조예 있는 정계의 실력가로서 많은 문사들과 관계가 얽혀 있었던 것 같다. 이상은(李商隱)은 그의 은혜를 배반했다고 해서 배척을 받아 불우한 일생을 보내야 했다.

망부석 (望夫石)

　　　　　　　　　　－ 왕건

안 오는 임을
기다리어서

바위가 서 있는데
고개 하나 안 돌리는데

날을 날마다
강은 흐르고

바람이 불고
비가 뿌리고

바위는
말 없이 서서

임 오실 그 날까진
말 없이 서서

望夫處江悠悠 化爲石不回頭 山頭日日風和雨 行人歸來石應語
망 부 처 강 유 유　화 위 석 불 회 두　산 두 일 일 풍 화 우　행 인 귀 래 석 응 어

주

化爲石 : 변하여 돌이 됨. 화석이 됨.　山頭 : 산에. '頭'는 助字.　風和雨 :
바람과 비.　行人 : 나들이 떠난 사람. 남편을 가리킴.

해설

　돌아오지 않는 남편을 기다리다가 그대로 화석이 되었다는 이야
기는 『삼국유사(三國遺事)』에도 나오지만, 이것은 무창(武昌)의 북산
(北山)에 있는 망부석을 노래한 것인 듯.

　뜻은 역시로도 이해가 가겠지만, 이 시의 묘한 곳은 그 리듬일 것
이다. 기승(起承)은 다 3·3조로 되어 있다. 절실함을 표현하는 데는
이렇게 촉박한 단절(短節)이 효과적이리라. 다시 후반에 오면 어조가
유장(悠長)한 칠언으로 바뀜으로써 면면한 정서가 여운조차 일게 하
니 장법(章法)의 교묘함이 어떻다 하랴. '간 사람이 돌아올 리도 없어
망부석은 언제까지나 저러고 서 있으리'라는 의미를 '임이 돌아오면
그 때에야 비로소 돌도 입을 열리'라고 한, '石應語'의 삼자(三字)는
얄미울 정도의 솜씨!

왕건 (768~830)

중당(中唐)의 경향을 둘로 나눈다면, 한유를 중심으로 하는 일파와, 백거이의 영향 밑에 있는 그룹이 될 것이다. 전자가 괴기한 언어 발굴에 관심을 기울인 데 대해, 후자의 평이위주는 대척적인 것이었다. 왕건은 악부체 시를 쉬운 말로 쓴 점에서 백거이파.

자는 중초(仲初). 벼슬은 비서승시어사(秘書丞侍御史)·섬주사마(陝州司馬).

옛 행궁

― 원진

쓸쓸한 옛 행궁(行宮)에
꽃이 한창인데
현종(玄宗) 때 일을 이야기하는
아, 백발의 궁녀 있어…….

寥落故行宮　宮花寂寞紅　白頭宮女在　閑坐說玄宗
요 락 고 행 궁　궁 화 적 막 홍　백 두 궁 녀 재　한 좌 설 현 종

주
寥落 : 쓸쓸한 모양.　　閑坐 : 한가하게 앉음.　　玄宗 : 당의 현종 황제.

해설
원제는「故行宮」.
현종을 모시던 궁녀도 이제는 늙었다. 꽃이 핀 고궁에서 그녀가
말하는 현종의 일화를 이것 저것 듣고 있노라면…….
마치 소월(素月) 같이도 평이한 시어이지만 다소 애수를 자아낸다.

죽은 아내를 생각하고

나는 동정호(洞庭湖) 가에 있고
당신은 함양(咸陽) 땅 속에 있소그려.

어느덧 오늘은 한식(寒食)인데

어린 딸년이 울어
내가 우오.

我隨楚澤波中水 君作咸陽泉中泥 百事無心値寒食 身將稚女帳前啼
아 수 초 택 파 중 수   군 작 함 양 천 중 니   백 사 무 심 치 한 식   신 장 치 녀 장 전 제

주

楚澤 : 동정호.   君 : 죽은 아내를 말함.   咸陽 : 섬서성 장안 부근이니 秦
의 도읍지.   泉 : 무덤.   無心 : 마음에 시들한 것.   身 : 자신.   將 : …
과.   帳前 : 장막 앞. 커튼 앞.

원제는 「遺懷」. 8수 중의 하나.

쉬운 말로 말하듯이 썼다. 따라서 깊이는 없지만 순정(純情)은 있다. 어린 딸이 엄마를 찾고 울자 따라 우는 홀아비!

놀라운 소식

등잔불 꺼져 가는 밤 놀라운 그대 소식.
앓아 누웠던 몸 일으켜 앉았자니
찬 바람 비를 몰아다 창을 때리는구나.

殘燈無焰影幢幢 此夕聞君謫九江 垂死病中驚坐起 暗風吹雨入寒窓
잔 등 무 염 영 당 당   차 석 문 군 적 구 강   수 사 병 중 경 좌 기   암 풍 취 우 입 한 창

주

殘燈 : 꺼져 가는 등불.   焰 : 불꽃.   幢幢 : 흐린 모양. 어두운 모양.   謫 :
귀양감.   九江 : 지금의 江蘇省 鎭江府에 있는 지명.   垂死 : 거의 죽게 됨.

해설

   원제는 「聞白樂天左降江州司馬」. 백낙천이 강주사마로 좌천되었
다는 소문을 듣고 그 놀라움을 쓴 것.
   첫 장면은 등잔불이 꺼져가는 어느 방이다. 원진이 잠을 못 이루
고 누워 있다. 둘째 장면은 누가 들어와 편지 같은 것을 원진에게 준

다. (현대라면 전보일 텐데…….) 원진 누운 채 읽는다. 다음 씬은 이불을 제치고 일어나 앉아 있는 잠옷 차림의 원진. 손에는 편지가 들려 있다. 카메라, 원진의 경악에 찬 표정을 클로즈업한다. 마지막 장면이다. 세찬 바람 소리, 빗소리. 문풍지가 흔들린다. 우두커니 앉아 있는 원진.

한 구 한 구가 모두 선명한 이미지를 불러일으켜서 원진의 슬픔, 놀라움이 그대로 느껴온다. 기구(起句)와 결구(結句)는 그대로 작자의 심리풍경!

원진 (779~831)

자는 미지(微之), 하남 사람. 백거이와 함께 평이한 표현을 제창하여 소위 원화체(元和體, 元和는 憲宗 때의 연호)의 시풍을 세웠다. 표현의 평이는 시심(詩心)의 평이도 가져오게 마련이어서 달콤하고 감상적인 애정시를 많이 썼다. 「앵앵전(鶯鶯傳)」이라는 소설도 전한다. 벼슬은 상서우승(尙書右丞).

장문원(長門怨)

— 유언사

화로를 끼고 앉아
불 꺼진 화로를 끼고 앉아

밤 새워 불 꺼진
사랑을 지켜 앉아

부젓가락으로
재를 쑤시며

눈물 지우며
재를 쑤시며

獨坐爐邊結夜愁　暫時恩去亦難收　手持金筯垂紅淚　亂撥寒灰不擧頭
독 좌 노 변 결 야 수　잠 시 은 거 역 난 수　수 지 금 저 수 홍 루　난 발 한 회 불 거 두

주
金筯 : 부젓가락.   亂撥 : 함부로 쑤시는 것.

해설

장문원(長門怨)은 궁녀의 원정(怨情)을 말하는 악부의 제목. 앞에서
여러 번 언급했다.

이 시에서 취할 것이 있다면, 화로를 끼고 앉아서 부젓가락으로
재를 쑤시는 궁녀의 이미지!

유언사 (?~?)

한단(邯鄲) 출신. 이하와 동시대 사람이라고 한다. 그러나 시를 보
면 한유파가 아니라 백거이 계통의 시인인 듯싶다.

414

까치가 울며는

- 시견오

까치가 울며는
오신다더니

해 다 저물어도
아니 오시네.

공연히 연지와
분 상자만 꺼내어

닫아 봤다가
열어 봤다가

烏鵲語千回 黃昏不見來 漫敎脂粉匣 閉了又重開
오 작 어 천 회 황 혼 불 견 래 만 교 지 분 갑 폐 료 우 중 개

烏鵲 : 까마귀와 까치. 여기서는 아마도 까치를 가리킨 듯. 까치가 울면 반가운 사람이 온다는 이야기는 우리 나라에도 있다.　　漫 : 공연히. 쓸데없이. 敎 : 使動을 나타내는 말.　　重 : 겹쳐서.

해설

원제는「不見來詞」. 악부의 제목을 그대로 써서 오지 않는 임을 기다리는 여인의 심정을 노래한 것.

'지분갑(脂粉匣)'을 닫았다 열었다 하는 곳에, 기다리는 사람의 초조와 번민이 엿보여 묘미가 있다.

시견오 (791~?)

자는 희망(希望), 목주(睦州) 사람. 원화 10년에 진사과에 급제. 선도(仙道)를 좋아하여 예장(豫章) 서산(西山)에 은서(隱棲)했다.

하만자(何滿子)

— 장호

고향은 삼천 리
궁에서 스무 해.

한 곡조 하만자(何滿子)를
오늘 다시 듣다니!

지엄의 앞이언마는
눈물 깃을 적시네.

故國三千里 深宮二十年 一聲何滿子 雙淚落君前
고국삼천리 심궁이십년 일성하만자 쌍루낙군전

주

故國 : 고향.　　何滿子 : 가곡의 이름.　　君前 : 황제 앞.

개원(開元) 중 창주(滄州)의 가객(歌客)이 죄로 인하여 형을 받을 때
에 이 곡을 불러 구명(救命)을 받고자 했으나, 허락되지 않았다는 노
래가 하만자(何滿子)다. 일종의 애조를 띤 유행가였으리라. 궁녀로서
20년이나 궁에 갇혀 있던 여인이 하만자 노래를 듣고 어전임에도 불
구하고 고향 창주를 그리워하여 눈물을 짓는다는 내용. 말은 극히
단순하지만, 약간의 정서를 나타내고는 있다.

이 감상적인 소곡(小曲)이 후궁의 궁녀에 의해 많이 불렸음은 당
연한 일로, 이런 이야기가 전한다. 병으로 위독한 무종(武宗) 황제가,
사랑하던 맹재인(孟才人)을 보고 내가 죽으면 너는 어찌하겠느냐고
물어 보았더니, 맹재인은 생(笙)을 가리키며 이것으로 목을 매서라도
뒤를 쫓겠습니다 하였다. 그러면서 부른 노래가 장호의 「하만자」. 끝
나자 맹재인은 쓰러지고 말았다. 시의(侍醫)가 보고 맥은 아직 있으
나 장(腸)은 이미 끊어졌다고 말했다.

고향 생각

달은 배를 비치고 장강 물은 굽이굽이
몰라라 내 고향은 그 어디쯤일는지.
구름 낀 산만 첩첩해 시름겨운 밤이여.

亭亭孤月照行舟 寂寂長江萬里流 鄕國不知何處是 雲山漫漫使人愁
정 정 고 월 조 행 주 적 적 장 강 만 리 류 향 국 부 지 하 처 시 운 산 만 만 사 인 수

주

亭亭 : 높은 모양.　行舟 : 나그네가 타고 가는 배.　萬里流 : 만리나 되는
긴 흐름. 만리를 흐르는 것이 아님.　鄕國 : 고향.　漫漫 : 길고 먼 모양.

해설

　원제는 「胡渭州」. 이것은 악부의 제목으로 그 곡조를 딴 것일 뿐,
내용과는 관계없다. 위주(渭州)는 농서(隴西)를 말하니 호인(胡人)이
섞여 살므로 호위주(胡渭州)라 했던 것.
　역시 유행가사의 작가답게 쉬운 말로 나그네의 감상을 표현하여

읽을 만하다. 그러나 전결(轉結) 2구가 최호(崔顥)의 유명한 시 「황학루」의 "日暮鄕關何處是 烟波江上使人愁"를 딴 것임은 명백하다.

장호 (792~852?)

장호의 자는 승길(承吉)이니 청하(淸河) 사람. 궁체(宮體)의 소시(小詩)에 능하였다. 궁체는 궁녀의 원망이나 한을 소재로 한 유행가 같은 것. 일종의 달콤한 사랑을 노래하는 가사 작가라고 생각하면 될 듯하다. 재상 영호초(令狐楚)가 깊이 장호의 시를 사랑하여 황제에게 추천하였더니, 황제는 시인 원진에게 상의했다. 그런 것은 사회 교화를 위해서도 장려할 수 없다는 말에 장호의 관운은 막혀 버렸다 한다. 장호와 비슷한 것을 많이 쓰고 있는 원진의 이러한 행동은 동업자에 대한 경계에서 온 것인가.

단풍

　　　– 두목

나를 이끌고
돌길이 자꾸 산 깊이 들어간다.

이윽고, 흰 구름 이는 곳
몇 채의 인가(人家).

나는
수레를 멈추고 앉는다.

아, 저녁 햇빛에

이월(二月)의 꽃보다도 붉은
만산(滿山)의 가을!

遠上寒山石徑斜　白雲生處有人家　停車坐愛楓林晩　霜葉紅於二月花
원 상 한 산 석 경 사　백 운 생 처 유 인 가　정 거 좌 애 풍 림 만　상 엽 홍 어 이 월 화

주

石徑 : 돌길.　　霜葉 : 서리를 맞은 잎사귀.

해설

원제는 「山行」.

　두목의 시를 읽으며 느끼는 것은 그 미끈함이다. 구성이나 언어가
빈틈이 없이 꽉 짜여 있다. 이하나 이상은은 언어를 혹사한 듯한 느
낌이 있지만, 그의 경우는 언어와 시상이 과불급이 없는 조화를 이
루었다. 이것은 아마 그의 정신이 균형을 지니고 있는 데서 오리라.
균형이 반드시 좋은 것은 아니겠지만. 하여간 그는 표현 기술에서는
일급의 명수다. 이 시를 소리 내어 읽어 보라. 모더니스트의 시를 읽
을 때와 같은 언어의 쾌감이 느껴질 것이니…….

강남(江南)의 봄

나무마다 새 잎 나고
꽃이 피는데

술 익는 마을에
씨꼬리 운다.

사백팔십(四百八十)의
남조(南朝) 옛절이

부슬비에 싸여
꿈인 듯 그림인 듯.

千里鶯啼綠映紅　水村山郭酒旗風　南朝四百八十寺　多少樓臺烟雨中
천 리 앵 제 녹 영 홍　수 촌 산 곽 주 기 풍　남 조 사 백 팔 십 사　다 소 누 대 연 우 중

綠 : 푸른 빛. 잎을 말함.　　紅 : 꽃 빛깔.　　山郭 : 산마을.　　酒旗 : 당시에
는 술집에서 '酒'라고 쓴 기를 간판 대신 달았다.　　南朝 : 남북조 시대에는,
남조에 불교가 융성했다.　　四百八十寺 : 절이 많음을 나타내니, 480이 꼭
實數는 아니다. '十'은 平聲으로 쓰였으므로 음이 '심'이다.　　烟雨 : 안개 끼
듯 내리는 부슬비.

해설

원제는「江南春」.

　말 하나하나가 무슨 피아노 소리라도 듣는 듯, 밝은 음을 퉁긴다.
千里! 눈 앞이 확 트이는 듯한 이 밝은 말로 시작되는 기구(起句)가
표현하는 것은 얼마나 남국다운 봄 풍경인가. 꽃과 나뭇잎이 어우러
져, 한껏 아름다운 산천 속에 들려 오는 꾀꼬리 울음. 이것을 받는
다음 장면은 술집에 꽂혀 퍼덕이는 주기(酒旗)! 화면은 페이드인(fade
in)하여, S3 S4에 오면 부슬비 내리는 속에 여러 절의 건물이 롱쇼트
(long shot)로 비쳐진다. 한 장면 한 장면이 선명하게 독립되어 있으
면서, 그것들은 다시 유기적으로 결합되어 하나의 전체 '강남의 봄'
을 이루고 있는 것이다.

　이 시에 나타나는 남경(南京) 근방에는 그 당시 700여의 사찰이 있
었다고 한다. 누가 어떤 방법으로 조사한 것인지는 모르지만, 만일
그렇다고 하더라도 '南朝四百八十寺'는 어디까지나 정당하다. 그에
게는 객관적 진실보다는 시인으로서의 주관적 진실이 더 중요했을

테니까…… 또 이 어구가 풍기는 음악을 위해서는 그까짓 절 300쯤 얼마든지 희생할 수 있는 문제니까.

무덤에는

무덤에는
한 그루 나무와
가을바람과

자녀도 없는 고인(故人)의
허전함이
있다.

그리고
여기서 헤어지던 우리의
추억과,

달빛과, 또 누군가가
강 건너에서 불고 있는
피리 소리가
있다.

故人墳樹立秋風 伯道無兒迹更空 重到笙歌分散地 隔江吹笛月明中
고 인 분 수 입 추 풍　백 도 무 아 적 갱 공　중 도 생 가 분 산 지　격 강 취 적 월 명 중

주

墳樹 : 무덤에 서 있는 나무.　伯道 : 鄧收(등수). 伯道는 字. 晉의 名士인데 아들이 없어서 당시 사람들이, 天道가 無心하다고 하였다.　重 : 겹쳐서. 다시.

해설

원제는 「重到襄陽哭亡友韋壽朋」. ― 다시 양양에 이르러, 죽은 벗 위수붕을 곡한다 ―.

두보는 고시(古詩)와 율(律)에는 뛰어났지만 절구는 잘 쓰지 못했다. 새뜻한 재주가 모자랐던가. 그와 두목을 구분하여 노두(老杜)·소두(少杜)라 하는데, 적어도 이 부문에서만은 소두 쪽이 훨씬 솜씨가 좋다. 너무 솜씨가 좋아 슬픔이 안으로 가라앉지 못한 흠은 없지 않으나……

죽은 기생(妓生)을 생각하고

피리 소리 끊어지고 피어나는 봄의 시름.
비인 듯 구름인 듯 흩어진 그 향기여!
다락에 홀로 오르니 달은 저리 밝은데…….

玉簫聲斷沒流年 滿目春愁隴上烟 艷質已隨雲雨散 鳳樓空鎖月明天
옥 소 성 단 몰 유 년 만 목 춘 수 농 상 연 염 질 이 수 운 우 산 봉 루 공 쇄 월 명 천

주

流年 : 흐르는 세월.   隴上烟 : 언덕에 낀 안개.   艷質 : 어여쁜 資質.   雲
雨 : 겉으로는 구름과 비이지만, 남녀의 情事를 의미하는 말.   鳳樓 : 봉황을
그리거나 새겨 놓은 누각. '鳳'은 아름답다는 정도로 보아도 좋다.   空鎖 :
공연히 가둔다. 누각에 달빛을 가득 가두어 보았자 기생은 죽었으니까 소용
이 없다는 뜻.

해설

　원제는 「傷友悼吹簫妓」. 벗이 통소 잘 부는 기생을 잃고 슬퍼하는
것을 보고 마음에 느꺼워서 쓴 시.

428

여전한 솜씨다. 특히 승구(承句)에서 '滿目'이란 말로 슬픔을 양적으로 나타낸 것이라든지, 결구(結句)에서 그 아이디어도 아이디어지만, 말끝을 '月明天'이라 하여 무한한 여운을 준 것 등은 다 그가 타고난 시인임을 말해 주는 것이라 하여도 좋겠다.

　미남이며 재사(才士)인 두목은 어지간한 탕아였으니까 기생의 추도시쯤 쓸 의무가 있다. 그가 젊어서 양주총독(揚州總督) 우승유(牛僧孺)의 막료(幕僚) 노릇을 했을 때만 해도, 굉장히 놀아났던 모양이다. 해만 지면 주루(酒樓)로 향하기 때문에 총독은 그의 신변에 위험이 있을까 해 수십 명의 경리(警吏)를 시켜서 늘 보이지 않게 보호해 주었다고 한다. 그가 중앙으로 전근하게 되자 우승유는 앞으로 노는 것을 약간 삼가는 것이 좋겠다고 점잖이 타일렀다. 그러면서 내어 보이는 책자에는 그가 놀아난 기록이 수백 건 적혀 있었다는 것이다. 그런 돈 후안이 쓴 시니까, 비애는 표면뿐이고 전체에서 받는 인상은 감미롭기까지 하다 해도 관대히 이해하여 주기로 할까.

진회 (秦淮)

안개뇨, 달빛이뇨?
물을 뒤덮은

진회(秦淮)에서 묵는 밤.
술집관 이웃.

망국(亡國)의 원한을
모르느냐, 계집아.

노래 소리, 강 건너서 들려 오는
후정화(後庭花) 노래 소리.

烟籠寒水月籠沙 夜泊秦淮近酒家 商女不知亡國恨 隔江猶唱後庭花
연 롱 한 수 월 롱 사 야 박 진 회 근 주 가 상 녀 부 지 망 국 한 격 강 유 창 후 정 화

烟 : 안개.   籠 : 끼는 것.   秦淮 : 지금의 南京에 있던 花柳街.   商女 : 娼
女.   後庭花 : 陳의 後主가 만들게 한 亡國의 가곡.

해설

두목의 대표작일 뿐 아니라, 당(唐)의 칠절(七絶) 중에서 한 열 편
을 고른다 하더라도, 으레 끼어야 할 명작이다. 두목만큼 언어의 음
악에 통한 사람도 드물리라.

기구(起句)에서는 '烟籠'과 '月籠'이 앞뒤로 대를 이루어, 무슨 구
름장같이 부드럽고 푸진 것이 느껴진다. 다음 구는 자는 곳이 진회
(秦淮)임을 앞서 말해 놓고 나서, 그것이 주가(酒家)와 가깝다고 밝혔
다. 즉, 앞서 전체를 묶어 보인 다음에 미세한 부분을 밝혔으니 소위
층법(層法)을 쓴 것이라 하겠다. 이 2구는 음악이자 그림이어서 우리
를 화류가의 분위기로 완전히 끌어들인다. 전구(轉句)에 오면 느닷없
는 소리가 튀어나와 우리를 잠시 의아하게 만든다. 창녀들은 망국의
한을 모른다고. 그러고는 그것이 강 건너에서 들려 오는 후정화(後庭
花) 노래 소리를 듣고 일으킨 감회였음이 결구에서 밝혀진다. 음조에
있어서도 전구(轉句)는 기복이 없이 미끄러지듯 단숨에 흘러갔고, 결
구는 이것을 깨기라도 하려는 모양으로 隔·唱 같은 억센 억양을 거
듭 썼다. 전자는 자기의 소감이요 딴전부리는 소리매 고요했고, 후구
(後句)는 즉경(卽景)으로 맺는 곳이므로 태산(泰山)을 잘라 천인(千仞)
의 단애(斷崖)를 만들 듯 거칠게 끊은 것이다.

이 한 수가 갖는 신운(神韻)을 어찌 말로 표현할 수 있으랴. 이쯤 되면 시도 하나의 생명인 까닭에, 분해할 수 없으니 부디 소리 내어 몇 번이고 읽어서 그 쾌감을 느끼기 바란다. 원제는 「泊秦淮」. 진회에 배를 대고 묵으면서 감회를 노래한 것.

두목(803~853)

자는 목지(牧之), 경조(京兆) 사람. 일찍이 과거에 급제하여 각지의 자사(刺史)를 거쳐 중서사인(中書舍人)에 이르렀다. 이상은과 함께 만당을 대표하는 시인이다. 당의 붕괴기에 살았던 시인은, 이백과 같이 위대한 꿈을 구상할 수도 없었고, 두보처럼 사회 악과 정면에서 대결할 기력도 용기도 못 가졌던 모양이다. 그리하여 두목은 기교파 시인이 된다. 그가 관심을 가진 것은 시정신이 아니라 표현의 문제였다. 그는 여러 시형 중에서 칠언절구를 골라잡아, 그 예술적 완성을 위해 부심하였다. 그의 언어는 극히 세련되어 있으며, 구성은 빈틈이 없다. 그는 애정을 노래한 점에서 이상은과 비슷하나, 이상은처럼 그 감정에 빠져 있지는 않다. 멋이 무엇인지를 아는 그는, 형식에서나 내용에서나 적당한 절제를 잃지 않았기 때문이다. 역사에 취재(取材)한 작품도 있기는 하지만, 재치 있는 역설로 멋을 부렸을 뿐, 깊이 파고들어간 적은 없었다. 그가 지금 살았다면 멋진 모더니스트가 되었을 것이다.

못 꺾는 매화

- 온정균

물 속의 둥근 달과
가지에 쌓인 눈은
바람 일면 바숴지고
매화라고 꺾지도 못해!

푸른 머리 열 여섯
시집을 와서
화장하고 고운 옷 몸에 걸쳐도
사랑도 안해 주고
멀리 가시니
다음날 늙은 적에
돌아오면 무엇 하리.

團團莫作波中月　潔白莫爲枝上雪　月隨波動碎潾潾　雪似梅花不堪折
단 단 막 작 파 중 월　결 백 막 위 지 상 설　월 수 파 동 쇄 인 린　설 사 매 화 불 감 절
李娘十六靑絲髮　畵帶雙花爲君結　門前有路輕別離　唯恐歸來舊香滅
이 랑 십 륙 청 사 발　화 대 쌍 화 위 군 결　문 전 유 로 경 별 리　유 공 귀 래 구 향 멸

團團 : 둥근 모양.　潾潾 : 물이 맑은 모양.　畫帶 : 그림이 있는 아름다운
띠.　雙花 : 띠의 그림이 한 쌍의 꽃이란 말인가?　舊香 : 옛날의 아름다
움. 청춘의 미를 가리킨 것.

해설

원제는 「三州詞」. 악부의 제목으로 돌아오지 않는 남편을 원망하
는 여인을 노래했다.

남편의 사랑을 받지 못하는 자기를 물 속에 비친 달, 가지 위에
쌓인 눈에다 비유하여 아무 실속 없음을 나타냈다. 전편이 여성의
한을 그려 생생한 정채(精采)를 발하니, 무엇으로 이 절조(絶調)를 기
리랴. 처음에 달과 눈을 내세워 놓고, 3, 4행에서 그것을 되풀이해 부
연할 때에 일어난 그 휘어져 꺾이는 리듬의 묘를 맛보라. 다시 '李娘
十六'의 묘사는 얼마나 아리따운 소부(少婦)의 이미지인가. 끝에 가
서 원망을 말할 제, '門前有路'라 했으니 그 안타까움과 한이 문자에
임리(淋漓)하게 서리어 있다. 문 앞에 길이 있음은 뻔한 이치. 그러나
원망에 싸인 여인에게는 길이 있으니까 임이 간 것이라고, 길이 있
는 것을 새삼 의아하게 여겨 보는 마음이 일어나는 것이니, 누가 알
랴, 이리도 평범한 말이 천래(天來)의 기어(奇語)가 될 줄이야……

온정균 (812~872)

이상은과 함께 애정시로 유명하여 온이(溫李)라고 불리었다. 물론 이상은과 공통되는 점도 있었겠지만, 체질적으로 선배인 왕창령과 가깝지 않은가 생각된다. 이상은이 가지고 있는 병적인 의식이라든가, 기름기 짙은 표현 같은 것은 그에게 없다. 같은 애정시인이면서도 더 명랑하고 건전했던 것 같다. 물론 이런 점이 이상은보다 그가 우수한 시인이라는 말은 되지 않지만. 그는 애정시 외의 부문에서도 좋은 작품을 많이 남겼다.

그의 자는 비경(飛卿), 태원(太原) 사람. 명문의 후예로 재주는 남음이 있었으나 행실이 경망하여 출세하지 못했다. 무종(武宗) 때에 장문(長文)의 상소로 얻어 한 것이 방산위(方山尉).

북국 가시내

- 유가

열 다섯 살
북국 가시내

얼굴은
손톱보다 희다.

부끄러워, 밤에사
뽕을 따다간

오디새 소리에
놀라곤 한다.

秦娥十四五　面白於指爪　羞人夜探桑　驚起戴勝鳥
진 아 십 사 오　면 백 어 지 조　수 인 야 채 상　경 기 대 승 조

秦娥 : 秦의 弄玉. 弄玉은 穆公의 公主인데, 퉁소를 잘 부는 簫史의 아내가
되었다. 훗날 그들은 鳳을 타고 신선이 되어 하늘로 올라갔다.   於 : …보
다. 비교를 나타내는 말.   戴勝鳥 : 오디새.

해설

　원제는 「秦娥」. 여기서 말하는 진아는 반드시 농옥(弄玉)을 가리킨
다고 생각하지 않아도 되겠기에 북국의 미녀라는 뜻으로 다루었다.
　나이라는 것은 다분히 정신적이어서, 조혼하던 당시에는 열 다섯
쯤이면 남도 성인이라고 보고, 본인도 그렇게 생각했을 것이다. 흰
얼굴을 손톱에 비유한 것은 참 재미있다. 남자들이 부끄러워 어두워
서야 뽕을 딴다는 것도 미소를 자아내는 정경. 요즘의 여중 2학년생
이 이것을 보면 무어라고 할까.

유가(822~?)

　강동(江東) 사람. 대중(大中) 6년(852) 진사과에 급제. 벼슬은 국자
박사(國子博士).

책력도 없는 산중

장경충(張敬忠)

여암(呂巖)

수목(修睦)

한산(寒山)

태상은자(太上隱者)

2월

　　－ 장경충

이월인데
버들 눈도 안 트고

이제야 황하(黃河)에
얼음이 풀린다.

서울은 꽃이
비오듯 질 무렵

변지(邊地)에는 이리
봄마저 늦다.

五原春色舊來遲　二月垂楊未掛絲　卽今河畔冰開日　正是長安花落時
오 원 춘 색 구 래 지　이 월 수 양 미 괘 사　즉 금 하 반 빙 개 일　정 시 장 안 화 락 시

五原 : 郡名. 지금의 山西省 大同縣.　　舊來 : 예전부터.　　河 : 황하.

해설

원제는 「邊詞」. 국경 지대의 풍토를 노래한 것. 원시의 순서를 뒤
바꾸어 번역한 데가 있다. 간단한 서정이니 설명이 필요하지 않으리
라.

장경충 (?~?)

개원(開元) 초(玄宗)에 평로절도사(平盧節度使)가 됐다. 개원 원년이
713년이니까, 그 때를 장년으로 잡으면 대개 그의 연대가 짐작되리
라.

목동(牧童)

　　　　　－ 여암

풀 깔린 넓은 들에 피리 불고 노닐다가
저물면 돌아와서 보리밥 배불리고
도롱이 벗지도 않은 채 달빛 아래 잠든다.

草鋪橫野六七里　笛弄晚風三四聲　歸來飽飯黃昏後　不脫蓑衣臥月明
초 포 횡 야 육 칠 리　적 롱 만 풍 삼 사 성　귀 래 포 반 황 혼 후　불 탈 사 의 와 월 명

주

鋪 : 편다.　　蓑衣 : 도롱이.

해설

　열심히 밥 먹는 광경은 그리 아름답지 않다. 그러나 이 목동의 경
우 황혼이 되자 피리 불고 놀던 들로부터 돌아와 배불리 밥을 먹는
것이 속되지 않을 뿐 아니라, 일종의 선미(仙味)를 띠는 것은 묘하지
않은가. 뿐 아니라 소년은 도롱이도 벗지 않은 채 달빛 속에 잠들고

만다. 멋은 전혀 '飽飯'과 '不脫'에 있으니, 평범한 말도 쓰는 사람의 솜씨에 따라 문득 광채를 발함이 이와 같다.

소를 타고 피리 부는 목동은 끊임없는 화재(畵材)가 되어 오늘에 이르렀다.

여암 (?~?)

의종(懿宗)의 함통(咸通) 원년(860)에 진사과에 응했다는 기록이 있으니까 대략 그 전후 20, 30년을 생존 기간으로 보는 수밖에 없다. 그는 종리권(鍾離權)을 만나 수도하여 선인(仙人)이 되었다는 전설이 있으며, 여동빈(呂洞賓)이라는 이름으로 널리 알려졌다. 후세에도 그가 자주 나타나 사람들과 접촉했다는, 믿지 못할 이야기가 있다.

향수 (鄕愁)

  − 수목

고향이 그리워

가슴 아프기

집 나와 풀 깔고

냇가에 앉으면

물은 흐르고

봄날은 길어

故國歸未得 此日意何傷 獨坐水邊草 水流春日長
고국귀미득　차일의하상　독좌수변초　수류춘일장

주

故國 : 고향.　　意何傷 : 마음은 얼마나 상하랴.

해설

원제는 「懷故國」.

고향을 그리며 물가에 앉아 있는 사람의 향수는 봄날같이 길다.
조그마한 서정! 작자가 승려면서도 중 냄새가 안 나는 점이 좋다.

수목 (?~?)

소종(昭宗, 889~903) 때의 사람. 홍주(洪州)의 승정(僧正)으로 시를
잘하여 관휴(貫休)와도 시교(詩交)가 있었다 한다.

길
— 한산

한산(寒山)에 가는 길을
묻는가.

길은
따로이 없다.

여름에
얼음도 아니 녹고

해가 나도
안개로 덮이는 곳.

나와 같으랸들
어찌 이르랴.

마음이
서로 같지 않거니.

그대 마음
나 같다면야

저절로 거기에
이르련만.

人間寒山道 寒山路不通 夏天冰未釋 日出霧朦朧 似我何由屆
인 문 한 산 도　한 산 노 불 통　하 천 빙 미 석　일 출 무 몽 롱　사 아 하 유 계
與君心不同 君心若似我 還得到其中
여 군 심 부 동　군 심 약 사 아　환 득 도 기 중

　　　주

寒山 : 浙江省 동북에 있는 大山脈인 天台山 봉우리의 하나. 이것은 지명이
자 인명이기도 하다.　　似我 : 나와 비슷하게 되고자 하나.　　何由屆 : 무엇
으로 말미암아 이르겠는가.　　其中 : 거기. 禪家에서는 이 말로 본래적인 것,
궁극적인 것을 표현하는 경우가 많다.

해설

　한산의 시에는 제목 있는 것이 없다.

　한산이라는 지명을 자기 정신세계를 상징하는 뜻으로 쓰고 있다. 한산은 여름에도 얼음으로 덮이고, 해가 나도 안개에 휩싸이는 곳이어서 속세와 단절된(路不通) 세계다. 그러면 그 고고한 차원에 오르는 길은 무엇인가. 그것은 마음 자세 여하에 매인 문제라는 것이 대답으로 되어 있다. 이것은 확실히 선종, 그 중에서도 남종선(南宗禪)의 입장에 선 태도라 하겠다. 즉심즉불(卽心卽佛), 이 마음이 곧 부처이니, 진리는 밖에서 구할 것이 아니라 자기 마음 그대로가 진리임을 깨닫기만 하면 된다는 것이 그들의 주장이니까. 시로서는 전반의 드높은 가락이, 후반의 이론적 설교적인 부분 때문에 죽은 감이 없지 않다.

한산도(寒山道)

뉘라서
한산에 오리.

한산의 길은
끝 모르는 길.

돌 천지인 긴 시내
어찌 헤치고

풀 우거진 넓은 개울
누가 건너리.

이끼 미끄러운들
비 탓이랴.

바람 없이도
솔 소리는 이는 것.

뉘라서 이 세상
번거로움 떠나

흰 구름 그 속에
나와 함께 놀랴.

登陟寒山道 寒山路不窮 谿長石磊磊 澗濶草濛濛 苔滑非關雨
등 척 한 산 도 한 산 로 불 궁 계 장 석 뇌 뢰 간 활 초 몽 몽 태 활 비 관 우
松鳴不假風 誰能超世累 共坐白雲中
송 명 불 가 풍 수 능 초 세 루 공 좌 백 운 중

주

磊磊 : 돌이 많이 쌓여 있는 모양.　濛濛 : 풀이 많이 우거진 모양. 蒙蒙과
같음.　非關雨 : 비와 관계 있는 것은 아니다.　不假風 : 바람의 힘을 빌리
지 않아도 된다.　世累 : 속세의 번거로움.

해설

제목이 없음.

한산은 산이름이자 마음의 경지이므로 그 풍경 묘사가 추상적이
긴 하지만 높은 가락을 지닌다. 읽으면서 느껴지는 것도 어떤 광경
이 아니라 고고한 한산의 심경 그것이다. 마지막에서 "뉘라서 이 세
상 번거로움 떠나 흰 구름 그 속에 나와 함께 놀랴."라는 구는 이 시

를 그지없이 높은 세계로 끌어올렸다.

　한산의 시에는 백운(白雲)이 많이 나온다. 그 그윽하고 고요하고
맑은 모습과 자기를 고집하지 않는 점이 은자(隱者)의 마음을 끈 것
일까. 하기는 양(梁)의 은사(隱士) 도홍경(陶弘景)도 황제로부터 "山中
何所有(산중에 무엇이 있느냐)"라는 물음을 받고, 구름을 들어 대답한
시를 남겼었다.

　　산중에
　　무엇이 있느냐구요?

　　좋은 것이 많습니다.
　　그 중에서도

　　저 영 위에 머물어 있는
　　흰 구름 같은 것을 들겠습니다.

　　그러나, 나 홀로
　　즐길 수 있을 뿐

　　임에게까지
　　가져다 바치지는 못합니다.

　　山中何所有　嶺上多白雲　只自可怡悅　不堪持寄君
　　산 중 하 소 유　영 상 다 백 운　지 자 가 이 열　불 감 지 기 군

뿔 있는 참새

높은 봉우리엔
흰 구름이 졸고

푸른 못물
고요히 흔들리는 여기 —

고요하기사
고요하여도

때로는 어부의
뱃노래 들려 와

마디마디 구슬픈
그 노래 들려 와

시름의 안개
내 가슴 뒤덮나니,

뉘라서 참새가
뿔이 없다더뇨?

지붕에 구멍 내는
그 참새가.

白雲高嵯峨 綠水蕩潭波 此處聞漁夫 時時鼓棹歌
백 운 고 차 아 녹 수 탕 담 파 차 처 문 어 부 시 시 고 도 가
聲聲不可聽 令我愁思多 誰謂雀無角 其如穿屋何
성 성 불 가 청 영 아 수 사 다 수 위 작 무 각 기 여 천 옥 하

주

嵯峨 : 높이 솟은 산을 말함.   蕩 : 고요히 흔들림.   潭波 : 못물.   鼓棹
歌 : 삿대로 물을 치며 부르는 뱃노래.   令我 : 나로 하여금.   雀無角 · 穿
屋 : 참새는 뿔이 없으나 지붕을 뚫는다. 그와 같이 저 무심히 부르는 뱃노래
도 듣는 이의 가슴을 아프게 한다. 『詩經』 行露에서 딴 말.   其 : 감탄하는
뜻을 지닌 發語辭.   如穿屋何 : 如何 · 何如 · 奈何 같은 말은 그 말 중간에
목적어를 삽입해서 시어로 쓰는 수가 있다. 의미는 '집을 뚫음을 어찌하랴.'

해설

제목이 없음.

한산의 시 중 필자가 가장 좋아하는 작품이다. 드높으면서도 다정

다감한 심경! 고고하기만 하면 인간미가 부족하고, 비애에만 빠지면 속되게 마련인데, 이 작품은 그지없이 드높은 마음의 경지이면서도, 저 아래 세상으로부터 들려 오는 뱃노래에 애를 끊는 인간성을 발휘하고 있다. 그것이 필자에게는 더할 수 없이 좋다. 聲聲不可聽 令我愁思多! 얼마나 다감하며 절실한 비애인 것이랴. 한암고목(寒巖枯木)은 죽은 사람의 세계. 백운(白雲) 속에 누울 수 있으면서도, 멀리서 들려 오는 뱃노래에 애끊는 비애를 느껴서야 비로소 도인(道人)이라 하리니, 모를레라 독자들은 어떻다 하시느뇨.

야인(野人)이 사는 곳

야인(野人)이라
초가(草家)가 분수요

찾아오는 나그네도
드물다.

허나, 숲은 그윽하여
새들이 모이고

시냇물은 넓어
고기가 뛴다.

때로는 애를 데리고
산과일도 따 오고

아내와 함께
언덕밭을 매기도 한다.

집안에

무엇이 있는고 하니

오직 여남은 권의

책.

茅棟野人居 門前車馬疎 林幽偏聚鳥 谿闊本藏魚
모 동 야 인 거　문 전 거 마 소　임 유 편 취 조　계 활 본 장 어
山果携兒摘 皐田共婦鋤 家中何所有 唯有一牀書
산 과 휴 아 적　고 전 공 부 서　가 중 하 소 유　유 유 일 상 서

주

茅棟 : 초가.　　野人 : 시골 사람. 벼슬하지 않는 사람.　　偏聚鳥 : 새만 꼬이
게 하고. 偏은 한쪽으로 치우치는 뜻.　　皐 : 언덕.　　鋤 : 김을 맨다는 동사.
명사로 쓰이면 호미.　　一牀書 : 한 개의 상 위에 쌓아 놓은 책.

해설

제목이 없음.

"結廬在人境 而無車馬喧." "집을 짓고 뭇사람들과 함께 살지만 거
마의 시끄러움이 없다."고 한 도연명의 시구를 인용하면서 시작하여,
야인의 생활이 어떻게 담백한가를 그렸다. 시는 좋은 편이지만 무심

의 경지에 이른 사람의 말로 여겨지지는 않는다. 3, 4행은 무슨 득도한 사람의 말처럼도 들릴지 모르나 이론의 때를 벗지 못했다. 참말로 깨달은 사람이라면 이런 말은 안할 것이다. 5행 6행은 좋다. 끝맺음도 여운이 있다.

한산(?~?)

그가 어떤 사람인지 확실한 것은 모른다. 다만 그의 이름으로 전해 오는 시가 있고, 거기 따르는 전설이 있을 뿐이다. 그를 문수보살의 화신이라고 하는 이야기는 여구윤(閭丘胤, 閭丘가 성임)의 이름으로 된 한산시집 서문에서 비롯한 것. 여구윤 자체가 가공의 인물 같고, 한산이 정말 당초(唐初)의 사람이었다면 무슨 문헌이 있을 법한 일이다. 또 9세기 사람인 선사(禪師)들과 교섭이 있었다는 말도 있고 보면 정감록 모양으로 자꾸 새 전설이 추가되어간 것이 아닌가도 싶다. 또 그 시가 과연 한 작자의 손으로 씌어진 것인지 의심되는 점도 없지 않다. 중 같은 소리를 한 시도 있지만, 도가다운 시도 있고, 거사(居士)나 속인(俗人) 냄새를 풍기는 것도 있다. 자기 형과 함께 사는데 집이 가난하여 아내에게까지 멸시를 당한다고 한탄한 것도 있고, 사회에 대한 불평으로 보이는 것도 있다. 그 중 어떤 작품들은 고고한 기분을 나타내는 데 성공한 것도 있지만 대체로 깨달은 체하는 논리성이 붙어 다닌다. 그를 신비화 우상화할 필요는 없다. 영국의 동양학자 A. Waley 씨의 한산에 대한 해설이 소개된 문헌이 있었다. 좋은 것 같기에 인용한다.

"한산(寒山)은 8, 9세기 사람이다. 그와 그의 형제는 부모에게서 받은 땅을 경작하며 살았다. 그러나 그는 형제와 연을 끊고, 아내와 가정과 헤어져, 각처를 방랑하면서 많은 책을 읽었다. 그리하여 써 줄 사람을 구했으나 도로(徒勞)로 끝났다. 그는 마침내 한산에 은거하여, 이 이름으로 알려지게 되었다. 한산은 절과 도관(道觀)으로 유명한 천태산(天台山)으로부터 약 25마일 떨어진 곳으로, 한산도 가끔 천태산에 간 적이 있다."

우리가 정말 책임지고 말할 수 있는 그의 생애란 이 정도일 것이다.

산중 (山中)

— 태상은자

소나무 밑에
돌을 베고 누워

하늘을 거니는
구름을 본다.

어느덧 잠이 들었다가
새 소리에 놀라 깬다.

책력도 없는 산중 —

해는 바뀌어도
간지(干支)를 모른다.

偶來松樹下 高枕石頭眠 山中無曆日 寒盡不知年
우 래 송 수 하 고 침 석 두 면 산 중 무 력 일 한 진 부 지 년

高枕石頭眠 : 높이 돌을 베개로 삼아 베고 잔다. 枕은 베개를 벤다는 동사.
石頭의 頭는 무의미한 助字, 口頭의 頭와 같음.　　　寒盡 : 추위가 다해도

원제는 「答人」.

고고한 시격(詩格). 어느 구 하나 고상한 멋을 풍기지 않는 것이
없다.

　　책력도 없는 산중
　　삼동(三冬)이 하이얗다.

이것은 필자의 기억에 남아 있는 정지용 씨의 시구인데, '山中無
曆日'에서 힌트를 얻었던 것일까.

태상은자 (?~?)

그가 누군지 전연 모른다. 시대도 주소도 성명도. 한산과 같은 전
설도 없다. 은사(隱士)들은 대개 숨는 척하여서 도리어 이름을 파는
사람이 많은데, 이 작가는 참다운 은자였던가. 한 수밖에 전하지 않
는 시로 미루어 보아도, 그 정신 수준이 대단히 높은 사람인가 싶다.

봄빛이 가득한 산길

낙화(落花)

－ 맹호연

봄밤의 잠은
곤하고 어지럽다.

날 샌 줄도
모르고

어렴풋이 새 소리를
꿈 속인 양 듣는다.

간밤내 비바람
사나웠으니

아마도 꽤
꽃이 졌으리라.

春眠不覺曉 處處聞啼鳥 夜來風雨聲 花落知多少
춘 면 불 각 효　처 처 문 제 조　야 래 풍 우 성　화 락 지 다 소

주

處處 : 여기저기.　　聞啼鳥 : 새의 울음 소리를 듣다.　　夜來 : 밤에. '來'는
助字.　　多少 : 많다는 뜻. '少'는 帶說이니, 의미가 없다. 緩急의 '緩'이나 異
同의 '同'과 같다.

해설

　원제는 「春曉」. 봄날 아침의 정경을 그려서 한 폭의 그림과도 같
다. 첫 행은 "날이 새는 줄도 몰랐다" 했지만 사실은 깨었던 것이니,
한 마디 '不'자가 고단한 봄잠을 얼마나 생동하게 표현했는가를 맛
보자. 2행은 들려 오는 새 소리를 그대로 쓴 것이요, 3행에서는 시상
의 방향을 간밤으로 돌려, 잠결에 듣던 비바람을 생각하고, 꽃이 많
이 졌으려니 하는 결구를 불러일으켰다. 꽃이 진 것을 걱정한다든가
애석해 하는 것이 아니다. 그저 그러리라고 마음으로 짐작해 보는
것이다. 거기에 도리어 자연과 추이를 같이하는 한가한 마음의 경지
가 엿보이는 것이 아니랴.

동정호 (洞庭湖)

팔월 —
호수는 잔잔한데

하늘은 내려와
물 속에 잠겨…….

물기운 서리어
운몽택(雲夢澤)에 닿았고

때로 물결 일면
악양성(岳陽城)을 흔들 듯.

건너려 해도
배와 삿대가 없고

하는 일 없어
상감께 부끄럽다.

남들 낚시질하는 것만
바라보면서

고기 잡음을
부러워하다니!

八月湖水平 涵虛混太淸 氣蒸雲夢澤 波撼岳陽城
팔 월 호 수 평　함 허 혼 태 청　기 증 운 몽 택　파 감 악 양 성
欲濟無舟楫 端居恥聖明 坐觀垂釣者 徒有羨魚情
욕 제 무 주 즙　단 거 치 성 명　좌 관 수 조 자　도 유 선 어 정

주

太淸 : 하늘.　　蒸 : 서리다.　　雲夢澤 : 楚 七澤의 하나. 900리 평방의 호수.
撼 : 흔들다.　　岳陽城 : 岳州府에 있는 성.　　欲濟 : 건너려고 함. 천하를 다
스리는 일을 비유한 것.　　舟楫 : 배와 삿대. 천하를 다스릴 큰 재주.『書經』
에 "若濟巨川 用汝爲舟楫"이란 말이 있다.　　端居 : 하는 일 없이 사는 것.
聖明 : 聖天子가 통치하는 태평시대.　　羨魚 : 고기를 벼슬에 비유한 것.

해설

원제는「臨洞庭」.
　전반은 동정호의 경치를, 후반은 벼슬하고 싶은 심정을 말했다.
벼슬길에 오르는 일이 당시에는 지식인들의 유일한 생활 방도였으

니 그것을 탓할 수는 없지만, 전반의 아름다움을 반감시키고 있는 것은 사실이다. 氣蒸雲夢澤 波撼岳陽城! 동정호의 장대한 광경이 보이는 듯한 명구(名句)다. 이 두 구만으로도 그는 위대한 시인이다.

친구를 찾았다가

옛친구 찾았더니 귀양살이 갔다 한다.
남(南)이라 일찍이 매화야 핀다지만
아득히 서울의 봄이 그리웁지 않으랴.

洛陽訪才子 江嶺作流人 聞說梅花早 何如北地春
낙 양 방 재 자　강 령 작 유 인　문 설 매 화 조　하 여 북 지 춘

주

洛陽訪才子 : 潘岳의 「西征賦」에 "賈生洛陽之才子"라는 구가 있다. 가의(賈
誼)는 일대의 문장이었으나 장사(長沙)로 귀양갔다. 마침 상대가 洛陽 사람으
로 귀양가는 점이 가의와 같으므로 '才子'라 했다. 才子는 才士.　　江嶺 : 남
중(南中)의 오령(五嶺). 은근히 가의가 귀양간 장사를 아울러 가리킨 것.　　流
人 : 귀양살이하는 사람.　　聞說 : 듣자니.　　北地 : 낙양을 말함.

해설

　　원제는 「洛陽訪袁拾遺不遇」. 습유(拾遺) 벼슬하는 원모(袁某)를 낙
양에서 방문했으나 귀양살이를 떠나고 없어서 만나지 못하고 그 감

466

회를 노래한 것이다.

주에서 설명한 바와 같이 원모(袁某)를 가의(賈誼)에 비김으로써 은근히 그 억울함을 드러낸 수법이 과연 용하며, 귀양살이하는 사람의 원망(怨望)을 슬쩍 '봄'으로 나타내니 슬픈 말이 없으면서 슬픈 정이 서리고, 생각한다는 뜻이 겉으로 드러나지 않았지만 깊은 동정(同情)이 스스로 넘친다. 말은 짧고 평탄(平坦)하나 그 뜻은 이같이 면면(綿綿)하고 깊으니, 시도(詩道)에 깊이 들어간 이가 아니고는 못하는 표현이라 하겠다.

맹호연 (698~740)

왕유와 병칭(竝稱)되는 자연파 시인. 같은 자연을 노래하면서도 왕유보다는 동적인 면이 있는 것 같다. 정지되어 있는 자연이 아니고, 우리 인간 생활과 관련을 맺고 있는 자연을 대상으로 삼은 듯한 인상을 받는다. 이백은 그를 노래하여 "迷花不事君(꽃에 미쳐서 임금을 섬기려 하지 않는다)"이라고 했지만, 사실은 그와는 달리 벼슬을 하려고 몹시 애썼으나 끝내 처사(處士)로 일생을 마치고 말았다. 『북몽쇄언(北夢瑣言)』에 이런 이야기가 전한다. 하루는 이백이 현종에게 맹호연을 천거했다. 현종은 그를 불러 자작시를 외어 보라고 했다. "不才明主棄(재주가 없어서 임금이 버렸다)"라는 구를 듣고 황제는 언짢은 표정이었다. 네가 언제 글을 올려 국사를 논한 적이 있기에 내가 버렸다 하느냐고. 이름은 호(浩), 자는 호연(浩然)이니 양양(襄陽) 사람.

배꽃

> — 구위

차갑고 염염하여 눈인가 여겼더니
그윽한 향기는 금시에 옷에 스며…….
임 계신 옥섬돌 위에 바람 타고 풍기렴.

冷艶全欺雪 餘香乍入衣 春風且莫定 吹向玉階飛
냉 염 전 기 설 여 향 사 입 의 춘 풍 차 막 정 취 향 옥 계 비

주

冷艶 : 배꽃이 차갑고 어여쁨을 형용.   餘香 : 뒤에까지 남은 향기. 그러나
여기서는 풍겨 오는 향기.   乍 : 갑자기.   且 : 잠간.   定 : 멈춤.   玉階 :
궁중의 계단이니, 황제가 있는 곳을 암시한 것.

해설

원제는 「左掖梨花」. 좌액(左掖)은 문하성(門下省)의 별명이니, 선정
전(宣政殿) 왼쪽에 있으므로 그리 부른다. 이것은 응시했을 때에 지

은 것으로, 같은 참가자 속에 왕유·황보염 등이 있었다.

전반은 배꽃의 아름다움을 말했다. 차갑고 고와서 눈인가 여겼는데, 감쪽같이 속았음을 보이기 위해 '全'이라 했고, 이윽고 바람이 일어 향기가 옷에 스미매, 비로소 눈이 아니고 배꽃임을 알게 되었다고 능청을 부릴새, 바람이 갑자기 일어났음을 알리기 위해 '乍'라 했다. 그 수사의 교묘함을 어떻다 하랴. 후반에서는 봄바람에게 조금만 더 불어서 임금 계신 옥계(玉階)까지 이 향기를 보내 달라고 부탁하고 있으니, 자기를 등용해 줄 것을 속으로 바라면서도 말이 은근하여 자취가 없다. 솜씨가 매우 뛰어나다.

구위 (694~789?)

지금의 절강성(浙江省) 가흥(嘉興) 사람. 계모를 효로 섬기어 당하(堂下)에서 지초(芝草)가 났다 한다. 벼슬은 태자우서자(太子右庶子)에 이르고, 80여 세에 나이가 많아 관직에서 물러났다. 시를 잘하여 왕유·유장경 등과 친했다.

봄

— 이화

성 밑에 짙은 풀빛, 시냇물 맑은 노래.
사람은 아니 뵈고 꽃만 절로 지고
봄빛이 가득한 산길 새 소리를 듣는다.

宜陽城下草萋萋 澗水東流復向西 芳樹無人花自落 春山一路鳥空啼
의 양 성 하 초 처 처　간 수 동 류 부 향 서　방 수 무 인 화 자 락　춘 산 일 로 조 공 제

주

宜陽城 : 河南省 宜陽縣.　　萋萋 : 풀이 무성한 모양.　　澗水 : 시냇물.
芳樹 : 봄의 나무.

해설

원제는 「春行寄興」. 봄길을 가다가 감흥을 말한 것.

안녹산의 난이 휩쓸고 간 다음, 황폐한 성 밑에는 잡초가 우거지
고, 무심한 물은 굽이굽이 감돌아 흐르고 있다. 사람조차 눈에 안 띄

건만, 꽃은 지고 새가 우는 봄! 꽃이 지는 것을 '自', 새가 우는 것을 '空'이라 함이, 다 깊이 생각함이 있었어다.

이화(715?~766)

자는 하숙(遐叔), 직례성(直隷省) 조주(趙州) 사람. 진사과에 올라 감찰어사가 되었으나, 안녹산이 장안을 점령했을 때 그를 섬긴 일이 있어서, 이를 부끄러이 여겨 다시 벼슬하지 않았다. 그의 산문 「조고전장문(弔古戰場文)」은 많이 읽혀 왔다.

산가(山家)

— 황보염

산이 그윽하매 고요도 고요한 집.
구름이 찾아와 뜰에서 졸기도 하고
지는 해 푸른 이끼를 때로 비치기도 하고.

山舘長寂寂 閑雲朝夕來 空庭復何有 落日照靑苔
산 관 장 적 적 한 운 조 석 래 공 정 부 하 유 낙 일 조 청 태

주

山舘 : 산에 있는 집.　　空庭 : 아무도 없는 뜰.　　靑苔 : 푸른 이끼.

해설

원제는 「山舘」.

더없이 한가한 경지. 구름이 찾아오고 낙일(落日)이 이끼를 비칠
뿐. 이 시에 한한 것은 아니지만, 이런 계통의 것을 읽으면 인간이
그리워지는 수가 있다. 그것은 그것대로 아름답다고 인정하면서도.

요즘같이 너무 인간사를 노래하는 것도 문제지만, 자연의 색조로 사람이 말살당해도 곤란한 일. 그러나 '落日照靑苔'는 명구.

황보염 (723~767)

황보염의 자는 무정(茂政), 윤주(潤州)의 단양(丹陽) 사람. 열 살에 이미 시를 써서 세상을 놀라게 했다 한다. 진사과에 장원하여 벼슬은 좌보궐(左補闕)에 이르렀다. 아우 증(曾)도 시명(詩名)이 있었다.

유거(幽居)

— 위응물

밖에서는 밤이
부슬비에 젖는다.

나는 일어나 앉아
귀를 기울인다.

이제 봄풀이
돋아나리라…….

어느덧 비가 멎고
동이 터 온다.

뜰에서
새들이 운다.

微雨夜來過 不知春草生 靑山忽已曙 鳥雀繞舍鳴 (抄)
미 우 야 래 과 부 지 춘 초 생 청 산 홀 이 서 조 작 요 사 명

주

夜來 : 어제 밤부터.   不知 : 모르기는 하되. 추측하는 말. 모른다는 뜻이 아
니다.

해설

　이것은 12행의 고시(古詩)에서 중간을 딴 것이다. 모처럼의 아름다
운 자연 관조를 앞뒤의 이론적인 시구가 방해하고 있는 듯이도 느껴
졌기 때문이다. 자연과 완전히 일체가 되어버린 심경! 빗소리, 밝아
오는 아침, 집을 에워싸고 우는 새들. 이런 것과 함께 옮겨가는 마음
은 확실히 풍류의 극치가 아닐 수 없다.

벗을 생각하고

서늘한 가을밤을 거닐며 생각는 것
때로 산중에는 솔방울도 떨어지고
그대도 그 무슨 생각 잠 못 들어 하시나?

懷君屬秋夜 散步詠涼天 山空松子落 幽人應未眠
회군 속추야　산보영양천　산공송자락　유인응미면

####　주

涼天 : 서늘한 하늘.　　松子 : 솔방울.　　幽人 : 숨어 사는 어진 사람.　　應 :
아마도. 추측하는 말.

####　해설

　　원제는 「秋夜寄丘二十二員外」. 가을밤에 원외랑(員外郞) 구단(丘
丹)에게 보낸 것. '이십이(二十二)'는 배항(排行).
　　이르는 바 유한(幽閑)의 정을 나타내어 신운(神韻)이 감돈다. 첫구
는 도치법을 써서 멋지며, 승구(承句)는 서늘한 가을밤과 거니는 사

람의 그윽한 심정을 그림같이 보여 준다. '涼天'이라는, 울려 퍼지는 밝은 음과, 그 서늘한 뜻이 풍기는 여운을 듣자. 山空松子落! 무엇으로 이 한 마디를 살까. '山空'의 고요함만으로는 진정으로 고요한 실감을 주지 못한다. 잔물결 하나 일지 않는 물이 고요한 물결일 수 없음과 같다. 그것은 움직임을 가져야 한다. 솔방울 떨어지는 소리. 그 소리는 얼마나 산의 고요함을 절실하게 전해 주는 것이랴. 또 그것을 듣고 있는 사람의 그윽한 심경도……. 이 전구(轉句)는 작자의 것으로 해도 되고, 상대자의 것으로 풀어도 통한다. 끝의 '應未眠'은 무한한 여운! 잠 못 드는 것이 이렇게도 고상한 표시가 되는 예를 어디서 찾을 수 있을까. 이조년(李兆年)의 시조 「이화월백(梨花月白)」은 다정다감해서 못 자는 것으로, 보다 인간 냄새가 짙어 이와는 같지 않다.

십년 만에

서울에서 십년 만에 고향 집 돌아오니
눈물 아니고야 산천인들 어이 보리.
사람의 죽고 사는 일 아무래도 내 몰라…….

세월은 흘러가고 자취만 남았는데
함께 떠났다가 돌아온 것 이 몸뿐을.
뜰에는 비둘기 날고 해는 서산에 지고…….

洛京十載別　東林訪舊扉　山河不可望　存沒意多違
낙 경 십 재 별　동 림 방 구 비　산 하 불 가 망　존 몰 의 다 위
時遷跡尙在　同去獨來歸　還見窓中鴿　日暮遠庭飛
시 천 적 상 재　동 거 독 래 귀　환 견 창 중 합　일 모 요 정 비

　주
洛京 : 낙양.　　舊扉 : 옛집.　　存沒 : 生死.　　鴿 : 집비둘기.

478

해설

원제는 「同德精舍舊居傷懷」. 동덕정사(同德精舍)는 옥호(屋號), 상회(傷懷)는 마음에 아픈 것.

아내를 데리고 지방관이 되어 떠났다가 홀몸으로 10년 만에 옛집에 돌아오니 보는 것 모두 슬픈 중에, 사이 좋게 날고 있는 비둘기에도 마음은 아프게 찔리는 것이었다. 죽은 아내를 생각하는 이 시를 19수나 연작하였으니 따뜻한 인간미를 지닌 사람인 듯. 그러나 시로서는 감상에 흘러 버려 그리 좋은 편은 못 된다. 자연파 시인들은 평소의 담담한 필치를 인간의 비애에까지 그내로 직용하려 드는 때문일까.

기러기 울음

아득한 내 고향에 마음이 달리는 밤
차가운 가을비는 왜 이리도 내리는지.
더욱이 기러기 울음 차마 못 듣겠구나.

故園渺何處 歸思方悠哉 淮南秋雨夜 高齋聞雁來
고 원 묘 하 처 귀 사 방 유 재 회 남 추 우 야 고 재 문 안 래

주

故園 : 고향.   渺 : 먼 모양.   歸思 : 고향에 돌아가고자 하는 생각.   悠
哉 : 생각이 길어서 다함이 없는 모양. 哉는 감탄을 나타냄.   淮南 : 회수
(淮水)의 남쪽인 저주(滁州).   高齋 : 높은 다락으로 된 관사. 지방관의 관사
를 郡齋라고 함.

해설

원제는 「聞雁」.
위응물이 저주(滁南)자사로 있을 때 고향을 생각하고 쓴 시. 기·승

에서는 생각이 고향을 향해 달리고 있으니, '渺'와 '悠哉'는 그 정서의 길이를 표현한 말이다. 그러나 그러한 정서가 일어나는 여건은 지금 여기에 있어야 하므로 전·결에서는 회남(淮南), 가을비(秋雨), 고재(高齋), 기러기 울음 등으로 향수를 뒷받침한다. 아득히 달리는 시름은 가을비와 기러기로 하여 실감을 얻게 된다. 나는 또 高齋의 '高'를 묘하다 하는 것이니, 기러기 울음을 듣는 곳이 높은 다락이기에 그 우수는 하늘에 닿을 듯한 것이 아니겠는가. 만약 이것을 '郡齋', '窓外' 등으로 바꾸어 놓고 보라. 그것이 꼭 '高齋'여야 되는 까닭을 알리라.

위응물 (737~790?)

장안의 귀족으로 태어났다. 그 자신이 시에서 말한 바에 의하면, 현종의 근위로서 방탕무궤(放蕩無軌)한 생활을 한 듯하다. 도박과 음주와 싸움에다 집에는 망명자를 숨기고, 이웃집 처녀를 꾀어내는 등. 그러나 사직(司直)에서 감히 손을 못 댔다고 하니 일종의 깡패다. 현종이 돌아가자 느끼는 바 있어 교유를 끊고 글을 배웠으며, 시를 짓기는 쉰이 넘어서였다. 그의 시는 자연을 관조하는 점에서 왕유의 계통에 서는 것이지만, 왕유의 시가 풍기는 감미로움은 없고, 더 소탈하고 소박하기에 도연명에 비교되기도 한다. 그러나 그 섬세한 자연에 대한 감각은 왕유 못지 않은 것 같다. 그는 성품이 고결하고 과 욕(寡欲)했으며, 앉는 곳에 향을 피우고 땅을 쓸었다 한다. 자기 집을 정사(精舍)라고 한 것으로도 그의 탈속(脫俗)한 생활이 짐작된다. 벼슬은 소주자사(蘇州刺史)에 이르니, 후인이 위소주(韋蘇州)라고 부르는 까닭이 여기에 있다.

밤

― 사공서

고요히 잠든 강가의 마을.
달도 이미 져 버렸다.
이제야 낚시질을 끝내고 돌아온
어부가 있다.
그는 배도 안 매고
어둠 속에 사라진다.
하기야 온 밤을 바람에 불리어도
갈꽃 핀 물가에 있기는 하렷다.

罷釣歸來不繫船 江村月落正堪眠 縱有一夜風吹去 只在蘆花淺水邊
파 조 귀 래 불 계 선　 강 촌 월 락 정 감 면　 종 유 일 야 풍 취 거　 지 재 노 화 천 수 변

　주

罷釣 : 낚시질을 마침.　　堪眠 : 잘 만한 때가 되었다는 뜻.　　　縱 : 비록.
蘆花 : 갈대꽃.

해설

원제는 「江村卽事」. 강촌의 밤 정경이 보이는 듯하다. 어두워서야 돌아온 어부는 배도 매지 않은 채 가버린다. 현실적으로는 곤란한 어부라 하겠으나 시로서는 이 쪽이 좋다. 이 시가 멋을 풍기는 까닭은 전혀 그 점에 있는 것이니까.

못 가게나 됐으면

만날 때 있을 줄은 번연히 알면서도
오늘밤 그대 소매 차마나 놓기 싫어.
이 술에 담뿍 취하여 못 가게나 됐으면!

知有前期在 難分此夜中 無將故人酒 不及石尤風
지 유 전 기 재　난 분 차 야 중　무 장 고 인 주　불 급 석 우 풍

주

前期 : 앞으로 만날 때.　　難分 : 헤어지기 어려움.　　無 : 말라. '勿'과 같음.
將 : …을 가지고.　　故人 : 친구.　　石尤風 : 바다에 부는 逆風. 옛날 尤氏의
부인 石氏가 남편이 장사하러 나가서 돌아오지 않으매, 유언하기를 죽어서
바람이 되어 무정한 남자들의 뱃길을 막겠다고 하였다는 전설이 있다.

해설

　원제는 「別盧秦卿」. 벗과 작별하는 시.
　헤어지기 싫은 마음에야 당장이 급할 뿐, 어찌 다음 만날 약속이
위안이 될 수 있겠는가. 별리의 미묘한 심리를 전반에서 잘 표현했

다 하겠다. 전결(轉結)에 오자 약간 토라진 듯 분개하는 듯한 어조가
되는 것 또한 절실한 원정(怨情)이 시키는 바로, 한을 나타내어 모자
람이 없다.

사공서 (740~790?)

자는 문명(文明), 광평(廣平) 사람. 진사과에 올라 수부낭중(水部郞
中)을 거쳐 우부원외랑(虞部員外郞)에 이르렀다. 소위 대력십재자(大
曆十才子)의 한 사람으로 절구를 잘했다.

눈

— 유종원

새도 날지 않고 인적마저 끊였는데
강에 배를 띄워 도롱이 입고 삿갓 쓰고
퍼붓는 한박눈 송일 홀로 낚는 늙은이.

千山鳥飛絶 萬徑人蹤滅 孤舟蓑笠翁 獨釣寒江雪
천 산 조 비 절   만 경 인 종 멸   고 주 사 립 옹   독 조 한 강 설

주

千山 : 모든 산.   萬徑 : 모든 길. 徑은 작은 길.   人蹤 : 사람의 발자취.
蓑笠 : 도롱이와 삿갓. 도롱이는 왕골 같은 풀로 엮은 비옷.

해설

원제는 「江雪」.

한 폭의 그림을 대하는 것 같다. 기승(起承)에서 '千'이라 '萬'이라
하고, '絶'이라 '滅'이라 하여 온 세상이 백설에 뒤덮여 적막한 풍경

을 극한적인 언어를 씀으로써 잘 나타냈다. 그러나 이것만으로는 그림이 될 수 없다. 그것이 멋을 지니기 위해서는 무슨 움직임이 있어야 한다. 그러기에 후반에 오면, 강에 배를 띄우고 눈 오는 속에 고기를 낚고 있는 늙은이가 등장하게 되는 것이다. 그 노인은 도롱이를 걸치고 삿갓을 쓰고 있다. 이리하여 아치(雅致) 있는 그림은 완성된 것이다. 후세에서 한강독조도(寒江獨釣圖)를 많이 그리게 된 아이디어를 제공한 것이 이 시다.

유종원 (773~819)

그의 자(字)는 자후(子厚), 유주자사(柳州刺史)로 있다가 죽었기에 유유주(柳柳州)라고도 불리운다. 산문 작가로 더 유명하여, 소위 변문(騈文)의 미문조(美文調)를 배격하고 고문(古文)을 부흥시킨 점에서 한유와 어깨를 나란히한다. 그러나 시에서는 한유의 괴기한 취미에 동조함이 없이 독특한 길을 걸었다. 그의 자연 예찬으로 볼 때 왕맹위유(王孟韋柳)라고 하여, 멀리 왕유·맹호연·위응물과 같은 계열로 평가하는 방식이 보다 어울릴 것이다.

그는 중앙에 있으면서 도당(徒黨)을 모은 혐의가 있어서 지방으로 쫓겨났는데, 지방관으로서는 선정(善政)이 있었던 모양이다. 유주(柳州) 백성들은 그가 죽은 후, 묘(廟)를 짓고 비를 세워 그를 추모했다.

구름이 깊어서
            - 가도

소나무 밑에서
동자(童子)를 만났다.

약을 캐러 갔다고.

이 산 속에
있기야 하겠지만

구름이 하도 깊으니
어디 가서 찾는다?

松下問童子 言師採藥去 只在此山中 雲深不知處
송 하 문 동 자 언 사 채 약 거 지 재 차 산 중 운 심 부 지 처

童子 : 道士의 侍童.　　言 : 말하기를.　　師 : 道士를 가리킴.　　採藥 : 약을
캐는 것은 불로장생을 원하는 도사의 중요한 일과.

해설

원제는 「訪道者不遇」. — 도사를 찾았다가 못 만나고 —.

당대(唐代)에는 선도(仙道)가 발전했다. 노자가 황제와 동성(同姓)
이라는 점도 있고, 불로불사를 원하는 인간의 본능적 욕구도 있어서
황제들은 크게 이를 보호했다. 도사들 중에는 일종의 사기꾼도 많았
지만, 깊은 산 속에서 수도한다고 앉아 있는 모습은 일말의 동경을
끌기도 했던 모양이다. 더구나 그것이 유한(幽閑)을 사랑하는 시인들
의 구미를 돋우었을 것은 뻔한 일. 그래서인지 도사를 찾아갔다가
못 만난 이야기를 쓴 시가 유행한 것이 사실이다. 가도는 고음(苦吟)
으로 유명한 시인이지만, 이 한 편에서는 자기 레벨을 훨씬 뛰어넘
어 비상한 성공을 거두었다.

소나무 아래에서 동자(童子)를 만나는 장면은 그윽하고도 멋지다.
그것은 바로 선계(仙界)의 풍경. 그러나 우리는 곧 낙심하고 만다. 도
사는 약을 캐러 가서 부재중이라는 동자의 대답에 —. 여기서 시상
은 우뚝 멈추어 서는 수밖에 없다. 그러나 작자는 의외의 방향으로
혈로(血路)를 타개한다. "하기야 이 산 안에 있기야 하겠지만 구름이
하도 깊으니 모르쾌라 그 곳을." 이렇게 되고 보니, 도사 만난 것보

다 더 멋이 풍기지 않는가. 전체는 그윽하고 고상한 가운데 무한한 함축과 여운을 풍기니, 오언절구의 백미라 하겠다. 언어 또한 빈틈이 없어 한 마디 한 마디가 도사의 풍치(風致)와 관계 깊은 것뿐이니, 松·童子·採藥·山中·雲深 등의 말이 어떤 구실을 하고 있나 보라.

가도 (779~843)

자는 낭선(浪仙), 지금의 북경 부근인 범양(范陽) 사람. 중이 된 적도 있어서 법명은 무본(無本). 고음(苦吟)으로 유명했던 사람으로 '퇴고(推敲)'의 일화는 누구나 아는 바이지만, 스스로도 "두 구(句)를 삼년(三年)에 얻어, 한 번 읊으매 두 줄기 눈물이 흐른다" 하였다. 二句三年得 一吟雙淚流! 얼마나 언어와 피나는 씨름을 한 사람이냐. 그러나 이렇게 언어에 대해 지나치게 엄격한 태도를 갖는 것은 오히려 시심(詩心)을 위축시키기 십상이다. 소식(蘇軾)이 그를 평하여 '도수(島瘦)'라 한 것은 적절한 표현이다.

그는 한유에게 발견되어 환속하여 그 문하에 있었다. 벼슬은 장강주부(長江主簿).

산에서 내려오면서
 — 노동

산에서 내려오면서
문 잠그는 거와
뽕나무에 걸어 둔 낚싯대
치우는 걸 깜빡 잊었다.
그러나, 사람이란 별로 없고
아는 것은 새뿐이니,
만일에 낚싯대를 잃는다면
필시 원숭이놈 탓일 테지.

出山忘掩山門路　釣竿揷在枯桑樹　當時只有鳥窺窬　更亦無人得知處
출 산 망 엄 산 문 로　조 간 삽 재 고 상 수　당 시 지 유 조 규 유　갱 역 무 인 득 지 처
家僮若失釣魚竿　定是猨猴把將去
가 동 약 실 조 어 간　정 시 원 후 파 장 거

주

忘掩 : 닫는 것을 잊었다.　　釣竿 : 낚싯대.　　窺窬 : 엿봄.　　無人得知處 :
낚싯대 둔 곳을 알 수 있는 사람이 없다.　　家僮 : 집안에서 심부름하는 아

492

이.　定是 : 필시. 추측하는 말. '是'는 助字.　猨猴 : 원숭이.　把將 : 손
으로 잡는 것. '將'은 助字로, 동작의 현실화를 나타냄.

해설

원제는 「出山作」.

"만일에 낚싯대를 잃는다면 필시 원숭이놈 탓일 테지." 하는 것은
쉬운 듯하면서 여간한 사람이 아니고는 못할 소리. 표현도 애쓴 흔
적이 없이 극히 자연스럽다. 낚싯대 하나에 마음이 얽매여 있는 듯
하면서도 집착을 떠난 경지다. 집착을 떠났다고 해서, 마음이 목석이
아닌 바에야 집착은 다시 생길 것이다. 집착이 있으면서도 그것이
그대로 집착이 안 된다 할까, 말이 좀 이상하지만 그런 경지는 있는
것이다. '桃紅柳綠'이니 '眼橫鼻直'이니 하는 말이 시사하듯, 그것은
우리 범상의 세계와 같으면서 다른 심경이리라.

노동 (795?~845)

범양(范陽) 사람. 소실산(少室山)에 은거하여 고고한 생활을 즐겼
다. 조정에서 간의대부(諫議大夫)로 불렸으나 응하지 않았으며, 한유
가 하남령(河南令)으로 있을 때에, 그 시를 사랑하여 깊은 경의를 가
지고 대했다는 이야기가 있다. 그의 시나 행적으로 미루어 꽤 탈속
한 고사(高士)였던가 싶다.

옥문관(玉門關) 이곳은

왕지환 (王之渙)

고적 (高適)

잠삼 (岑參)

양주사 (涼州詞)

— 왕지환

황하는
아득히

구름 도는
하늘가,

만 길
산 위에

걸려 있는
성이여.

누가
부는가

애처론
절양류(折楊柳)!

옥문관
이곳은

봄빛도
못 넘노니…….

黃河遠上白雲間 一片孤城萬仞山 羌笛何須怨楊柳 春光不度玉門關
황 하 원 상 백 운 간　일 편 고 성 만 인 산　강 적 하 수 원 양 류　춘 광 부 도 옥 문 관

주

涼州 : 악부의 제목을 빌려 변방의 풍광(風光)을 노래한 것.　萬仞 : 대단히 높은 모양. 1仞은 8尺.　羌笛 : 호인(胡人)의 피리.　何須 : 어찌 …할 필요가 있으랴.　楊柳 : 피리 곡조에 折楊柳가 있으니, 이별의 곡조.　玉門關 : 서역으로 가는 데에 있는 관문.

해설

높은 지대에서 황하가 흘러오는 모양을, 백운(白雲) 사이로 올라간

다 하였으니, 황하와 백운이 한 구에서 대(對)를 이루었고, 높은 산 상에 조그만 성이 걸려 있는 모양을 말한 승구(承句)에서는 '一片'과 '萬仞'이 대조가 되어, 그 지형의 험함을 효과 있게 살렸다. 3행에서 는 피리 소리가 들려 와 시를 새로운 국면으로 전개시킨다. 구슬픈 절양류(折楊柳)의 멜로디! 그러나 옥문관 밖, 이 호지(胡地)에는 봄도 오지 못하나니, 무엇을 원망하는 저 피리 곡조인가. 결구는 비절(悲絶)하여 변방에서 겪는 병사의 고통이 아프게 가슴에 온다. 春光不度玉門關! 얼마나 강렬한 절규인가.

왕지환(695~?)

병주(幷州, 直隷省) 사람으로, 젊어서는 검술을 좋아하고 사귀는 상 대도 협객들이어서, 그 생활이 거칠었으나 나중에 태도를 바꾸어 시 작(詩作)에 정력을 쏟았다. 왕창령·고적 등과 사귀어 시명(詩名)이 일시에 빛났다. 변새시(邊塞詩)에 좋은 작품을 남겼다.

두보에게

— 고적

인일(人日)이라 시 한 편을
초당(草堂)으로 부치노니
지금쯤 홀로 앉아 고향 그릴
벗이여.
파아란 버들싹 차마 못 보고
매화꽃은 활짝 벌어
애를 끊는가.

나는 남쪽에 몸을 두어
하는 일 없이
마음에 지니는 것 시름이어니
그대 생각, 헛되이
오늘을 보내지만
어디에 있을는지, 내년의 인일(人日)!

넌지시 동산(東山)에 누운 채
서른 해를 보내다가
이같이 풍진(風塵) 속에
묻혀 늙다니!
늘그막에 무슨 일고,
이천 석(石) 태수(太守) 되어
부끄러우이, 동서남북
자유로운 벗이여.

人日題詩寄草堂　遙憐故人思故鄕　柳條弄色不忍見　梅花滿枝空斷腸
인 일 제 시 기 초 당　요 련 고 인 사 고 향　유 조 농 색 불 인 견　매 화 만 지 공 단 장
身在南蕃無所預　心懷百憂復千慮　今年人日空相憶　明年人日知何處
신 재 남 번 무 소 예　심 회 백 우 부 천 려　금 년 인 일 공 상 억　명 년 인 일 지 하 처
一臥東山三十春　豈知書劍老風塵　龍鍾還添二千石　愧爾東西南北人
일 와 동 산 삼 십 춘　기 지 서 검 노 풍 진　용 종 환 첨 이 천 석　괴 이 동 서 남 북 인

주

人日 : 정월 7일. 정월 1일을 계일(鷄日), 2일을 구일(狗日), 3일을 시일(豕日),
4일을 양일(羊日), 5일을 우일(牛日), 6일을 마일(馬日), 8일을 곡일(穀日)이라
한다는 말이 형초세시기(荊楚歲時記)에 보인다.　草堂 : 두보가 촉의 성도(成
都)에서 살던 완화초당(浣花草堂).　故人 : 친구. 두보를 말함.　身 : 자기.
南蕃 : 남쪽 번방(蕃邦)이니, 蜀을 말함. 때에 高適은 중앙에서 밀려나 촉(蜀)
·팽(彭) 이주(二州)의 자사(刺史)로 있었다.　一臥東山 : 진(晉)의 사안(謝安)
은 회계(會稽) 남쪽 동산(東山)에 숨어 나오지 않았다. 세상 사람들은 "사공

(謝公)이 안 나오니 창생(蒼生)을 어찌하랴."라고 하였다.　風塵 : 풍파와 같음. 官路의 험함을 말함.　龍鍾 : 노쇠함. 이것은 첩운(疊韻)이니 두 자의 합운이 癃(노쇠)과 같기 때문.　二千石 : 지방의 태수. 그 녹이 二千 石이므로. 愧爾 : 부끄러워한다. 爾를 조자(助字)로 보지 않고, '너'라고 풀어도 무방하다.　東西南北人 : 떠도는 사람.

해설

원제는 「人日寄杜二拾遺」. 인일(人日)을 당하여 두보에게 보낸 시. '이(二)'는 배항(排行), '습유(拾遺)'는 두보가 한 적이 있는 벼슬 이름. 고적은 두보의 좋은 벗이었다. 성도(成都)에서 곤궁하게 지내던 두보는 그에게 많은 도움을 받았다.

처음 4행은 두보의 처지를 동정한 것. 3, 4구는 특히 애절하다. 매화나무 가지에 가득 핀 시름을 읽으라. 다음 4행은 자기의 심경. 간신들에게 쫓겨 지방으로 좌천되어 국정에 참여도 못하고 근심에 싸여서 나날을 보내는 사람. 벼슬하는 비애는 내년의 오늘, 몸이 어디에 있을지 예측하지 못한다. 끝의 4행은 자기 신세를 말하며 친구에게 대하여 부끄러운 뜻을 표명하여 시를 맺었다. 전체의 비애 뒤에, 무슨 꿋꿋한 뼈마디 같은 것이 느껴지지 않는가. 단순한 문인이 아니고 지사적(志士的)인 일면이 엿보이는 점, 두보와 상통함이 있다 하겠다.

어느덧 천년

양왕(梁王)이 그 옛날에
흥청거릴 때

구름처럼 재사(才士)들도
모여들더니

흐르는 세월은
어느덧 천 년

남으니
오직 이 고대(高臺)뿐인가.

풀 우거진 언덕에
홀로 서며는

슬픈 바람
천리를 불어 오도다.

梁王昔全盛　賓客復多才　悠悠一千年　陳迹惟高臺
양 왕 석 전 성　빈 객 부 다 재　유 유 일 천 년　진 적 유 고 대
寂寞向秋艸　悲風千里來
적 막 향 추 초　비 풍 천 리 래

　　주

梁王 : 양(梁)의 효왕(孝王). 한(漢) 문제(文帝)의 아들로 양왕(梁王)이 되어, 크
게 궁실을 짓고 빈객을 모아 마음껏 영화를 누렸다.　　　陳迹 : 옛 자취. 陳
은 舊. 迹은 跡과 같음.　　　高臺 : 효왕은 師曠(음악의 명인)의 취대(吹臺)를
증축하여 평대(平臺)라 이름짓고, 천하의 준재(俊才)들을 불러 놀았다.

　　해설

　원제는 「宋中」. 송중(宋中)이란 옛날의 송국(宋國)이니, 한대(漢代)
에 와서는 양(梁)이라고 이름을 고쳤다. 문제(文帝)의 넷째아들 효왕
(孝王)은 이곳에서 다시 없는 영화를 누렸던 바, 천년이 지난 후일 여
기를 지나던 시인이 그 황폐한 모습을 보고 감개가 없을 수 없었던
것이다. 고시(古詩)는 율(律)이나 절구(絶句)와 달라서, 세부(細部)에
얽매이지 않고, 큰 기운을 가지고 전편을 휩쓸어야 한다. 이 시는 이
런 요령을 깊이 발휘하여 바람이 천리를 휘몰아치는 듯한 기상이 있
다.

502

고적 (702?~765)

그는 서기관으로 종군한 적이 있어서, 변경의 삭막한 풍물을 노래
한 점에서 잠삼(岑參)과 병칭되기도 하지만, 잠삼 같은 절조(絶調)는
남기지 못한 듯하다. 그의 시에서는 작은 기교에 얽매이지 않는 큰
기개가 느껴지며, 나라를 근심하고 세상을 개탄하는 말이 많다. 나이
50이 되어서야 배우기 시작했다는 시가 한 편씩 나올 때마다 인구에
회자되었다 하니, 그의 자질이 짐작된다. 이백·두보와도 친했으며,
특히 두보에게는 물질적 원조도 많이 했던 모양이다. 안녹산의 반란
직후에 좌습유(左拾遺)가 된 점은 두보와 비슷하나, 두보와는 달리
순조로이 출세하여 서천절도사(西川節度使)·형부시랑(刑部侍郎)을 거
쳐 좌산기상시(左散騎常侍)에 이르러 발해후(渤海侯)에 봉함을 받았다.
자는 달부(達夫), 창주(滄州) 즉 천진(天津) 사람.

입춘(立春)

 — 잠삼

목숙봉변(苜蓿烽邊)
입춘날,

호로하상(胡蘆河上)
피눈물.

집사람의
생각이

사막 만릴
알것가?

苜蓿烽邊逢立春 胡蘆河上淚沾巾 閨中只是空相憶 不見沙場愁殺人
목숙봉변봉입춘 호로하상누점건 규중지시공상억 불견사장수쇄인

苜蓿烽 : 옥문관 밖 사막에 있는 봉화대 이름.　胡蘆河 : 거기 있는 강 이름.
황하의 지류.　閨中 : 규방 속.　空相憶 : 쓸데없이 생각만 할 뿐.　沙
場 : 사막.　愁殺 : 근심하게 함. 殺는 조자(助字).

해설

　원제는 「苜蓿烽寄家人」. 그가 막료 자격으로 종군했을 때에 아내
에게 보낸 시.

　그의 시혼(詩魂)은 이색적인 변경의 풍물을 앞에 놓고 부풀 대로
부풀어 있다. 사막에서 봄을 맞는 슬픔이 목숙봉(苜蓿烽) · 호로하(胡
蘆河) 등의 지명에 의해서 어떻게 살려졌는지를 보자. 기 · 승은 그
율조(律調)가 대단히 슬프다. 의미 같은 것은 생각하지 않고 읽어도,
그 가락은 우리를 슬픔 속으로 끌어들이기에 충분하다. "집에서도
내 생각을 하기야 하겠지만, 끝없는 사막이 애를 끊는 이 정경이야
어찌 짐작이나 하랴." 전 · 결은 또 얼마나 단장의 비애이냐. 그러면
서도 전체가 풍기는 기개는 결코 연약하지 않다. 장부다운 꿋꿋함이
슬픔을 뒤에서 받쳐 주고 있다. '只是'의 두 자가 얼마나 슬프며, '不
見'이란 말이 얼마나 기막히는 감개를 나타내고 있는 것이랴.

　이 시의 묘미는 그 비장한 리듬에 반너머 걸려 있는 것이기에, 번
역도 똑같이 칠언으로 만들어 보았다. 약간 의미가 희생될 값에 음
률을 살려 보고 싶은 충동이 컸기 때문이다.

사막 길

말을
달려 달려

서쪽
하늘가

집 떠나서
어느덧

두 번 맞는
만월이여!

이 밤을
모르괘라,

어디서
내 쉴 것고.

인가 하나
안 뵈는

만리
사막 길.

走馬西來欲到天 辭家見月兩回圓 今夜不知何處宿 平沙萬里絕人烟
주 마 서 래 욕 도 천   사 가 견 월 양 회 원   금 야 부 지 하 처 숙   평 사 만 리 절 인 연

주

西來 : '西'만 가지고, '서쪽으로 간다'는 뜻. 來는 助字. 만일 '來'를 붙여서
그대로 새기면, '西로부터 온다'가 된다. '서쪽으로 온다'고 쓰려면 '來西'라
고 해야 될 것.   欲到天 : 중국의 사막은 갈수록 지세가 높아 마치 하늘에
오르는 느낌이 있으므로 하는 말.   辭家 : 집을 떠남.   平沙 : 평평한 사막.

해설

원제는 「磧中行」. 적(磧)은 사막.

'서쪽으로 서쪽으로 말을 달려서, 어언간 집을 떠나 두 번째 맞는
보름달!' 자기의 느낌을 넌지시 달에 기탁하여 말하는 수법.

'오늘 밤을 어디서 자랴. 사람 자취 끊인 만리의 사막!' 전구(轉句)
에서 안으로 고여든 시름이 결구(結句)에 와서 어떻게 널리널리 번져
가는가를 음미하라. 시름과 함께 만리 사막 위에 번져가는 여운이여.

꿈

간밤에는
봄바람 불고

아득히 상강(湘江) 물이
그리웠어요.

거기에 계신 임이
몹시도 몹시도 그리웠습니다.

그러기에 잠깐을
조는 새에도

몇 천리 강남 땅을
갔다 왔지요.

洞房昨夜春風起 遙憶美人湘江水 枕上片時春夢中 行盡江南數千里
동 방 작 야 춘 풍 기 요 억 미 인 상 강 수 침 상 편 시 춘 몽 중 행 진 강 남 수 천 리

洞房 : 여인이 거처하는 깊숙한 방.   美人 : 임. 『시경』 "彼美人兮 西方之人
兮".   湘江 : 호남성(湖南省)의 큰 강. 소강(瀟江)과 합하여 동정호에 들어감.
江南 : 양자강의 남방 일대.

해설

원제는 「春夢」.

잠삼은 정서를 축소하기도 잘하고, 확대시키는 데도 능란한 것 같
다. 동방(洞房)에서 일어난 춘풍은 아주 미미한 것이지만, 멀리 상강
에까지 벋어감을 보라. 또 전구(轉句)에서 말하는 잠깐 사이의 춘몽
(春夢)은, 정(情)을 마치 겨자씨처럼 작게 옴츠린 것인데, 그것이 결구
에 가서 강남 수천리를 한 숨에 휩쓰는 것은 이 무슨 솜씨인가.

양원 (梁園)

양원에
해 지고

까마귀 떼
날고

뵈는 것
쓸쓸할 뿐

두세 채
인가.

흘러간
영화를

나무가
알랴?

봄 오자
피어난

꽃이여!
예 같은 꽃이여!

梁園日暮亂飛鴉 極目蕭條三兩家 庭樹不知人去盡 春來還發舊時花
양원일모난비아 극목소조삼량가 정수부지인거진 춘래환발구시화

주

梁園 : 한(漢)의 제후인 양효왕(梁孝王)이 지은 유원지.　　鴉 : 까마귀.　　極
目 : 아무리 둘러보아도. 시야에 들어오는 모든 것이.　　蕭條 : 쓸쓸한 모양.
三兩 : 二三과 같음.　　還 : 다시.

해설

　　원제는 「山房春事」. 산방(山房)은 절의 방이요, 춘사(春事)는 춘흥
(春興)이니, 양원(梁園)의 터에 지어진 개원사(開元寺)에 갔다가 감회
를 읊은 시인 듯하다.

　　이것은 칠언절구 중의 백미! 읽을 때마다 비장한 감개가 가슴을
울린다. 해가 진 양원에 까마귀 떼가 어지러이 날으는 광경을 마음

으로 그려 보라. 얼마나 쓸쓸한 이미지인가.

그러나 이 쓸쓸함은 다음의 승구(承句)에 가자 '極目'이라는 말에 의해서 극한대로 확장된다.

그러면서도 그 감정이 추상적인 방향으로 흐르는 것을 막기 위해 '두세 채 인가'를 배치함으로써 이미지를 더욱 강화했다. 다시 전결(轉結)에 가면, 꽃의 무심한 아름다움이 더욱 쓸쓸한 감회를 돋우어 끝없는 여운을 일게 하고 있다. 이 시의 아름다움은 하나하나의 낱말이 가지고 있는 뜻과 음과 형태에 있으며, 또 이런 말들이 결합하여 빚어내는 이미지에 있으며, 그 율조(律調)와 향기에 있으며, 나아가서는 이런 표현의 그 밖에 있는 것이다. 따라서 분석하든지 딴 말로 옮기든지 할 수 있는 성질의 것이 아니다.

'梁園日暮亂飛鴉'와 '梁園에 해가 넘어가고 어지러이 나는 까마귀'와는 전연 다른 정서임을 알아야 한다. 앞의 것은 그지없이 아름다운 것이지만, 우리 말의 것은 도저히 시가 될 수 없는 거친 감상이어서 정서라고 부르기조차 꺼려진다. 시의 정서란 작시(作詩) 이전에 이루어지는 것이 아니고 언어로 표현함으로써 비로소 탄생하는 것이니, 내가 원시(原詩)를 그대로 받아들이기를 강조하는 까닭이 여기에 있다.

향수 (鄕愁)

동으로 동으로
흐르는 물은

언제나 옹주(雍州)에
이를 것인지?

애틋한 이 눈물을
실어 주리니

내 고향 지날 적엔
잠시 머물어

슬픈 노래 한 곡조
부르고 가련?

渭水東流去 何時到雍州 憑添兩行淚 寄向故園流
위 수 동 류 거 하 시 도 옹 주 빙 첨 양 항 루 기 향 고 원 류

渭水 : 감숙성에서 시작하여 장안을 거쳐 황하로 흐른다.　雍州 : 우공구주
(禹貢九州)의 하나로 장안(長安) 일대. 지금의 섬서성 서안(西安) 지방.　憑 :
기탁함.

해설

원제는 「見渭水思秦川」. － 위수(渭水)를 보고 秦川(長安)을 생각하
다 － .

망향의 정이 애절하게 느껴지는 소품. 모든 생각이 물 하나에 집
중된 까닭인가.

잠삼 (715～770)

잠삼은 서북 변경의 참담한 풍물과 인정을 노래하여 많은 걸작을
남겼다. 이백같이 일상생활에서도 무지개 같은 꿈을 구상해 내는 시
인도 있겠지만, 강렬한 어떤 체험이 필요한 사람도 있다. 잠삼은 막
료로 뽑혀 다년간 고비 사막 부근에서 병사와 같이 고생을 나눈 적
이 있다. 그 막막한 환경과 내일을 점칠 수 없는 운명! 이 극한상황
이 한 시인의 성장을 촉진했다고 해서 이상할 것은 없다. 그는 거기
서 얻은 체험을 고시와 절구로 노래하여 많은 작품이 있지만, 모두
비장한 색조를 띠고 있어서 특이한 감명을 준다. 벼슬은 가주자사(嘉
州刺史)에 이르렀다.

말 탄 채 뜯는 비파

낙빈왕(駱賓王)

왕적(王績)

왕발(王勃)

유정지(劉廷芝)

진자앙(陳子昂)

왕한(王翰)

역수(易水)
— 낙빈왕

여기서 손목 잡고 태자와 헤어질 때
장사의 의기는 하늘을 찔렀거니
나 홀로 물가에 서서 차마 발을 못 돌려…….

此地別燕丹 壯士髮衝冠 昔時人已沒 今日水猶寒
차 지 별 연 단   장 사 발 충 관   석 시 인 이 몰   금 일 수 유 한

주
此地 : 易水를 말함.   燕丹 : 연(燕)의 태자니, 이름은 단(丹).   髮衝冠 : 머리카락이 관을 찌른다. 즉 기개가 대단한 모양.

해설
원제는 「易水送別」.
연(燕)의 태자 단(丹)은 진시황을 죽이기 위해 협객 형가(荊軻)를 역수(易水)에서 보냈다. 형가는 강개(慷慨)하여 노래하였다.

바람 쓸쓸하고 역수(易水)는 찬데
장사(壯士)는 한번 가면 돌아올 줄 없어라.

風蕭蕭兮易水寒 壯士一去兮不復還
풍 소 소 혜 역 수 한   장 사 일 거 혜 불 부 환

그 소리가 비장하여 무사들은 모두 눈을 부릅뜨고, 머리는 관을
향해 치뻗었다. 낙빈왕은 이 고사를 빌려, 당(唐)의 정권을 가로챈 측
천무후에 대한 분을 털어놓은 것이라고 한다.

기·승은 태자와 헤어질 때의 광경의 상상이고, 후반은 오늘 역수
에서 느끼는 자기의 소감을 말한 것이다. '髮衝冠'은 『전국책』에서
인용한 것이지만 얼마나 장사의 이미지를 생생하게 일으키는 것이
랴. 또 '水猶寒'은 형가의 노래에서 딴 내용으로 그 앞의 '人已沒'과
대를 이루어, 금석(今昔)의 감회를 자아내는 한편, 역수가 변함 없듯
형가 같은 사람이 지금도 있다는 뜻을 은근히 비쳤다. '猶' 한 자가
사람을 죽이는 촌철(寸鐵) 구실을 하고 있음을 알자.

낙빈왕 (640~684)

초당사걸(初唐四傑)의 한 사람. 특히 오언(五言)을 잘했다. 처음 장
안주부(長安主簿)가 되었으나, 무후(武后)가 집권하자 지방으로 좌천
되었다. 서경업(徐敬業)이 무후를 치기 위해 군을 일으키니, 이에 가

담하여 그 격문(檄文)을 썼다 한다. 거사가 실패하자 종적을 감추었
다. 무주(婺州) 의오(義烏) 사람. 이름이 빈왕(賓王)일 뿐이니, 왕이라
고 오해 없도록.

들에 서서

－ 왕적

동쪽 언덕에 오르면
해는 기우는데

내가 갈 곳은
그 어디멘지?

나무란 나무는
가을에 물들고

산이란 산엔
낙조(落照)가 어려…….

무심한 목동은
송아지 몰아 돌아오고

새를 잡아 차고
말 달리는 사냥꾼.

둘러보아야
아는 이란 없노니

차라리 채미가(采薇歌)나 부르며
옛사람 따를까.

東皋薄暮望 徒倚欲何依 樹樹皆秋色 山山惟落暉
동 고 박 모 망 사 의 욕 하 의 수 수 개 추 색 산 산 유 낙 휘
牧人驅犢返 獵馬帶禽歸 相顧無相識 長歌懷采薇
목 인 구 독 반 엽 마 대 금 귀 상 고 무 상 식 장 가 회 채 미

주

薄暮 : 해가 지려고 하여 어둠이 가까운 시기.   徒倚 : 배회.   欲何依 :
어디에 의지하고자 하느냐. 강한 의문이 아니고, 아무 데도 의지할 곳이 없
다는 뜻.   落暉 : 저녁 노을.   犢 : 송아지.   返 : 돌아감.   采薇 : '采'와
'採'는 통함. 采薇歌는 백이·숙제가 절개를 지키기 위해 수양산에 들어가 고사
리를 캐어 먹다가 죽은 고사.

원제는 「野望」. 들의 조망(眺望)을 노래한 것.

수(隋)가 어지러워지는 것을 보고 동고(東皐)에 은거했을 때의 작품일 것이다. '薄暮'는 실경(實景)이자 나라의 박모도 되는 것이다. 배회하며 의지할 곳이 없다 함은 목은(牧隱)의 "석양에 홀로 서서 갈 곳 몰라 하노라"의 심경이리. 나무마다 물든 가을빛, 산산(山山)에 걸린 저녁 노을, 모두 망국의 조짐! 목동이나 사냥꾼은 돌아갈 데가 있건만, 그는 어디 가서 무엇을 하고 살면 되랴? 1행의 '望'은 3, 4행의 추경(秋景)을 불러 오고, 2행의 '欲何依'는 결말과 응하여, 은인한 중에 제 심경을 가을 이미지를 통해 표현하는 데 성공했다.

왕적 (585~644)

자는 무공(無功), 강주(絳州) 용문(龍門) 사람. 수(隋)를 섬겨 비서정자(秘書正字)가 되었으나 세상이 어지러움을 보고 향리에 돌아가 시주(詩酒)를 즐기며 동고자(東皐子)라 스스로 일컬었다. 당(唐)이 서자 부름을 받아 대조(待詔)가 되었다. 육조(六朝)의 화미(華美)한 시풍(詩風)을 벗어나 진솔한 작품을 쓴 것은 높이 평가되어야 한다.

등왕각 (滕王閣)

— 왕발

등왕각은
강가에 서 있어도

패옥(佩玉) 소리 끊인 지는
이미 오래다.

단청한 서까래를
아침이면 남포(南浦)의 구름이 스쳐 가고

주렴(朱簾)을 걷으면
해질녘 비에 젖는 서산이 보이리.

못물 위에 흰 구름은
유유히 떠도는데

세월은 그 얼마를
바뀌었는지?

주인 잃은 다락 —

난간 밑을 장강(長江)은
굽이쳐 흐른다.

滕王高閣臨江渚	佩玉鳴鸞罷歌舞	畵棟朝飛南浦雲	朱簾暮捲西山雨
등 왕 고 각 임 강 저	패 옥 명 란 파 가 무	화 동 조 비 남 포 운	주 렴 모 권 서 산 우
閒雲潭影日悠悠	物換星移幾度秋	閣中帝子今何在	檻外長江空自流
한 운 담 영 일 유 유	물 환 성 이 기 도 추	각 중 제 자 금 하 재	함 외 장 강 공 자 류

주

滕王閣 : 지금의 강서성(江西省) 남창현(南昌縣)에 있다. 당(唐)의 고조(高祖)의
아들 등왕(이름은 元嬰)이 이곳 자사(刺史)가 되었을 때에 지은 것.　佩玉 :
귀족들이 허리에 차던 구슬. 걸으면 소리가 난다.　鳴鸞 : 鸞은 난새 모양으
로 된 말방울.　畵棟 : 단청한 서까래.　南浦 : 등왕각 가까이 있는 지명.
朱簾 : 구슬로 장식한 발. ‘朱’는 ‘珠’와 통한다.　西山 : 산이름. 염원산(厭原
山)·남창산(南昌山)이라고도 한다.　物換 : 세상이 바뀌는 것.　星移 : 세월
이 흐르는 것.　秋 : 해.　帝子 : 등왕.　何 : 어디에.　檻 : 난간.

해설

이것은 「등왕각서(滕王閣序)」에 붙은 시.

홍도(洪都 : 南昌) 자사 염백서(閻伯嶼)는 등왕각을 중수(重修)하고 상원(上元) 2년(675) 9월 9일, 그 낙성(落成)을 축하하는 연회를 베풀었다. 그는 미리 제 사위인 오자장(吳子章)에게 글을 준비시켜 놓았으나, 예의상 손님들에게 누가 서(序)를 써 달라고 청했다. 이 때 아무도 나서지 못하는 중에, 말석에 앉았던 왕발이 나와서 붓을 잡는 데 새파란 애송이였다. 자사는 노하여 안으로 들어가고, 속리(屬吏)를 시켜 때때로 그 글을 보고하게 했다. 글이 "落霞與孤鶩齊飛 秋水共長天一色"에 이르자 위연(喟然)히 탄복하여 천재라 하고, 나와서 글의 완성을 지켜보았다. 문장은 갈수록 웅혼기려(雄渾奇麗)하여, 말미에 이 시를 붙이자, 크게 칭찬하고 후히 상을 주었다. 이 때에 왕발은 지방관으로 가 있는 아버지를 찾아 여기를 지났던 것이며, 나이 12세였다는 전설이 있으나 믿을 것이 못 되고, 사실은 스물 아홉, 그가 죽는 바로 그 해이었다.

전반에서는 등왕각의 경치를 말하고, 후반 4행은 옛날을 회상했다. 웅혼한 기상으로 일관하니, 바람이 만리를 휩쓰는 것 같다. 3, 4행에서 조망하는 경치를 보였음은 첫구의 '高閣'과 대응하는 것으로 그 웅대한 규모가 눈에 보이는 듯하다. 다시 후반에서 등왕을 추억하여 난간 밑을 흐르는 장강으로 끝을 맺으니, 생각을 실경(實景)에 돌리어 무한한 여운을 일게 하기 위함이다.

촉(蜀)으로 가는 벗에게

삼진(三秦)은
장안을 지키는 땅

아득한 오진(五津)은
그대 가는 곳일세.

보내는 슬픔
남달리 간절함은

나도 벼슬하는
사람인 때문.

진정 알아 주는 이
어디에 있을 것이라면

하늘 끝이라도
이웃 같으리니

헤어지는 이 마당에
여인네 모양

아예 손수건을랑
적시지 마세.

城闕輔三秦 風烟望五津 與君離別意 同是宦遊人
성 궐 보 삼 진　풍 연 망 오 진　여 군 이 별 의　동 시 환 유 인
海內存知己 天涯若比鄰 無爲在岐路 兒女共沾巾
해 내 존 지 기　천 애 약 비 린　무 위 재 기 로　아 녀 공 점 건

주

城闕 : 장안을 말함.　　輔三秦 : 삼진(三秦)으로 지킨다. 삼진은 항우(項羽)가
관중(關中)을 삼분(三分)하여 삼진이라 한 것. 輔는 돕는 뜻. 장안(長安)의 성
을, 삼진의 험난한 산천으로 지켜 주고 있다는 뜻.　　五津 : 촉(蜀)에 있는 다
섯 나루터. 백화진(白華津)·만리진(萬里津)·강수진(江首津)·섭해진(涉海津)·강
남진(江南津).　　宦遊 : 벼슬하여 지방으로 옮겨 다니는 것.　　知己 : 자기를
진정으로 이해해 주는 사람.　　天涯 : 하늘 끝.　　比鄰 : 이웃.　　無爲 : 하지
말라. '無'는 '勿'의 뜻.　　沾巾 : 눈물로 수건을 적심.

해설

　원제는 「杜少府之任蜀州」. 소부(少府 : 縣尉)에 임명되어 촉주(蜀州)

로 가는 두씨(杜氏)에게 보내는 시.

세세한 정서나 풍경 묘사가 없고 선이 굵은 것이 특징이다. 오진(五津)을 바라본다 했지만 수천리 밖이 보일 까닭이 없다. 그것을 마치 한 십리나 되는 이웃 마을같이 말한 것은 당(唐)의 건설기에 넘쳐 흐르던 패기와 기개를 보여 주는 것인가. 지기(知己)만 있으면 천애(天涯)도 이웃이라 하여, 부녀자처럼 눈물을 흘려서는 안 된다고, 이별의 슬픔을 스스로 억제하는 곳에 도리어 남성다운 비애는 강하게 느껴져 온다.

왕발(647~675)

자는 자안(子安), 강주(絳州) 용문(龍門) 사람. 초당사걸(初唐四傑)의 한 사람으로 육조(六朝)의 여풍(餘風)을 완전히 벗었다고는 못하지만, 화려한 수사 속에도 웅혼한 기개가 엿보이는 점으로 미루어, 성당(盛唐)의 황금기를 불러올 선구자였음은 사실이라 하겠다. 그의 등왕각서를 보더라도 대단한 천재였음을 알 수 있다. 그는 나이 약관이 되기도 전에 조산랑(朝散郎)이 되고 문명(文名)이 높았으나, 영왕(英王)을 위해 투계(鬪鷄)의 격문을 쓴 것이 여러 황자(皇子)의 사이를 이간시킨다고 하여, 고종(高宗)의 노여움을 사게 되어 검남(劍南)을 방랑했다. 후에 괵주(虢州)의 참군(參軍)이 되었으나, 범죄자를 집에 숨겼다가 노현(露見)을 두려워하여 죽인 것이 탄로되어 파면당했다. 부친

을 그의 임지 교지(交趾)로 찾아가다가 배가 난파하여 익사하니, 나
이 29세였다.

늙은이의 슬픔

− 유정지

낙양(落陽)에 도리화(桃李花)가 하롱하롱 지는 봄날
고운 제 얼굴이 스스로도 아까운지
낙화를 바라보면서 한숨 짓는 처녀여.

올해에 꽃이 지면 얼굴 더욱 늙으리라.
내년에 피는 꽃은 그 누구가 보려는가.
상전(桑田)도 벽해(碧海) 된다는 그것 정녕 옳은 말.

옛사람 그 누구가 오늘에 살아 있나.
이젯사람들만 낙화를 아끼나니
해마다 꽃은 같아도 절로 다른 사람들.

어여쁜 젊은이들 젊음을 자랑 마라.
늙고 병들어서 죽어가는 나에게도
예전엔 당신들같이 볼이 고운 한 때가……

비단옷 몸에 감고 벗들과 떼를 지어
못가에 다락 위에 춤추며 놀던 그 날.
늙어서 돌이켜 보니 꿈만같이 여겨져.

젊음은 금시 가고 이 어인 흰 머리뇨.
옛사람 놀던 곳을 두루 찾아 바라보라.
황혼에 새들만 날아 슬피 울고 있으리.

洛陽城東桃李花　飛來飛去落誰家　洛陽女兒惜顏色　行逢落花長嘆息
낙 양 성 동 도 리 화　비 래 비 거 낙 수 가　낙 양 여 아 석 안 색　행 봉 낙 화 장 탄 식

今年花落顏色改　明年花開復誰在　已見松柏摧爲薪　更聞桑田變成海
금 년 화 락 안 색 개　명 년 화 개 부 수 재　이 견 송 백 최 위 신　갱 문 상 전 변 성 해

古人無復洛城東　今人還對落花風　年年歲歲花相似　歲歲年年人不同
고 인 무 부 낙 성 동　금 인 환 대 낙 화 풍　연 년 세 세 화 상 사　세 세 연 년 인 부 동

寄言全盛紅顏子　應憐半死白頭翁　此翁白頭眞可憐　伊昔紅顏美少年
기 언 전 성 홍 안 자　응 련 반 사 백 두 옹　차 옹 백 두 진 가 련　이 석 홍 안 미 소 년

公子王孫芳樹下　淸歌妙舞落花前　光祿池臺開錦繡　將軍樓閣畫神仙
공 자 왕 손 방 수 하　청 가 묘 무 낙 화 전　광 록 지 대 개 금 수　장 군 누 각 화 신 선

一朝臥病無相識　三春行樂在誰邊　宛轉蛾眉能幾時　須臾鶴髮亂如絲
일 조 와 병 무 상 식　삼 춘 행 락 재 수 변　완 전 아 미 능 기 시　수 유 학 발 난 여 사

但看古來歌舞地　惟有黃昏鳥雀悲
단 간 고 래 가 무 지　유 유 황 혼 조 작 비

주

洛陽 : 오래 도읍이던 곳. 당대(唐代)에는 장안(長安)에 대(對)하여 동도(東都)
라고 불리었다. 지금의 하남성에 있음.　松柏摧爲薪 : 송백이 땔나무가 된

다. 즉 세상의 변천이 심한 모양.　　　桑田變成海 : 세상의 변천이 심한 모양.
왕방평(王方平)이 삼신산(三神山)에 가서 선녀 마고(麻姑)와 이야기하는데, 마고
가 이르기를, 그대를 접대하는 동안에, 이미 동해(東海)가 세 번 뽕나무밭이 되
었다고 하였다는 전설에서 나온 것.　　　公子王孫 : 귀인의 자제.　　　光祿池臺 :
한(漢)의 광록대부(光祿大夫) 왕근(王根)의 집에 성제(成帝)가 미행했더니, 못 속
에 고대(高臺)를 만든 것이 매우 아름다웠다(漢書).　　　將軍樓閣 : 후한(後漢)에
서 발호장군(跋扈將軍)이라 불리던 양기(梁冀)는 대단한 누각을 짓고 사치스럽
게 살았다(後漢書).　　　宛轉 : 눈썹의 선을 형용한 말.　　　蛾眉 : 나방이처럼 아름
다운 눈썹. 미인의 뜻으로 쓰임.　　　鶴髮 : 백발.

해설

원제는 「代悲白頭翁」.

노인을 대신하여 인생의 무상함을 노래했다. 부분으로 보면 모두
미문(美文)이지만, 전체로서는 좀 싱거운 인상을 준다. 늙음의 슬픔
이 어느 한 핀트로 집중되지 못하고, 도리어 질펀하게 퍼져버린 때
문인가. 또는 그것이 악부체의 특징인가. 『고문진보』에서는 송지문
(宋之問)의 작으로 되어 있다. 『전당시』 『당시선』을 따른다. 책에 따
라 글자에도 약간의 이동(異同)이 있다.

유정지 (651∼680?)

자는 희이(希夷), 여주(汝州) 사람. 육조(六朝)의 영향으로 악부체의

시를 많이 썼다. 즉 악부의 제목을 따서 그대로 노래했기 때문에 개성적인 데가 별로 눈에 띄지 않는다. 「대백두옹(代白頭翁)」 외에 「공자행(公子行)」이라는 장시가 있으나 앞의 것과 대동소이. 「대백두옹」의 "年年歲歲花相似 歲歲年年人不同"을 탐내어, 달라는 것을 거절했기 때문에 송지문에게 암살당했다는 말도 있으나 신빙성은 없는 이야기다.

천지(天地)의 유유(悠悠)함이여

— 진자앙

앞으로 옛 분들 못 보고
뒤로는 올 사람 못 보네.

생각노니, 천지의 유유함이여!
홀로 창연(愴然)히 눈물 흘려라.

前不見古人 後不見來者 念天地之悠悠 獨愴然而涕下
전 불 견 고 인 후 불 견 내 자 염 천 지 지 유 유 독 창 연 이 체 하

주

愴然 : 슬퍼하는 모양.　涕 : 눈물.　下 : 흘리다.

해설

　원제는 「登幽州臺歌」. 유쥬(幽州)의 고대(高臺)에 올라서 감회를 읊은 시. 유주는 지금의 북경 부근.

오언(五言)으로 시작해서 육언(六言)으로 끝내는 체재부터 보통과
다르지만, 시의 호흡에 이르러서는 더욱 특이하다. 오언인 경우는 2
·3, 육언인 경우는 2·2·2로 구성되어, 그 사이에 작은 휴식이 있
게 마련이다. 그러나 이 시는 1·2·2 또는 1·3·2로 되어 정상적
인 시의 호흡을 무시하였는 바, 그 점이 도리어 뻣뻣하고 뚝뚝한 어
조를 가져와, 딴 데서 맛볼 수 없는 독특한 리듬을 느끼게 해 준다.
시는 변화를 존중하여 짧은 한 구에도 굴곡이 있어야 하는데, 이 시
의 한 구 한 구는, '之' '而' 같은 시어로서는 별반 쓰이지 않는 조사
접속사까지 동원되어 나무토막처럼 뻣뻣한 골격을 갖추고 있다. 이
러한 형식이 인생에 대한 깊은 개탄을 감상에서 구하여, 남성적인
비장미를 지니게 한 것이다. 현대 우리 시인에서 비슷한 성격을 찾
으면, 유치환 씨가 이와 가까울까.

진자앙 (660~701)

육조(六朝)의 기교주의를 배격하고, 내면에서 우러나오는 영혼의 소
리에 충실하고자 한 그는 남성적인 기골을 보여 준 점에서, 이백·두
보 등이 존경한 선배였다. 성당(盛唐)에 앞서는 선구자라고나 할까.
자는 백옥(伯玉), 재주(梓州) 사람. 진사과에 급제하여 무후 때, 우습
유(右拾遺)가 된 적도 있으나 관로(官路)에 있어서는 극히 불우했다. 그
의 재산을 탐낸 현령에 의해 옥사.

양주사(涼州詞)

술은 포도주(葡萄酒)
잔은 야광배(夜光杯).

말 탄 채 뜯는 비파(琵琶)
마시기를 재촉는 듯.

취했거니, 사막에 누움을랑
웃지 말라.

예부터 싸움에서
그 몇 사람 돌아온고.

葡萄美酒夜光杯 欲飲琵琶馬上催 醉臥沙場君莫笑 古來征戰幾人回
포 도 미 주 야 광 배 욕 음 비 파 마 상 최 취 와 사 장 군 막 소 고 래 정 전 기 인 회

涼州詞 : 악부의 제목이니, 이를 빌려 출정한 군인의 고통을 노래한 것. 양주
는 지금의 감숙성 양주부(涼州府) 무위현(武威縣).   葡萄美酒 : 한무제(漢武
帝) 때 포도가 중국에 전해져 당대(唐代)의 상류층은 포도주를 마셨다.   夜
光杯 : 서역에서 나는 백옥으로 만든 술잔. 밤에도 광채가 있어서 그리 부름.
催 : 재촉함.   沙場 : 사막.   君 : 널리 세상 사람을 가리킴.   征戰 : 전쟁
에 나감.

해설

초당(初唐) 칠절(七絶) 중에서 제일가는 작품이라고 정평이 있는 명편.
첫구는 술과 잔 이름으로 되어 있지만, 그 술이 포도주이고 잔이
야광배임으로 해서 이국적인 정서를 풍겨, 우리를 사막의 전지(戰地)
로 끌어들인다. 그 음조는 또 얼마나 부드러우며, '葡萄'라는 글자의
형태는 주저리주저리 열린 포도 송이의 이미지를 얼마나 잘 나타내
고 있는 것이랴. 이 이국정서(異國情緖)는 말 위에서 뜯는 비파 소리
에 의해 한층 더 고조된다. 비파도 호인(胡人)의 악기이며, 그것을 말
위에서 뜯는 습속도 중국과는 다르니까. 전구(轉句)에 오면 이런 정
조(情調)는 극에 달하여 비장미를 띠게 되며, 결구(結句)의 비통은 여
운을 일으켜 독자의 마음을 사로잡아 버린다. 이것은 감상이 아니다.
비애를 스스로 깨물어 삼키는 남성적 감회(感懷)인 것이니, 대단히
슬프면서도 지극히 장한 그 가락은 여기에서 온다. 읽는 것, 소리내
어 몇 번이고 낭독하는 것 외에 이 시를 감상할 어떤 비결이 있겠는
가.

왕한 (687~726)

　　자는 자우(子羽), 진양(晋陽 : 太原) 사람. 재주를 믿고 술을 즐겼다.
진사과에 급제하여 재상 장열(張說)의 인정으로 정자(正字)가 되고,
개원(開元) 중에는 가부원외랑(駕部員外郞)으로 있었다. 장열이 물러
나자 지방으로 쫓겨나 여주자사(汝州刺史)가 되고 도주사마(道州司馬)
로 좌천되어 죽었다.

가을은 나그네가 앞서 듣는다

하지장(賀知章)

이기(李頎)

왕만(王灣)

전기(錢起)

대숙륜(戴叔倫)

장계(張繼)

장적(張籍)

유우석(劉禹錫)

진우(陳祐)

고향에 돌아와서
— 하지장

젊어서 떠난 고향 늙게야 돌아오니
몇 마디 사투리도 새삼스레 느꺼운데
애들은 어디서 오는 나그네냐 묻는다.

少小離鄕老大回 鄕音無改鬢毛催 兒童相見不相識 笑問客從何處來
소 소 이 향 노 대 회 향 음 무 개 빈 모 최 아 동 상 견 불 상 식 소 문 객 종 하 처 래

주
少小 : 젊은 나이.　　老大 : 나이가 늙음.　　回 : 고향에 돌아옴.　　鄕音 : 고
향의 사투리.　　鬢毛催 : 백발이 되었다는 뜻.　　從 : …로부터.

해설
원제는 「回鄕偶書」.

내가 한동안 남(南)에 살았을 때, 어쩌다가 서울에 오면 오래간만
에 듣는 서울 말씨가 정다웠다. 서울에 사는 경상도 사람이 귀향하

면, 역시 그 사투리가 반가우리라. 더욱 길에서 만나는 애들이 어디서 오는 손님이냐고 물을 때에, 우리는 새삼 세월의 빠름을 느낄 것이다.

하지장(賀知章)(659~744)

자는 계진(季眞), 스스로 사명광객(四明狂客)이라 불렀다. 두보의 '음중팔선(飮中八仙)' 가운데 한 사람으로 주시(酒詩)에 묻혀 풍류를 다했다. 이백을 처음 보자 적선(謫仙)이라 부르고 현종(玄宗)에게 천거한 것은 유명한 이야기. 만년에는 도사(道士)가 되었다.

친구의 옛집
— 이기

텅 빈 집.

고인(故人)이 타던 말이
뜰에 매여 있다.

손질하는 사람도 없는가.
공지(空地)에는 대가 자라고

변하지 않은 것은
청산.

옥수수
잎사귀가 진다.

넋 잃은 듯, 버들에
올빼미가 앉아 있다.

뜨거운 것
내 볼에 흐르노니

봄 오면, 그대 없이
꽃은 피려는가.

物在人亡無見期 閒庭繫馬不勝悲 窓前綠竹生空地 門外靑山似舊時
물 재 인 망 무 견 기　한 정 계 마 불 승 비　창 전 녹 죽 생 공 지　문 외 청 산 사 구 시
悵望秋天鳴墜葉 巑岏枯柳宿寒鴉 憶君淚落東流水 歲歲花開知爲誰
창 망 추 천 명 추 엽　찬 완 고 류 숙 한 치　억 군 누 락 동 류 수　세 세 화 개 지 위 수

주

物 : 집, 草木, 靑山 등을 말함.　見期 : 만날 때.　悵望 : 슬퍼하고 恨함.
巑岏 : 끝이 높고 험한 모양.　寒鴉 : 추운 듯한 올빼미. 올빼미는 흉조로 친
다. 東流水 : 한번 東으로 흐른 물은 돌아오지 않기에, 죽은 이를 비유.

해설

원제는 「贈盧五舊居」.

친구의 옛집을 찾아서 그 죽음을 슬퍼했다. 말에나 뜻에나 무리가
없고 담담하여 전편을 처량한 분위기로 감쌌다. 뛰어난 걸작은 아니
지만, 결코 졸작도 아니다.

대(對)에는 뜻으로 하는 대가 있고, 음으로 만드는 대가 있다. '悵望'과 '巑岏'은 둘이 다 같은 운(韻)의 글자가 포개진 낱말이니, 이런 것을 첩운대(疊韻對)라고 한다.

한붕(韓鵬)에게

정사를 잘 다스려 언제나 한가롭기
새들의 나는 거나 바라보며 지내는가.
고야산(姑射山) 거기 있음이 나는 유별 탐이 나…….

爲政心閑物自閑 朝看飛鳥暮飛還 寄書河上神明宰 羨爾城頭姑射山
위 정 심 한 물 자 한   조 간 비 조 모 비 환   기 서 하 상 신 명 재   선 이 성 두 고 야 산

주

爲政 : 정사를 다스림.   物 : 만물.   寄書 : 편지를 보냄.   河上 : 분하(汾
河) 위에 있는 임분현(臨汾縣).   神明宰 : 귀신같이 밝은 관리.   羨爾 : 부러
워함. 爾는 조자(助字).   姑射山 : 『장자』에 나오는 묘고야산(藐姑射山)이니
神人이 산다고 함. 射의 음은 '야'.

해설

원제는 「寄韓鵬」. 때에 한붕(韓鵬)은 임분현령(臨汾縣令)으로 있었
다.

남의 것을 부러워하는 것은 좋지 않은 일이다. 그러나 남의 지위
나 의복을 부러워하는 것이 아니라, 그곳의 묘고야산이 탐난다 함이
니, 이렇게 되면 그 탐심이 도리어 고상한 멋이 되지 않는가. 결구의
묘함이 이만저만이 아니다.

이기 (690~?)

이기는 동천(東川) 사람. 개원(開元) 13년(725) 진사과에 급제하여
벼슬은 신향현위(新鄕縣尉)에 그쳤다. 이백·두보보다는 약간 선배이
며, 처량한 비애를 많이 노래하고, 특히 율시에 뛰어난 솜씨를 나타
냈다. 왕유를 자연파라고 부른다면, 이기는 인생파라고나 할까.

물길

— 왕만

산 밑을
돌아

강가에
배를 매면

밀물이라
기슭이 넓고

바람 마침 좋아
돛배는 쏜살같네.

밤 다 새기 전에
해는 뜨고

한 해가 미처 못 가
봄이 오는구나.

고향에 보낼
편지를 써서

저 기러기 편에나
부쳐볼까.

客路靑山外 行舟綠水前 潮平兩岸闊 風正一帆懸
객로청산외 행주녹수전 조평양안활 풍정일범현
海日生殘夜 江春入舊年 鄕書何處達 歸雁洛陽邊
해일생잔야 강춘입구년 향서하처달 귀안낙양변

　　주
靑山 : 북고산(北固山)을 말함.　　綠水 : 양자강을 가리킴.　　潮平 : 조수가 들
어와 평평하게 차는 것.　　風正 : 바람의 방향이 바른 것.　　海日 : 북고산(北
固山)은 바다에 가까우니까 "海日"이라 했다.　　　　殘夜 : 밤이 다 새지 않은
때. 五更쯤을 말함.　　舊年 : 한 해가 다 가기 전의 시기.　　歸雁 : 소무(蘇
武)가 흉노에게 억류됐을 때, 편지를 기러기 발에 매어 놓았더니 고향에 전
해졌다.

원제는 「次北固山下」. 차(次)는 자는 것. 북고산(北固山)은 강소성 (江蘇省) 단도현(丹徒縣)에 있는 산의 이름. 배를 타고 양자강을 내려 가다가 북고산 기슭에서 자면서, 그 풍광과 망향의 정을 노래했다. "海日生殘夜 江春入舊年"은 명구! 바다에서는 해가 일찍 뜨고, 남국 에는 해가 바뀌기도 전에 봄이 온다. 사변 때에 목포에서 해군가족 을 실은 배를 얻어타고 진해까지 온 일이 있다. 선실이 무더워 갑판 에서 자다가 해일(海日)이 잔야(殘夜)에 뜨는 광경을 보았던 것은 가 만 있자, 몇 해나 되었을까. 제주도에 피란갔던 이들은 아마도 연말 에 봄을 맞은 경험이 있으리라.

왕만 (王灣, 693∼751?)

낙양 사람으로 선천(先天) 원년(712)에 진사과에 급제하였다. 처음 형양왕(滎陽王)의 주부(主簿)가 되었다가 낙양위(洛陽尉)로 있었다. 그 의 시는 일찍부터 유명하여, 장열 같은 대신은 정사당(政事堂)에 손 수 이를 써 놓고 여러 사람에게 본받도록 권했다고 한다.

술을 깨며는

— 전기

이별의 술도
취하기는 하오매

도리어 슬픔도
아슴푸레하옵니다.

아득히 가신 다음에
술을 깨어 그 때는…….

酒酣暫輕別 路遠始相思 (抄)
주 감 잠 경 별　노 원 시 상 사

　주

酒酣 : 술에 취함.　輕別 : 이별을 가볍게 여김.　相思 : 생각함. 相은 대상
만 있으면, 일방적인 경우에도 쓰인다.

원제는 「送楊著作歸東海」. 저작(著作)은 벼슬 이름. 후반이 좋기에
그것만을 번역해 보았다.

이별의 술도, 술임은 틀림없으니까 마시면 취하고, 취하면 헤어지
는 슬픔도 더러는 잊혀지는 것. 그러나 친구가 멀리 가버리고, 나는
나대로 술에서 깨고 하면, 그 때에는 정말 서러우리라. 심리의 미묘
한 곡절을 잘 잡았다.

전기 (722~780?)

안사(安史)의 난(亂)을 경계로 '성당(盛唐)'의 황금기는 끝나고, 시
는 '중당(中唐)'으로 접어든다. 성당과 같은 왕성한 에너지는 볼 수
없으나 그런대로 법통을 지켜간 것이 대력십재자(大曆十才子)요, 전
기는 그들 중 약간 선배격이었다. 그는 왕유와 교제가 있었듯, 시도
그를 닮아 산림(山林)의 미를 관조하는 데 역량을 보였다.

자는 중문(仲文), 오군(吳郡) 사람. 천보(天寶) 10년(751)에 진사가
되고, 벼슬은 상서고공랑중(尙書考功郎中)에 이르렀다. 낭사원(郎士元)
과 시명(詩名)을 같이하여 '전랑(錢郎)'이라 불리었다.

제야(除夜)
— 대숙륜

껌벅이는
등잔불과 함께

주막의 방을
지킨다.

한 해가
또 마지막 가는 밤

만리 밖에서, 나는
시름에 싸인다.

지난 일을 생각하면
슬프고

못난 내 몸이
우습기도 하다.

흰머리 바람에
휘날리며

내일은 다시
나이를 먹는다.

旅館誰相問　寒燈獨可親　一年將盡夜　萬里未歸人
여 관 수 상 문　한 등 독 가 친　일 년 장 진 야　만 리 미 귀 인
寥落悲前事　支離笑此身　愁顔與衰鬢　明日又逢春
요 락 비 전 사　지 리 소 차 신　수 안 여 쇠 빈　명 일 우 봉 춘

주

問 : 위문함.　將盡夜 : 장차 다하려고 하는 밤.　寥落 : 초라한 모양.　支
離 : 병신. 불완전함.

해설

원제는 「除夜宿石頭驛」. 석두역(石頭驛)은 남경역.

설달 그믐이 되면 누구라도 다소 감개는 있게 마련. 하물며 고향

떠난 늙은 나그네랴. 3, 4구의 '一年'과 '萬里'의 대는 통절하며, 내일
은 또 새 봄을 맞는다는 끝구는 한이 서린 듯.

대숙륜(732~789)

　자는 유공(幼公), 윤주(潤州) 금단(金壇) 사람. 진사과에 급제하여
무주자사(撫州刺史)·용관경략사(容管經略使)에 이르렀다. 가는 곳마
다 치적이 있었다.

나그네

— 장계

달지고
어둔밤

찬서리
치는적

漁火불
보면서

나그네
드는잠

고소성
한산사

이밤중
종소리

배위에
누워서

꿈결에
듣노니.

月落烏啼霜滿天 江楓漁火對愁眠 姑蘇城外寒山寺 夜半鐘聲到客船
월 락 오 제 상 만 천 강 풍 어 화 대 수 면 고 소 성 외 한 산 사 야 반 종 성 도 객 선

주

江楓漁火 : 강변의 단풍나무 사이로 뵈는 어화(漁火).　　愁眠 : 여수(旅愁) 때
문에 깊이 들지 못하고 깨었다 졸다 하는 잠.　　姑蘇 : 蘇州의 다른 이름.
夜半 : 밤중.

해설

　원제는 「楓橋夜泊」. 풍교(楓橋)는 소주성(蘇州城) 서쪽 7리에 있는
지명.

대단하지 않은 시인이면서 어쩌다가 쓴 한두 편의 시가 대시인의 작품을 압도하는 수가 있다. 장계의 이 작품이 바로 그래서, 이백의 명작 속에 끼워도 손색이 없으리라. 이는 영롱한 한 개의 보옥이니, 분석 비판할 길 없는 것이지만, 구태여 코끼리를 쓰다듬는 맹인이 되어 보자. 기구(起句) 일곱 글자 속에, 지는 달과 까마귀 울음과 하늘에 가득한 서리가 겹치니, 그 삭막(索寞)의 도(度)가 얼마나 짙은가. 더욱 '天'이 밑에서 위의 모든 시름을 받아, 이를 하늘의 넓이로 펼치고 있음에랴. 또 '霜滿天'이 갖는 꽝 울려 퍼지는 음이, 이러한 정서의 확대를 돕고 있음을 볼 것이다. 이 일행(一行)이 돌올(突兀)하고 강하다면, 승구(承句)는 얼마나 부드럽고 애수에 차 있는 것이랴. 여기서 알 것은, 기구(起句)의 시름이 짙기에 이것을 받은 승구(承句)의 정서가 요뇨(嫋嫋)한 애조를 띨 수 있었다는 점이다. 다시 전구(轉句)에 오자, 어조가 바뀌며 지명과 절 이름이 등장하여, 모처럼의 상(想)이 중단되는 듯도 여겨진다. 그러나 결구(結句)의 종소리를 끌어내기 위함인 줄 알게 되어, 그 아무 관계도 없는 듯한 엉뚱한 말이 이 시에 무한한 광채(光彩)를 주고 있음을 느끼게 된다. 가을 밤, 배에 누워서 잠을 못 이룬 채, 멀리에 들려 오는 종소리를 지긋이 가슴에 느끼고 있는 나그네! 그 종소리와 함께 울려 퍼지는 것이 어찌 나그네의 시름뿐이랴. 우리 가슴에도 그 종소리 들려 오거니…….

장계(? ~ ?)

자는 의손(懿孫), 강서성(江西省) 곤주(袞州) 사람. 천보(天寶) 12년
(753) 진사과에 급제하여, 대력(大曆) 말(778, 779)에 검교호부원외랑
(檢校戶部員外郞)이 되었다. 그의 시로는 「풍교야박(楓橋夜泊)」 1편이
유명할 뿐이다.

나그네

― 장적

가을바람에
마음 놀란 나그네

아득히 처자를 그려
편지를 쓴다.

암만 해도 못다한 사연
있는 것만 같아

길을 떠나려다가
다시 봉(封)을 뜯어 읽는다.

洛陽城裏見秋風 欲作家書意萬重 復恐忽忽說不盡 行人臨發又開封
낙 양 성 리 견 추 풍　욕 작 가 서 의 만 중　부 공 총 총 설 부 진　행 인 임 발 우 개 봉

家書 : 집에 보내는 편지.　　說不盡 : 사연을 다하지 못함.　　　行人 : 나그네.
臨發 : 출발할 즈음에.　　開封 : 봉했던 편지를 다시 뜯음.

해설

원제는 「秋思」.

전구(轉句)의 '復恐'의 두 자는 이 시의 핵심이 된다. 가을바람 부
는 것을 보고 집 생각에 사로잡힌 나그네는 엊저녁 여간 꼼꼼히 편
지를 쓴 것이 아니었다. 그 때의 겹치던 이 생각 저 생각을 나타낸
것이 '意萬重'이며, 따라서 아무리 빠뜨리지 않고 쓰노라 했지만 행
여 못 다한 사연이 있을까 저어하게 되는 것이니, '復恐'은 이런 미
묘한 심리를 나타낼 뿐 아니라, 다시 봉(封)을 뜯어 읽는 결구의 행
동을 불러일으키는 것이다.

장적 (768?~830?)

자는 문창(文昌), 화주(和州) 오강(烏江) 사람. 정원(貞元) 15년(799)
진사과에 올라 한유의 추천으로 수부원외랑(水部員外郞),　국자사업
(國子司業)의 벼슬을 했다. 악부를 잘하여 왕건(王建)과 이름을 같이
하고, 만년에는 율시(律詩) 고시(古詩)에 주력하여 사회시도 남겼다.

가을
― 유우석

가을은 나그네가
앞서 듣는다.

이 아침, 뜰에
가지 흔드는 바람.

하늘에 흐르는
기러기 울음.

뉘보다도 먼저
나그네가 듣는다.

何處秋風至　蕭蕭送雁群　朝來入庭樹　孤客最先聞
하 처 추 풍 지　소 소 송 안 군　조 래 입 정 수　고 객 최 선 문

蕭蕭 : 바람이 쓸쓸히 부는 모양.　　朝來 : 아침에. '來'는 助字.　　孤客 : 외
로운 나그네.

해설

　원제는 「秋風引」. 인(引)은 시체(詩體)의 하나지만 여기서는 '노래'
라는 정도로 쓴 것. 가을을 앞서 느끼는 것은 고독한 영혼!

수양버들

양제(煬帝)의 행궁(行宮)에는
몇 그루 수양버들.

바람에 흰 눈처럼
그 꽃잎 지는구나.

담 넘어 날아들은들
그 뉘 있어 보리요.

煬帝行宮汴水濱 數株楊柳不勝春 晚來風起花如雪 飛入宮牆不見人
양 제 행 궁 변 수 빈 수 주 양 류 불 승 춘 만 래 풍 기 화 여 설 비 입 궁 장 불 견 인

주

煬帝 : 수(隋)의 황제.　　行宮 : 임금이 임시 머무는 집.　　汴水 : 변하(汴河).
안휘성의 사현(泗縣)을 거쳐 회수(淮水)로 들어간다.　　晚來 : 저녁 때. '來'는
조자.　　宮牆 : 대궐의 담.

원제는 「楊柳枝詞」.

백거이의 양류지사(楊柳枝詞)를 모방한 악부체. 사람은 해마다 같지 않아도 꽃은 같은 것. 하물며 그 꽃이 지는 장소가 예사로운 집이 아니고 행궁이요, 간 사람이 제왕일 때일까 보냐.

유우석 (772~842)

자는 몽득(夢得), 중산(中山) 사람. 정원(貞元) 원년(785) 과거에 급제하여 감찰어사가 되었으나 사건에 연좌하여 낭주사마(朗州司馬)로 좌천되었다. 후일 소환되자 현도관시(玄都觀詩)로 위정자를 풍자한 까닭에 쫓겨나 지방의 자사로 전전했다. 10년 만에 중앙으로 온 그는 또 현도관시를 써서 다시 쫓겨났다. 고집이 이만저만이 아니었던 모양이다. 뒤에 한림학사(翰林學士)·태자빈객(太子賓客)이 되고, 죽자 호부상서(戶部尚書)의 증직(贈職)을 받았다. 백낙천이 그의 시를 높이 평가했다.

나그네

― 진우

혁련성(赫連城)에
해가 저문다.

어디선지 들려 오는
피리 소리를

나그네는 강가에서
눈 감고 듣는다.

아득히 돌아가는
천릿길 ―

가을바람이 차다.

이런 때면, 머리에
백발이 는다.

無定河邊暮笛聲　赫連臺畔旅人情　函關歸路千餘里　一夕秋風白髮生
무 정 하 변 모 적 성　혁 련 대 반 여 인 정　함 관 귀 로 천 여 리　일 석 추 풍 백 발 생

주

無定河 : 섬서성 연안부(延安府)에 있는 강.　　　赫連臺 : 유주(幽州) 범양군(范陽郡)에 있는 대(臺). 진대(晉代)에 혁련발발(赫連勃勃)이 쌓았다 한다.　　函關 : 함곡관(函谷關). 서북으로 나가는 중요한 관문.

해설

　원제는 「雜詩」. 제목을 정하지 않은 채, 생각나는 대로 썼으므로 잡시라 한 것이다.

　싸움터에 나간 병사의 고향을 그리는 정! 무정하(無定河), 혁련대(赫連臺), 함곡관(函谷關) 같은 지명을 써서 처절한 생각을 나타냈다. 一夕秋風白髮生! 명구다.

진우(?~?)

『전당시』에도 나와 있지 않아, 어떤 사람인지 알 수 없다.